KB262408

FANTASTIC ORIENTAL HEROES

목용단 新무협 판타지 소설

快路莫强

괴로
막강

쾌로박강 4
목용단 新무협 판타지 소설

초판 1쇄 찍은 날 § 2008년 3월 31일
초판 1쇄 펴낸 날 § 2008년 4월 11일

지은이 § 목용단
펴낸이 § 서경석

편집장 § 문혜영
편집책임 § 조수희

펴낸곳 § 도서출판 청어람
등록번호 § 제1081-1-89호
등록일자 § 1999. 5. 31
어람번호 § 제2-1460호

주소 § 경기도 부천시 원미구 심곡1동 350-1 남성B/D 3F (우) 420-011
전화 § 032-656-4452 팩스 § 032-656-4453
http://www.chungeoram.com
E-mail § eoram99@chollian143.net

ⓒ 목용단, 2007

ISBN 978-89-251-1260-2 04810
ISBN 978-89-251-1050-9 (세트)

목용단 新무협 판타지 소설
FANTASTIC ORIENTAL HEROES

쾌로막강
快路莫强

4 - 천하를 얻다

[완결]

도서출판 청어람

目次

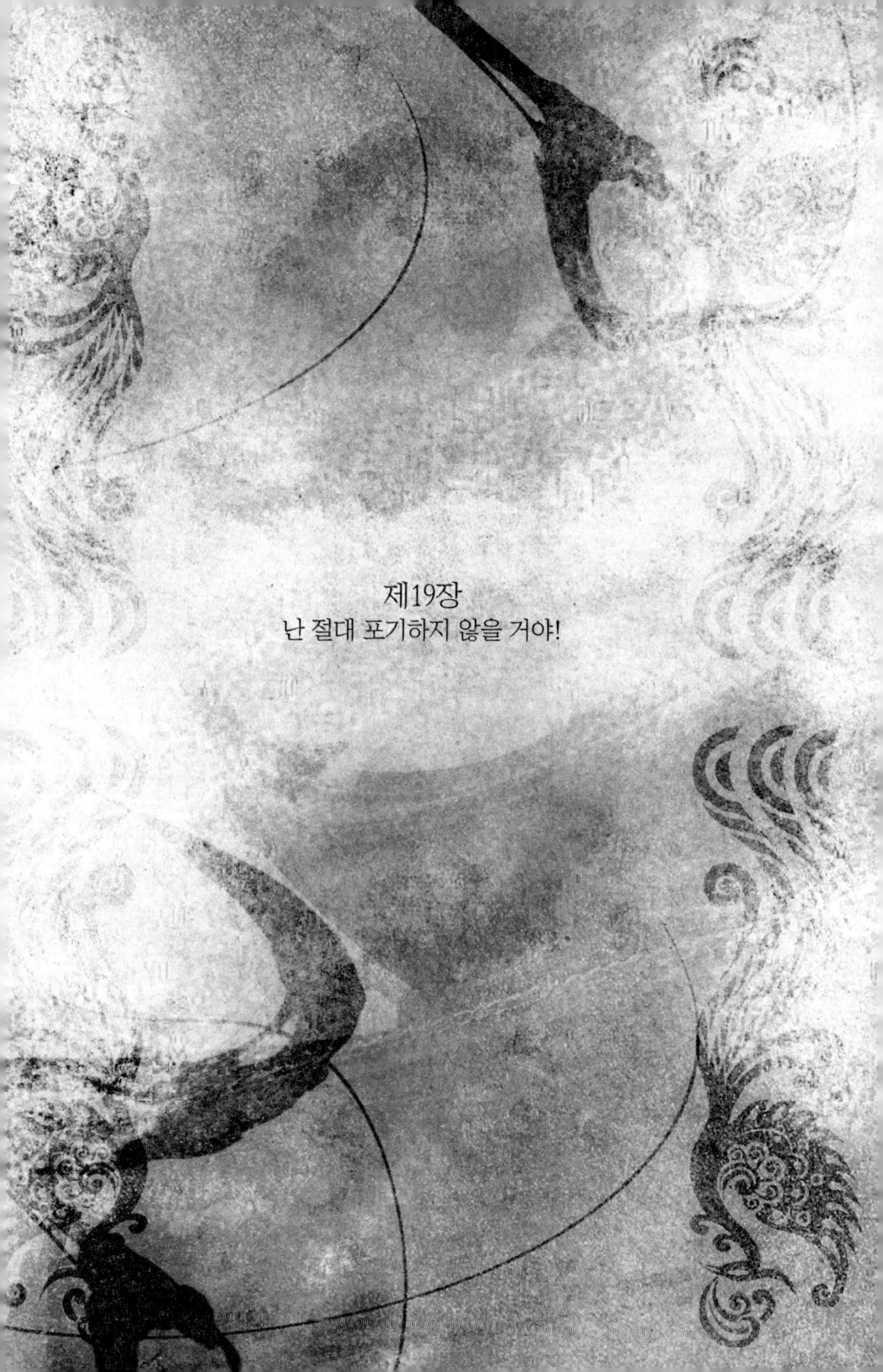

제19장
난 절대 포기하지 않을 거야!

졸졸졸…….

겨우내 꽁꽁 얼었던 계곡 물이 녹았다.

흐르는 물소리가 듣는 이의 귀를 말끔하게 씻어주는 듯했
다.

"거기 말고 요기."

등이 굽은 늙수그레한 노인이 자신의 등허리 중 한곳을 힘
없이 가리키며 말했다.

"여기요?"

"아니, 거기 말고 그 아래."

"여기요?"

“아니, 조금 위.”

“그럼… 여기요?”

“옳지! 거기다 거기! 에구 시원하다.”

조막만 한 손으로 갈비뼈 자국이 훤히 드러나는 노인의 왜소한 등을 묵묵히 긁어주는 설홍.

그러다 문득 설홍은 입을 열어 노인을 불렀다.

“그런데 천통자 할아버지.”

“으응……?”

그새 깜빡 졸았는지 노인은 눈을 끔뻑거리며 대답했다.

“그렇게 부르지 말라고 하지 않았느냐?”

“아, 죄송해요. 흑무 곡주님.”

“옳지. 그래 무슨 말을 하려던 거지?”

노인이 묻자 설홍은 슬쩍 눈치를 보며 말했다.

“아저씨… 있잖아요?”

“아저씨?”

“강이 아저씨요.”

“아! 그놈. 흐음, 그러고 보니 그놈도 홍이 너랑 같이 이곳에 왔었지, 아마? 아직까지 살아 있으려나 모르겠군.”

설홍은 막강을 완전히 먼 데 있는 사람 취급하는 노인을 보며 내심 고개를 설레설레 흔들 수밖에 없었다. 하지만 그것을 겉으로 드러내지 않는 설홍이다. 괜스레 그랬다간 노인의 심기만 건드릴 뿐이라는 걸 잘 알고 있기 때문이다.

"저기, 그래서 말인데요……."

"에고고고! 허리야."

설홍의 말을 듣고 있던 노인은 돌연 죽는소리를 하며 천천히 방바닥에 드러눕기 시작했다.

"이제 되었으니 홍이 너도 그만 네 방으로 가서 열심히 공부를 하도록 해라. 지난번 내가 준 책은 이틀 후까지는 꼭 모두 습득해야만 하느니. 크헴!"

"……."

노인의 말에 설홍은 더 이상 입을 열지 못했다. 노인이 이렇게 나오면 더 말해봐야 소용없었다.

지난 두 달하고도 보름 동안 노인의 이러한 반응을 본 것도 벌써 수차례. 막강의 이름만 꺼내면 이런 식으로 못 들은 척해 버리니, 설홍은 시간이 갈수록 걱정이 커졌다.

'정말 아저씨 괜찮을까? 설마 죽진 않았겠지……?'

더 답답한 것은 막강이 지금 어떠한 상황에 있는지 정확히 알 수도 없다는 것이다. 알고 있는 거라곤 막강이 바로 지척에 있다는 것뿐이었다.

설홍은 잠든 노인, 천통자를 남겨두고 방을 빠져나왔다.

밖으로 나오자 가장 먼저 햇살이 얼굴을 환하게 비춰주었다. 그리고 곧 따스한 봄바람이 옷자락에 살랑거렸다.

작은 모옥을 중심으로 사방에 펼쳐진 너른 초원엔 서서히 온갖 화초들이 움트기 시작했다.

처음엔 천장단애(千丈斷崖) 아래 이런 곳이 있다는 것이 마냥 신기하기만 했는데, 이제는 매일같이 본 탓에 이곳 흑무곡의 모습에도 별다른 감흥이 일지 않았다.

다만 설홍이 여전히 이곳에서 눈여겨 살피는 곳이 한군데 있었다.

모옥에서 정확히 서쪽으로 삼십 장 떨어진 곳.

거기엔 키가 큰 수목들이 빽빽하게 우거져 있었는데, 나무들의 생김새가 하나하나 어찌나 기이한지, 마치 여러 형상들을 흉내 내어 누군가가 일부러 만들어놓은 것 같았다.

설홍은 그곳으로 가 보고픈 마음이 컸지만 그만두었다. 갈 수가 없기 때문이었다.

이곳에서는 보이지 않지만, 조금만 저쪽으로 가다 보면 갑자기 땅이 갈라지며 거대한 화염이 그 속에서 꿈틀거리고 있는 모습을 볼 수 있게 된다.

바로 그것이 수목들이 있는 곳으로 가는 길을 완전히 차단시켜 놓고 있었던 것이다.

'결계(結界)라고 했었지? 천통자 할아버지가 안 풀어주면 빨리 배우고 익혀서 내가 꼭 아저씨 풀어줄 거야! 그러니까 아저씨 그때까지 꼭 살아 있어요!'

설홍은 수목이 우거진 곳을 보며 두 주먹을 불끈 쥐었다.

*   *   *

퍽!

"우욱!"

복부를 가격당한 막강은 순간적으로 숨이 탁 멈추는 듯한 고통을 느꼈다. 하지만 그 고통을 다 만끽하기도 전에 또 다른 고통이 계속해서 엄습했다.

퍽! 퍼억!

"으으……!"

절로 무릎이 꺾였다. 이윽고 바닥에 엎어진 막강은 전신을 떨며 일어나려 애썼다.

퍼억!

누군가의 발이 날아와 꿈틀거리는 막강의 복부를 세차게 걷어찼다.

일 장여 정도를 날아간 막강의 신형은 그대로 축 늘어져 더 이상 움직이지 않았다.

"오늘은 여기서 끝이로군."

한 청년이 바닥에 널브러진 막강의 몸을 내려다보며 입을 열었다. 그는 양손마저 넓은 소매 안에 가려진, 발까지 내려오는 긴 백의를 입고 있었는데 정돈되지 않은 더벅머리가 매우 인상적이었다.

"제길! 이 녀석 갈수록 버티는 시간이 늘고 있어. 처음엔 일각도 못 버티던 놈이, 오늘은 세 시진이나 버텼다고."

더벅머리 청년 옆에 선 또 다른 청년에게서 짜증스런 음성
이 흘러나왔다. 그의 행색은 더벅머리 청년과 똑같았으나, 다
만 몸이 호리호리하고 키가 매우 큰 것이 특징이었다.

투정 섞인 그의 말에 더벅머리 청년이 다독거렸다.

"너무 기분 나빠 하지 마, 공(孔) 형제. 조금 얼빠져 보이긴
해도 이 녀석, 하지(下地)에선 제법 유명했던 문파의 후예라
더군."

"쳇! 하지에서 유명해 봤자지……."

막강 때문에 허비한 시간이 매우 아까운 듯 장신 청년은 계
속해서 투덜거렸다.

그런 그의 태도를 그러려니 한 더벅머리 청년은 서편 준봉
으로 넘어가는 태양을 일별하며 말했다.

"흐음, 그나저나 이 녀석 어떡하지? 이제 곧 날이 어두워질
텐데. 이대로 두면 밤이슬 맞고 며칠 끙끙 앓을 것이 뻔하
고… 굴속에 데려다 놓아야 하지 않을까?"

하지만 그 말에 장신 청년은 손을 휘휘 저었다.

"난 몰라! 그러니까 그놈을 굴속에 데려다 놓든 이대로 두
든, 양(梁) 형제가 알아서 하라고!"

그러더니 그는 그대로 신형을 돌려 성큼성큼 걸어가기 시
작했다.

"어디를 가는 거야? 공 형제?"

"밥 먹으러! 저놈 때문에 점심도 굶었잖아! 젠장!"

생각할수록 화가 나는지 장신 청년은 주먹을 불끈 쥐어 보이며 멀어져 갔다.

"쯧, 저 성질머리 하고는……."

사라진 장신 청년을 향해 한차례 혀를 찬 더벅머리 청년은 다시금 막강에게 시선을 돌렸다.

가만히 막강의 실신한 얼굴을 바라보는 그의 얼굴엔 작은 갈등의 빛이 떠올랐다.

"이걸 옮겨? 말아?"

그런 그의 뇌리에 누군가의 얼굴이 떠올랐다.

"쩝, 어쨌든 일단 곡주님이 부탁하신 삼 개월이 아직 지나지 않았으니까."

입맛을 다신 그는 힘없이 늘어진 막강의 몸을 둘러업었다.

"그야말로 병 주고 약을 주는 꼴이군. 훗……."

중얼거린 그의 신형이 곧 수목 사이를 가로지르며 사라졌다.

"으으……!"

막강은 작은 신음과 함께 천천히 눈을 떴다.

온몸이 몽둥이로 두들겨 맞은 듯 욱신거렸다.

"정말 내공 하나만은 끝내주는군. 벌써 일어나다니."

낯익은 음성이 귀에 들려왔다.

이에 막강은 간신히 상체를 일으켜 일 장 앞 바위에 걸터앉아 있는 양광(梁洸)을 바라봤다.

양광은 막강의 꼴이 우스운 듯 빙글거리며 입을 열었다.

"몰골이 말이 아니군. 그만 포기하시지, 얼간이? 아직까지 죽지 않고 버틴 것만 해도 대단한 거야."

잔뜩 놀리는 투로 말하는 그를 보며 막강 또한 고통 속에서도 사내를 향해 입가에 미소를 그려 보였다.

"크으… 그럴 수는 없어. 나, 난 절대 포기하지 않을 거야!"

그 모습에 양광의 두 눈엔 언뜻 감탄의 빛이 떠오르는 듯했다.

"훗, 그 꼴을 하고도 웃을 수 있다니, 너는 얼간이가 틀림없어."

"크! 뭐라 그래도 좋아. 하지만 난 꼭 내 힘으로 이곳을 빠져나가고 말겠어!"

막강은 손에 쥔 묵룡을 버팀목 삼아 휘청거리는 두 다리를 억지로 일으켜 세웠다.

"뭘 하는 거지? 설마 또 덤빌 생각이야?"

"물론!"

막강의 두 눈이 벌써 푸른빛을 띠는 걸 본 양광은 짐짓 과장되게 입을 쩌억 벌려 보였다.

"허어! 그렇게도 강호제일인인가 뭔가가 되고 싶어?"

막강은 고개를 저었다.

"…처음엔 그랬는데 지금은 아니야."

"그럼?"

"그냥… 그냥 너희들을 이기고 싶어졌어. 너희들은 진짜 강해. 그래서 절대 지고 싶지가 않아."

"허어?"

이번엔 양광의 입이 절로 다물어지지 않는다.

"그야말로 대책없는 녀석이군. 뭐, 알았어. 그 투지랑 자신 감만큼은 높이 사주지. 그래도 조금이라도 몸 좀 추스르고 덤비는 게 어때? 지금 덤비면 넌 정말 죽을지도 몰라."

"난 죽지 않아."

"……?"

"아직 허락을 받은 적이 없거든."

"허락?"

"그리고 난 이제 너희들의 약점을 찾아냈어."

"뭐? 우리의 약점?"

양광은 피식거렸다. 막강의 표정이 너무나 자신감에 넘쳐 있었기 때문이다.

하지만 그에겐 막강의 그런 표정이 전혀 의미 없게 느껴졌다.

두 달 전, 처음 자신에게 흠씬 두들겨 맞고 실신하기 전에도 막강은 저런 표정을 짓고 있었기 때문이다.

"훗, 약점이라… 뭔지 궁금한걸? 여태껏 우리에게 약점 따위가 있다고는 한번도 생각해 본 적이 없어서 말이야."

양광이 말을 끝맺는 순간이었다.

휙!

어디선가 나타난 한줄기 인영이 막강의 등 뒤로 내려섰다.

전날 양광과 함께 있었던 장신 청년, 공익(孔謚)이었다.

공익은 나타나자마자 막강을 향해 코웃음을 쳤다.

"흥! 우리한테 약점이 어디 있어? 이 녀석, 하도 두들겨 맞아서 제정신이 아닌 것 같은데?"

"어? 공 형제도 그렇게 생각했어? 나도 그랬는데. 뭐, 어쨌든 이렇게 호언장담을 하시는데 한번 구경이나 해보자고. 혹시 알아? 진짜 이 녀석이 우리도 모르는 우리의 약점을 찾아냈을지. 후후……."

이에 공익은 잔뜩 못마땅하단 표정을 지었다.

"양 형제 말대로 제발 그랬으면 좋겠군. 이 녀석 이러는데 이젠 정말 질리려고 해. 뭐 이렇게 독한 녀석이 다 있어? 그렇게 맞고도 포기할 생각을 안 하잖아? 거기다가 또 왜 저렇게 계속 실실 웃는 건데? 정말 이참에 확실하게 끝내 버릴까?"

"아, 그건 안 되지. 석 달이 되기 전까진 죽이지 말라고 곡주님께서 신신당부를 하셨으니까."

"그게 이해가 안 간다는 거야! 왜 저런 녀석 따위에게 그런 배려를 하는 거냐고!"

공익이 계속해서 투덜대자 양광이 어깨를 으쓱하며 말했다.

"글쎄, 아무래도 하지에 나간 곡주님 제자의 소개로 온 녀석이라 그런 게 아닐까? 아무튼 녀석의 소원이니 이제 시작해 볼까?"

"쳇!"

팔짱을 끼고 있던 공익은 입꼬리를 사선으로 치켜올렸다. 어쩔 수 없이, 그야말로 억지로 움직일 것만 같은 그였지만 실제로 두 사람 중 먼저 움직인 것은 바로 공익이었다.

팟―

그의 신형이 그대로 사라졌다.

마치 순간 이동을 한 듯, 그의 몸은 돌연 막강의 바로 등 뒤에 나타났다.

쉬잇!

그의 손날이 전광석화처럼 막강의 등을 베어갔다.

하지만 그는 결국 허공을 가르고야 말았다.

그의 손이 막강의 등에 막 닿으려고 하는 찰나, 막강의 신형 역시 흐릿해지며 그 자리에서 사라져 버렸기 때문이다.

"오! 제법인걸! 여전히 이형환위를 펼칠 수 있을 정도로 팔팔하다 이건가?"

가만히 지켜보던 양광이 막강의 반응에 놀란 듯 탄성을 발했다.

반면 자신의 공격이 무위에 그치자 공익은 더욱 짜증 섞인 얼굴로 막강을 덮쳐 갔다.

"윽! 미꾸라지 같은 놈!"

쉬쉿!

그의 몸이 잔상을 그리며 삼 장 뒤로 이동한 막강을 순식간에 쫓았다. 그리고 그는 또다시 막강을 향해 수도(手刀)를 날렸다. 하지만 이번에 노린 곳은 등이 아니라, 막강의 목이었다.

'음……!'

이에 대경한 막강은 황급히 허리를 뒤로 꺾으며 가까스로 공익의 공격을 피해냈다.

그러나 이번 공격은 거기서 그치지 않았다. 막강이 피할 것을 미리 계산한 듯, 공익은 조금의 틈도 없이 연이어 수도를 날려왔다.

수도에 담긴 강맹한 위력에 막강의 얼굴은 차갑게 굳었다.

두 청년의 실력이 얼마나 대단한지는 익히 알고 있었지만, 오늘의 공격은 특히나 더욱 무섭게 느껴졌다. 공익에게선 지금까지와는 다른 진한 살기가 풍겨져 나오고 있었던 것이다.

'큭! 그래도 어떻게든 버텨야 돼!'

막강은 이를 악물었다. 눈앞의 두 청년을 제압하고 흑무 곡주 천통자에게 인정을 받으려면 그 길밖에는 없었다.

아니다.

지금은 그것보다 중요한 게 있었다. 저 둘을 자신의 손으로 때려눕히는 것.

지난 두 달여 동안 오로지 그 생각만 머릿속에 담고 있었다. 놀랍게도 단 한 번도 저 둘에게 손을 댈 수가 없었다. 오로지 얻어맞기만 했다. 사정없는 매질은 자신이 실신해야만 끝이 났다.

시도 때도 없는 공격에 잠시도 편할 때가 없었다. 잠을 잘 때나 허기를 채울 때도 늘 팽팽한 긴장의 끈을 놓지 말아야 했다. 언제 어디서 저 둘이 튀어나와 자신을 개 패듯 팰지 몰랐기 때문이다.

갖은 방법을 동원해 보았지만, 도무지 저 둘의 움직임을 따라잡을 수가 없었다. 그만큼 막강으로서는 전혀 볼 수 없었던 가공스런 몸놀림이었다.

처음에는 놀라움에 가득 찼었지만, 지금은 그런 감정 따윈 사치였다.

오직 어떻게 하면 맞지 않을 수 있을지, 어떻게 해야 저 둘을 제압할 수 있을지에 대해서만 생각하고 또 생각할 뿐이다.

하지만 막강은 자신의 선택을 후회하지 않았다.

그날… 거조의 등에서 정신을 잃고 절곡 아래로 떨어진 그 이튿날.

눈을 떠보니 그토록 찾고자 했던 흑무곡이요, 천통자의 거처였다.

막강으로부터 모든 사정을 들은 천통자는 자신에게 강호제일인으로 인정받고 싶다면 두 가지 중 하나를 선택하라고 했다.

그중 하나는 지금의 의천맹주인 무적수사 유평이 십오 년 전 이곳에서 통과한 시험을 거치는 것이고, 다른 하나는 그보다 두 배나 더 혹독한 시험을 통과하는 것이었다.

전자를 택하게 되면 시험을 통과하고 나서 다시 밖으로 나가 의천맹주 유평과 겨루어 승리해야만 천통자로부터 강호제일인으로 인정받을 수 있었다.

반면 후자를 택하여 그 시험을 무사히 통과한다면 그것으로 즉각 천통자로부터 강호제일인임을 인정받을 수가 있었다.

이에 막강은 주저없이 후자를 선택했다. 복잡하지 않은 것이 좋았고, 아직 아무도 겪어보지 않은 것이라는 게 좋았다.

하지만 무엇보다 막강의 마음을 끈 것은 그것이 더욱 강한 시험이라는 점이었다.

과연 얼마나 혹독할지 궁금했다. 자신이 과연 그것을 견뎌낼 수 있을지 확인하고 싶었다. 그것을 통해 막강은 자신의 한계를 발견할 수 있기를 기대했다.

그리고 드디어 첫 번째 궁금함이 풀렸을 때, 막강은 '과연 자신이 끝까지 버텨낼 수 있을까? 라는 생각을 했다. 그만큼 무서웠다. 혹독하며 강했다.

자신의 한계를 발견한 정도가 아니라, 매일같이 한계를 느끼며 좌절을 맛봐야만 했다.

우물 안 개구리라더니, 그 말이 딱이었다. 그나마 한 가지 위안이 되는 것은, 자신에게 그런 좌절을 맛보게 한 당사자인 양광과 공익이 강호무림을 한낱 삼류잡배들의 놀이터로 치부한다는 것이었다.

그만큼 그들의 실력은 놀랍다고밖엔 표현할 길이 없었다. 막강의 눈에 마치 그들이 아주 다른 차원의 존재들로까지 비쳐졌으니 말이다.

하지만 이를 악물고 버텼다. 수십 번이고 죽을 고비가 있었으나, 그때마다 언년과의 약속이 희미해지는 정신을 다그쳤다.

그렇게 하루하루 힘겹게 버티다 보니 서서히 한 가지 생각이 머릿속을 맴돌았다.

'그래봤자 저 녀석들도 사람이다!'

사람이라면 필연적으로 약점이 있을 터.

그때부터 막강은 양광과 공익, 두 사람의 모든 움직임을 주의 깊게 살폈다. 과연 약한 점은 무엇인지, 자신이 파고들어 갈 틈은 어디인지…….

하지만 두 사람의 약점은 좀처럼 보이지 않았다. 권각이 난무하는 상황에서 두 눈에 불을 켜고 살펴도 허사였다.

그나마 지난 두 달 동안 그것을 통해 얻을 수 있었던 소득이 있다면 조금씩 두 사람의 움직임과 공격에 익숙해졌다는 것뿐이었다. 그로써 실신하는데 걸리는 시간이 조금씩 길어졌던 것이다.

그러나 그 같은 것은 딱히 소득이라 말할 수도 없었다. 그래보았자 결과는 여전히 동일했기 때문이다. 자신은 공격 한 번 제대로 해보지 못했고, 두 사람은 무차별적으로 자신을 두들겨댔다.

그렇게 생각했다. 별거 아니라고.

그런데 그게 아니었다.

매질에 버티는 시간이 늘어가고, 좀 더 오래 두 사람의 움직임을 관찰할 수 있게 되면서 막강은 자신도 모르는 새에 작은 여유를 가질 수 있게 되었던 것이다.

비록 외줄 위에서 내뱉는 짧은 한숨과도 같은 보잘 것 없는 여유였지만, 그 여유는 막강으로 하여금 그토록 갈망하던 것을 찾아낼 수 있게 해주었다.

드디어 양광과 공익의 약점을 찾아낸 것이다. 그것은 바로 내공이었다.

막강은 자신이 버티는 시간이 길어질수록 두 사람의 공격에 담긴 힘과 빠르기가 조금씩 감소되는 것을 느낄 수 있었다.

비록 그 감소되는 정도가 미미했지만, 막강은 이를 통해 확신할 수 있었다. 자신의 내공이 양광과 공익 두 사람보다 우위에 있다는 것을 말이다. 그렇지 않다면 자신이 먼저 지쳐버려, 두 사람의 그러한 변화를 감지하지 못했을 것이기 때문이다.

사실 딱히 약점이라 하기도 어려웠다. 양광과 공익이 지닌 내공이 특별히 약한 것은 아니기 때문이다. 오히려 두 사람은 추측하기 어려울 정도의 내공을 지니고 있었다. 다만 그것이 막강이 지닌 내공보다 약간 못하다는 것뿐…….

'이게 다 괴의할아버지가 준 약을 먹은 덕분이야. 그 약이 아니었다면 지금과 같은 공력을 가지지는 못했을 테니까.'

쉬익!

미세한 파공성이 귓가를 때렸다.

막강은 본능적으로 목을 움츠렸다. 하지만.

'윽!'

그와 동시에 귓불이 불에 댄 듯 따끔거렸다. 공익의 손날이 살짝 스치고 간 것이다.

순간 등골이 오싹거리며 온몸에 식은땀이 돋아났다. 찰나라도 늦었다면 어찌 되었을까? 그대로 귀 하나를 잃었을 것이다.

막강은 더욱 정신을 바짝 차렸다. 무조건 버텨야 했다. 그리고 기다려야 했다. 두 사람의 내공이 서서히 고갈될 때까지.

두 사람의 움직임이 느려지고, 공격에 담긴 힘이 약해질 때… 바로 그 순간을 노려야 했다.

관건은 그때까지 자신이 버티느냐였다. 버텨도 그냥 버티기만 해서는 안 된다. 최대한 공격을 당하지 말아야 한다. 몸이 만신창이가 되어서는 결코 기회를 노릴 수가 없기 때문이다.

쉬익! 쉭!

공익의 공격이 더욱 날카로워졌다.

막강이 자신의 공격을 연이어 피해내자 독기가 오른 것이리라. 공익은 번개같이 양손을 번갈아 휘두르며 막강을 핍박해 갔다.

이를 보며 막강은 내심 크게 긴장하면서도 한편으론 쾌재를 불렀다.

'그래! 힘을 더 써! 그래야 빨리 지칠 테니까!'

사삭!

막강은 표풍무영보를 극성으로 펼치며 공익의 공격에 대항했다. 지난 두 달 동안 자신이 익힌 무공을 극성으로 펼치지 않은 적은 단 한 번도 없었다. 언제나 사력을 다해 피하고, 방어하고, 공격했다. 그래야만 살 수 있었기 때문이다.

양광과 공익이 가격하는 곳은 하나같이 극심한 통증을 일으키는 곳이었다. 실신한 다음날 먼저 가격당한 곳을 다시금 강타당할 때엔 죽고 싶을 만큼 고통스럽기도 했다. 그 정도로 두 사람의 손속은 매섭고 무자비했다.

그와 같은 상황을 지금껏 이겨내고 견딜 수 있었던 것은 오로지 강한 의지 덕분이었다.

그것은 막패와 막동 부자가 자신에게 심어주고 간 것이다. 형산의 모든 것이 가르쳐 준 것이다. 자신이 만난 모든 사람을 통해 배운 것이다.

그 의지를 통해 막강은 진일보했다. 처음엔 의식하지 못했지만 이제는 알았다. 자신은 분명 흑무곡에 들어오기 전에 가지고 있던 한계를 넘어서고 있었다.

'이것이었구나! 천통자 할아버지의 시험이라는 것이!'

계속해서 날아오는 공익의 손날을 바라보는 막강의 입가에 문득 희미한 미소가 그려졌다.

공익의 공격은 대부분 종이 한 장 차이를 두고 무위에 그치고 있었다. 간혹 막강의 몸에 적중되기도 했지만, 그곳은 그가 원하던 곳이 아니었다. 막강이 교묘히 몸을 움직여 치명적인 곳을 피해내고 있었던 것이다.

"치잇! 이 녀석!"

드디어 공익은 참지 못하고 분통을 터뜨렸다.

이를 지켜보고 있던 양광도 놀라움을 감추지 못하고 고개를 갸웃거렸다.

"어떻게 된 거야? 하루 사이에 어떻게 저렇듯 달라질 수가 있는 거지?"

하지만 그는 곧 고개를 젓는다.

"음… 하루 사이가 아니야! 녀석은 하루하루 달라지고 있었던 거야. 단순히 놈의 내공이 세서 잘 버티는 줄로만 알았는데, 그게 아니었어. 저놈 실력은 우리가 모르는 새에 계속 높아져 가고 있었어!"

두 눈에 기광을 번뜩인 그는 끼고 있던 팔짱을 풀었다. 이제 자신도 나서야겠다고 생각한 것이다.

천통자의 요청으로 공익과 함께 막강을 떠맡게 되었을 때만 해도 일이 이렇게까지 될 줄은 전혀 생각지도 못했다. 그저 며칠 데리고 놀다가 혼쭐을 내줘 스스로 포기하게 만들어 버리면 그만이라고 생각했던 것이다.

그런데 막강은 그런 그의 생각대로 따라주질 않았다. 죽도록 두들겨 맞고도 포기하기는커녕 오히려 더욱 악착같이 버티며 달려들었던 것이다.

그런 막강의 모습에 성질 급한 공익이 점차 짜증을 내기 시작했을 때만 해도 그를 다독거리며 그러한 상황을 즐겼던 양광이었다. 막강을 조금 더 데리고 노는 것도 그리 나쁘지만은 않을 것 같아서였다.

하지만 이젠 그 역시 막강이 지겹다는 생각이 들었다. 더 이상 데리고 놀 마음이 사라진 것이다.

"나중에 곡주님께 혼나더라도 어쩔 수 없이 오늘로 그만 끝내야겠군."

양광은 천통자의 당부를 어기기로 마음먹었다.

천통자가 그들 두 사람에게 당부한 것은 다음 세 가지였다.

첫째, 석 달이 되기 전까진 절대 죽이지 말 것. 둘째, 뼈와

근육을 상하게 하지 말 것. 셋째, 실신하면 스스로 깰 때까지 공격을 멈출 것.

"그동안 든 정도 있고 하니 죽이긴 좀 그렇고… 다시는 움직일 수 없게 만들어줘야겠어."

그렇게 결심한 그가 막 신형을 날리려 할 때였다. 공익의 공격을 정신없이 피하고 있던 막강에게서 돌연 큰 외침이 들려왔다.

"너희들의 진짜 약점이 뭔지 알아?"

"……?"

양광은 멈칫하며 막강을 쏘아봤다.

"항상 둘이 덤빈다는 거야! 그래서 너희들은 각자의 진짜 실력이 어떤지 잘 모르고 있다는 것이지!"

"이 녀석! 무슨 개소리냐! 입 닥쳐!"

공익이 한층 더 노기 출중하여 더욱 거칠게 막강을 몰아쳤다.

비록 입 밖으로 내진 않았으나 지금 막강이 한 말을 개소리라 치부한 것은 양광도 마찬가지다. 각자의 진짜 실력이 어떤지 잘 모르고 있다니, 그저 헛웃음만 흘러나올 뿐이었다.

"녀석, 우릴 도발하려는 수작이군."

양광은 막강의 의도를 간파했다. 이젠 우습지도 않았다.

"크윽!"

막강에게서 고통스런 신음이 터져 나왔다. 공익의 수도에 정확히 등을 가격당한 것이다. 삼 장 뒤 나무줄기에 처박힌 막강은 입술을 깨물며 몸을 일으켰다. 고통을 참으려 애를 쓰는 기색이 역력했다.

"그래! 그 정도로 쓰러지면 싱겁지! 아직 백 대는 더 맞아야 돼!"

공익은 양팔을 크게 휘돌리며 맹수처럼 성큼성큼 다가왔다. 하지만 그의 신형은 곧 그 자리에 우뚝 멈춰 섰다. 그는 볼 수 있었다. 막강의 얼굴에 떠오른 미소를.

"우, 웃어?"

공익은 어이가 없었다. 막강이 웃고 있어서가 아니었다. 막강이 웃는 모습은 여태껏 지겹도록 보아 와서 이젠 그러려니 할 정도인 것이다.

그가 어이가 없는 것은 지금 막강의 얼굴에 떠오른 미소가 지금까지 보아온 미소와는 다르기 때문이었다.

지금까지 막강이 자신들에게 보인 미소는 결과야 어떻든 싸움 자체를 즐기는 자, 즉, 타고난 싸움꾼들이 싸움에 임할 때 보이는 미소였다면, 지금의 미소는 그게 아니었다.

막강의 미소엔 확신이 묻어났다. 무엇에 대한 확신인지 공익은 알 것 같았다. 막강은 지금 자신을 상대로 여유를 부리고 있는 것이다. 단 한 방에 삼 장 밖으로 몸을 날려 버린 자신을 상대로 말이다.

"뭐냐! 그 웃음은?"

공익은 두 눈을 부릅뜨며 외쳤다.

"별로 아프지 않아."

"……?!"

"충분히 맞을 만하다고 이제."

"허! 네가 드디어 죽을 때가 된 거구나? 헛소리를 다하네?"

공익은 즉각 달려드는 대신 팔짱을 꼈다. 이제 어떻게 마무리를 할까 잠시 생각하기 위해서였다.

그런 그를 보며 막강이 히죽 웃는다.

"이길 수 있을 거 같아. 너만 덤비면."

"뭐?"

"너 혼자만 덤비면 이길 수 있다고. 둘 다 덤비면 지겠지만."

그 말을 들은 공익의 눈썹이 크게 꿈틀거렸다.

"미친놈! 그렇게 말하면 진짜 계속 나 혼자만 나설 거라고 생각한 거냐?"

"응!"

막강이 즉각 고개를 끄덕이며 대답하자 돌연 공익이 크게 웃어젖힌다.

"으하하하! 어떻게 알았냐! 이봐, 양 형제!"

"……?"

양광은 짐짓 두 눈을 침침하게 뜨며 공익을 바라봤다. 그는 공익이 자신에게 무슨 말을 할지 이미 알고 있었다.

"이 녀석을 정말 죽일지도 모르겠어."

공익에게서 예상했던 말이 흘러나오자 양광은 어깨를 으쓱거렸다.

"뭐, 좋을 대로……."

양광은 공익을 굳이 말리지 않았다. 자신이 나섰다면 적어도 막강을 죽이지는 않을 터였다. 하지만 이제 공익이 나서면 막강의 목숨은 장담하기 어려울 것이다.

막강은 건드리지 말아야 할 것을 건드렸다. 그것은 공익의 자존심이었다.

아니, 정확히 말하자면 공익과 자신의 자존심, 나아가 자신들이 속한 '그곳'에 대한 자부심까지 건드렸다고 해야 할 것이다.

그것을 건드리고도 공익이 사정을 봐주길 기대해선 안 되었다. 이젠 공익을 막을 수 있는 것은 아무것도 없었다. 막강 스스로 막아내는 수밖에는.

"이제 됐나?"

공익은 막강을 향해 안광을 폭사시켰다. 이를 보며 막강은 고개를 끄덕였다.

"고마워."

"미친놈!"

팟!

공익은 주저없이 땅을 박찼다.

그리고 곧 도약하는가 싶던 그의 신형이 거짓말처럼 시야에서 사라져 버렸다.

'……!'

막강은 전신의 감각을 최고조로 끌어올렸다. 옥청건곤심 공을 극성으로 발휘하자 온몸에 진기가 충만했다.

'위다!'

퍼억!

방금 전까지 막강이 서 있던 땅이 굉음을 내며 움푹 파였다. 공익의 수도가 사정없이 박혀 들어간 것이다. 조금만 늦게 피했다면 박힌 곳은 땅이 아니라 막강의 머리였을 것이다.

'이런 공격에 살기가 없다니……!'

어느새 오 장 밖으로 물러선 막강은 방금 전에 있었던 공익의 공격을 떠올리며 모골이 송연해짐을 느꼈다.

자신이 볼 때 분명 공익은 흥분한 듯 보였다.

흥분을 하면 보통 손속이 매서워지게 마련이며, 손속이 매서워지면 자연 살기가 묻어 나오게 마련이다.

고수라면 부단한 노력을 통해 살기를 감출 수 있다. 하지만 완벽하게 감추기는 어렵다. 살기를 아무리 감추려 해도 공격을 감행하는 어느 순간, 그것이 길든지 짧든지 찰나든지 간에, 살기는 미약하게나마 묻어 나오게 되어 있기 때문이다. 그것은 사람이기에 어쩔 수 없는 이치였다.

그런데 방금 전 공익에게선 전혀 살기가 느껴지지 않았다. 막강이 가까스로 피할 수 있었던 것은 단지 미세한 파공성을 감지할 수 있어서였다.

막강은 공익이 살기를 완벽하게 감추었다고는 생각할 수 없었다. 그건 불가능했다. 그렇다면…….

'애초에 살기 따위는 없었던 건가? 그럼 흥분을 전혀 안 했다는 뜻인데… 읍!'

스슥!

막강의 두 발이 순간 어지럽게 움직였다. 또다시 소리도 없이 공익이 공격을 감행했던 것이다.

이번에도 역시 막강이 자신의 공격을 피해내자 공익의 입에서 커다란 음성이 터져 나왔다.

"너, 이 녀석! 날 이긴다고 장담한 놈이 기껏 한다는 게 도망 다니는 거냐!"

슈슉!

순식간에 거리를 좁힌 공익은 수도로 막강의 허리를 베어 갔다.

그러자 아직까지 허공에 머물러 있던 막강의 몸이 순간 등실 위로 떠올랐다. 용천혈을 통해 진기를 폭발시켜 몸을 띄워 올린 것이다.

그 덕분에 공익의 손은 또다시 허공을 가르고 말았다. 하지만 이번엔 그렇게 될 것을 미리 예상이나 한 것처럼 공익은 잽싸게 막강의 퇴로를 차단했다.

'음!'

막강은 흠칫했다. 몸이 공중에 떠오른 상태에서 퇴로마저 막혔다. 게다가 실제 칼보다도 무서운 공익의 수도가 등을 찔러오고 있었다.

'이번엔 피할 수 없다!'

피할 수 없다면 막아야 한다.

"하압!"

까앙!

기합과 함께 청광이 번쩍였다. 그리고 그와 동시에 예리한 금속성이 울려 퍼졌다.

막강의 손에는 검집을 벗어난 묵룡이 쥐어져 있었다. 묵룡의 끝에는 청색 강기가 뿜어져 나오고 있었다. 막강은 슬쩍 왼발을 뒤로 빼며 공익을 향해 묵룡을 겨눴다.

공익은 처음 있던 곳에서 일 장 정도 뒤로 물러서 있었다. 그는 가만히 두 팔을 늘어뜨리고 서 있었는데, 기이하게도 양손이 금빛으로 물들어 있었다. 방금 전 묵룡이 뿜어낸 검강을 막아낸 손이었다.

맨손으로 강기를 막아내는… 그것은 바로 수강(手罡)이었다.

하지만 막강은 전혀 놀라지 않았다. 공익이 당연히 수강으로 자신의 검강을 막아낼 것임을 예상했기 때문이다. 이미 공익은 여러 번 이런 식으로 막강의 검강을 막아낸 바 있었던 것이다.

그렇다고 공익이 항상 수강으로 막강을 공격한 것은 아니었다. 그가 수강을 사용하는 때는 지금처럼 막강이 검강을 이용하여 그를 공격할 때뿐이었다.

그에겐 손으로 강기를 일으키고 거두는 것이 참 쉬워 보였다. 마치 밥상에서 젓가락을 내밀 듯 자연스러웠다. 방금도 묵룡이 뽑힌 그 찰나와도 같은 시간이 무색할 정도로 금세 수강을 일으켜 검강을 막아낸 것이다.

'정말 엄청난 녀석들이야!'

막강은 거듭 감탄할 수밖에 없었다.

자신을 이토록 무력하게 만들 수 있는 사람이 있으리라곤 생각하지 못했었다. 그것이 자신감일 수도, 자만일 수도 있었겠지만, 적어도 어린 나이의 치기 따위는 아니었다.

그런데 실제로 자신을 순식간에 아무것도 아닌 존재로 만들어 버린 존재가 하나도 아닌 둘씩이나 나타났던 것이다. 처음 양광과 공익에게 무참히 두들겨 맞던 그때의 충격을 어찌 다 말로 표현할 수 있을까?

하지만 지금은 아니다. 더 이상의 충격은 없었다. 그저 감탄할 뿐이었다. 그리고 기뻤다. 이런 녀석들과 손속을 겨룰 수 있다는 사실 자체가 그랬다. 그만큼 자신은 커졌다. 흑무곡에 처음 발을 디뎠을 때의 자신이 아닌 것이다.

슈학!

공익의 신형이 다시금 쏘아져 왔다.

질풍처럼 달려드는 공익의 기세에 막강은 계속해서 뒤로

밀리며 어지럽게 묵룡을 휘둘렀다.

까앙! 까강……!

둘의 신형은 잠시도 한곳에 머물지 않고 여기저기서 나타났다 사라지기를 반복했다. 또렷한 형체도 없이 흐릿한 잔상만이 사방을 휩쓸고 다녔다. 보이는 것이라곤 난무하는 청광과 금광뿐이었다.

그렇게 얼마의 시간이 흘렀을까?

둘의 싸움을 묵묵히 지켜보던 양광이 문득 중얼거렸다.

"으음… 확실히 달라졌어."

막강과 공익이 본격적으로 싸움을 벌인 지 어느새 한 시진을 넘어서고 있었다. 그럼에도 두 사람에게서 느껴지는 기운은 여전히 강렬하고 매서웠다. 조금도 지친 기색을 찾아볼 수 없었다.

당연했다. 자신과 공익이 번갈아 가며 공격을 했을 때도 세 시진을 버틴 막강이다. 그런데 지금은 공익 한 사람만을 상대하고 있으니 지금까지 버틴 것이 그리 놀라운 일은 아닌 것이다.

"저 녀석, 지금껏 잘도 감추고 있었군!"

양광은 막강의 모든 것이 어제와는 완전히 다르다는 것을 두 눈으로 똑똑히 확인하고 있었다.

얼핏 보면 언제나처럼 막강은 수세에 몰려 방어하기에만 급급해 보였다. 계속해서 크고 작은 공격을 온몸 여기저기에 허용하는 모습도 동일했다.

하지만 달랐다. 막강은 본격적인 싸움이 시작된 이후 한 시진 동안 한 번도 쓰러지지 않았다. 물론 전에도 잘 쓰러지지 않고 꿋꿋이 버티기를 잘했지만, 지금과는 달랐다.

어제까지는 그러다가도 결국 쓰러지며 실신했다. 하지만 오늘은 그렇지 않을 것 같았다. 앞으로 시간이 더 흘러도 막강은 쓰러지지 않을 것이다. 왠지 양광은 그런 생각이 들었다.

"굳이 손해를 보면서도 싸움을 질질 끌고 있어. 게다가 공격도 제대로 하지 않고 말이야. 무슨 꿍꿍이지? 뭘 기다리는 거지?"

까앙! 깡!

계속해서 숲을 울리는 요란한 쇳소리에 보통 사람이라면 귀가 먹먹해질 지경이지만, 양광의 생각엔 아무런 방해 요소가 될 수 없었다.

사삭……!

양광의 시선은 쉼 없이 움직이는 막강에게 고정되어 있었다. 거의 이형환위에 가까운 움직임을 보이고 있는 막강이지만, 그의 눈을 벗어날 수는 없었다.

그런 그의 눈이 지금 막 공익의 공격을 막아낸 막강의 얼굴을 향했을 때다.

'음……?'

양광의 한쪽 눈썹이 살짝 꿈틀거렸다.

막강은 필사적이면서도 가까스로 공익의 공격을 막고 있는 것처럼 보였다. 그저 그렇게 보인다는 말이다. 실제는 필사적이지도 가까스로도 아니었다.

"저 자식! 우릴 상대로 연기까지 하네?"

기가 막혔다. 양광으로선 웃기지도 않는 속임수였다. 하지만 이를 통해 막강이 저렇게까지 하며 시간을 끄는 이유를 확실히 알게 된 그였다.

"공 형제가 지치길 기다리는 거로군! 그나마 우리보다 앞선 게 내공수위라고 생각한 것인가?"

양광은 자신들이 막강의 꼼수에 제대로 넘어갔다는 생각에 눈살을 찌푸렸다. 왜 막강이 자신있게 약점 운운했는지 이제야 알 것 같았다.

"어쩔까나……?"

턱을 매만지며 고민에 빠진 양광.

공익이 막강에게 패하리란 생각은 안 들었다. 또한 자신들의 내공이 막강과 비교하여 떨어진다고 생각지도 않았다.

하지만 왠지 불안하긴 했다. 막강의 엄청난 내공은 자신도 이미 경험한 바였다.

그리고 지금은 공익 혼자였다.

게다가 승부는 막강의 계획대로 소모전의 양상… 신이 아닌 이상 진기의 소모가 극심한 강기를 계속해서 펼칠 수는 없기 때문이다. 결국 누가 먼저 지치느냐에 따라 승부가 갈리게 되는 것이다.

"내가 지금 나서자니 자존심 강한 공 형제가 가만있을 리 없을 테고, 그냥 지켜보고 있자니 불안하고. 흐음……."

이러지도 저러지도 못할 상황.

그러나 양광은 곧 결론을 내렸다. 나서지도, 그렇다고 그냥 가만히 지켜보지도 않기로 말이다.

"이봐! 공 형제! 너무 질질 끄는 거 아니야? 벌써 한 시진이 넘었다고! 지금의 공 형제를 보고 저 녀석이 어떻게 생각하겠어? 내가 없으면 공 형제 따위는 아무것도 아니라고 생각하지 않겠어?"

"뭣이!"

양광의 말에 난무하는 빛무리 속에서 발끈한 음성이 들려왔다.

그 음성을 들은 양광의 입가에 살짝 미소가 걸렸다. 자신의 의도가 먹혔기 때문이다.

절대 그럴 일은 없겠지만, 그래도 만에 하나의 일이 벌어지지 않으려면 공익으로 하여금 승부를 빨리 결정짓게 만들어야 했다. 그래야 시간을 끌려는 막강의 수작을 막을 수 있기 때문이다.

그래서 양광은 그 방법으로 공익을 자극시키기로 한 것이다. 자신을 높이고 그를 낮추면 자존심 강한 공익이 가만히 있을 리가 없었다. 당장 전력을 다하여 막강을 쓰러뜨리려 들 것이 뻔했다.

지금부터 단시간 내라면 막강에겐 일말의 기회조차 없을 것이다. 막강이 믿는 것이라곤 오직 내공뿐, 빠르기나 초식 면에선 자신들의 상대가 결코 되지 않기 때문이다. 막강도 그걸 알기에 이런 꼼수를 쓴 것이 아닌가?

"내가 아무것도 아니라고!"

양광은 막강을 향해 들소처럼 달려드는 공익을 바라보며 내심 손뼉을 쳤다. 자신의 생각대로 공익은 움직여 주었다.

"이제 곧 끝나겠군."

팔짱을 낀 양광은 다시 느긋하게 두 사람의 싸움을 감상하기 시작했다.

한편 막강은 돌변한 공익의 기세에 움찔하지 않을 수 없었다. 공익은 마치 당장 사생결단을 낼 듯한 분위기였다.

'큭! 양광이란 저 녀석 말을 듣더니 이렇게 변해 버리는군!'

막강은 양광에게 자신의 의도가 간파당했다는 걸 알 수 있었다.

'이렇게 되면 어쩔 수 없군. 나도 서서히 시작할 때가 된 것 같다!'

사실 조금 전부터 공익의 기세가 미세하게나마 줄어들고 있음을 막강은 느낄 수 있었다. 하여 막강은 앞으로 일다경 정도만 더 기다리려고 했었다. 그때가 되면 눈에 띄게 지친 공익의 모습을 볼 수 있을 거라 생각한 것이다.

하지만 이젠 그 생각은 접어야 했다. 공익은 방어를 도외시한 공격을 가해왔다. 그에게 나중이란 것은 필요가 없어 보였다. 지금 바로 결판을 낼 태세였다.

더 이상 막강은 가까스로 막아내는 척을 할 수가 없었다. 실제 목숨이 경각에 달린 마당에 나중이고 뭐고가 다 무슨 소용이란 말인가?

"차압!"

막강은 정면에서 달려드는 공익을 향해 묵룡을 내리그었다.

우룽!

건곤삼검 중 붕천악이 펼쳐졌다.

비록 뒤로 물러서며 펼친 것이라 제대로 된 위력이 나지 않았지만, 강기로 펼친 것이니 거기에 담긴 힘은 누구도 무시할 수 없었다.

줄곧 방어만 하던 막강이 갑자기 공세를 가해오자 공익도 흠칫하지 않을 수 없었다. 하지만 그는 눈앞으로 떨어져 내리는 청색 빛줄기를 보면서도 눈에 불을 켰다.

"오냐! 와봐!"

그는 돌진하던 속도 그대로 묵룡을 향해 오른손을 휘둘렀다.

쉐엥!

쨔앙!

주변을 환하게 비추던 빛줄기가 갈기갈기 찢기며 돌연 바위가 부서지는 듯한 굉음이 터져 나왔다.

양광은 한차례 소매를 휘저어 시야를 가린 분진을 흩어냈다.

하지만 그가 전방을 확인하기도 전에 커다란 폭음이 연이어 들려왔다.

꽝! 꽈광!

푸스스스스!

결국 주변의 땅이 충격을 견디지 못하고 아래로 풀썩 꺼지기에 이르렀다.

'이런!'

양광은 황급히 자리를 피해 오 장 뒤에 있는 나무 위로 몸을 날렸다. 그는 최대한 안력을 돋워 상황을 살폈다. 굉음과 폭음은 계속해서 들려왔고 자욱한 흙먼지 속에서도 청광과 금광은 쉬지 않고 번뜩였다.

"아니, 저 녀석! 공 형제의 공격을 계속해서 받아내고 있잖아?"

양광은 믿기지 않는 듯 눈을 부릅떴다. 뿌옇게나마 두 사람의 모습이 보였다. 광풍과도 같은 공익의 공세에 막강은 한 치의 물러섬 없이 맞서고 있었다.

더 이상 뒷걸음질 치지도 않았고, 방어에만 급급해하지도 않았다. 오히려 공격을 공격으로 대응하며 쉬지 않고 묵룡을 휘두르고 있었다.

"으음, 거의 대등해. 거의……."

미미하게 고개를 끄덕이며 중얼거리는 양광.

막강의 공력은 그들의 예상을 훨씬 뛰어넘었다. 만일 소모전이 조금만 더 이어졌다면 공익은 물론이고 자신 또한 정말 큰 곤욕을 치렀으리라.

"녀석으로선 무지 아깝겠는걸? 그동안 열심히 맞아가며 생각해 낸 꼼수였을 텐데."

약간은 막강이 딱하다는 생각이 드는 양광이다. 강호제일인이니 뭐니, 그런 것에 대해선 관심이 없지만, 사실 막강 정도면 하지에선 최강자라고 해도 과언이 아닐 거란 생각이 들었다.

그런 막강이 굳이 이곳에 찾아와 자신들에게 험한 꼴을 다 당하고 있으니 한편 불쌍한 생각도 드는 것이다.

"듣자하니 애까지 있다던데……. 쯧쯧."

양광은 마치 싸움이 이미 다 끝난 것처럼 말을 하고 있었다.

그리고 그가 혀를 찬 바로 그때부터 상황은 급변했다.

푸슛!

막강을 향해 수강을 연거푸 퍼붓던 공익의 신형이 연기처럼 사라졌다. 이에 막강은 적지 않게 당황했다. 공익의 움직임이 확실히 눈에 잡히지 않았던 것이다.

'보였어!'

찰나지간 스친 한줄기 그림자를 향해 막강은 묵룡을 쳐올렸다.

쉥!

‘엇?!’

막강은 다시 한 번 당황했다. 손에 아무런 느낌이 전달되지 않았다. 묵룡이 그대로 허공을 가른 것이다.

‘이런!’

아차 싶은 그 순간, 등줄기에 바늘로 찌르는 듯한 찌릿함이 느껴졌다. 막강은 황급히 상체를 비틀어 등 뒤로 묵룡을 가져가 막으려 했다. 하지만 뜻대로 되지 않았다.

퍽!

“으음……!”

목 뒤에 큰 충격이 느껴짐과 동시에 나직한 신음을 흘린 막강은 그 자리에서 허물어졌다. 마지막 쓰러지는 막강의 뇌리 속엔 경악에 찬 한마디가 맴돌았다.

‘너, 너무 빨라…….’

스윽!

양광은 약해지는 불꽃 아래로 들고 있던 나뭇가지를 쑤셔 넣었다.

타다닥!

불씨가 살아나며 주위가 더욱 환해졌다.

“생각할수록 특이한 녀석이라니까. 안 그래, 공 형제?”

큰 돌 위에 걸터앉은 그가 피식거리면서 말했다.

“흥!”

이에 모닥불을 사이에 두고 그와 마주 앉은 공익이 무엇의 것인지 알 수 없는 뼛조각 하나를 내던지며 코방귀를 뀌었다. 그의 앞에는 이미 하얀 뼛조각들이 잔뜩 널브러져 있었다.

그런 공익을 보며 한차례 해쭉거린 양광이 가볍게 물었다.

"그나저나, 팔은 괜찮아?"

"흥! 이까짓 건 하루 자고 나면 나을 테니, 양 형제는 신경 쓰지 말라고."

공익은 오른팔을 위로 들어 보이며 신경질적으로 대꾸했다. 그의 팔뚝엔 하얀 천이 두껍게 감아져 있었는데, 그 위로 언뜻 핏기가 비치고 있었다.

"훗… 그렇다면야 다행이군."

"……."

팔짱을 낀 채 입속에 남은 고기를 다 씹어 삼킨 공익은 양광의 얼굴에 떠오른 미소를 보며 눈살을 찌푸렸다.

"왜 자꾸 웃는 거지? 설마 지금 날 비웃는 거야, 양 형제?"

그 말에 양광은 양손을 휘저었다.

"아니야. 비웃다니? 내가 무슨 이유로 공 형제를 비웃겠어? 그저 공 형제 팔에 난 상처를 보고 있자니 자꾸 웃음이 나서 그러는 것뿐이라고."

"자꾸 웃음이 나오다니? 그게 비웃는 거잖아!"

공익은 기분이 상한 듯 인상을 썼다.

이에 양광은 미소를 지우지 않으면서도 차분히 대꾸했다.

"진정하라고. 공 형제의 몸에 상처가 난 걸 본 것이 하도 오랜만이라 신기해서 그러는 거니까. 한… 십 년만인가?"

"크음……!"

양광의 말을 애써 외면하는 공익이다. 좌우지간 팔뚝에 난 상처에 대하여는 별로 언급하고 싶지 않았다.

마지막 공격.

그것은 그야말로 전력을 다한 공격이었다.

처음이었다. 막강을 상대로 전력을 다해본 것은.

그만큼 어제까진 얼마 정도의 여유를 가지고 막강을 상대했었다는 뜻이다. 여유를 가질 수 있었던 것은 막강의 실력이 딱 그 정도였기 때문이다. 그로 하여금 전력을 다할 필요성을 느끼지 못하게 할 정도…….

하지만 오늘 막강은 완전히 다른 사람이었다. 그가 전력을 다하지 않으면 안 될 만큼 위협적이었다.

그것을 막 느끼기 시작할 즈음이었다. 그때 양광의 음성이 귀에 들렸다. 양광은 그의 자존심을 긁었고, 성난 공익은 결국 모든 힘을 폭발시켜 막강을 향해 일격을 가했던 것이다.

그의 마지막 일격에 막강은 적지 않게 당황하는 듯했다. 그 모습을 보며 그는 내심 고개를 끄덕였다. '그러면 그렇지. 아무리 발악해 봐야 네놈은 거기까지야!' 라는 생각을 떠올리며 회심의 미소를 그렸다.

그렇게 그의 손날은 막강의 목 뒤, 천주혈(天柱穴)에 닿고

있었다. 그대로라면 막강은 즉사다. 그만한 힘이 그의 손에
담겨 있었기 때문이다.

하지만 마지막 순간 막강이 번개와 같은 빠르기로 몸을 회
전시켰다. 그것은 그의 예상을 뛰어넘는 반응이었다. 하여 그
는 움찔하지 않을 수 없었다.

그의 일격은 그대로 막강의 천주혈에 격중되었지만, 결과
는 그가 처음 생각한 대로 되질 않았다. 막강은 그대로 무너
졌지만 죽지 않았고, 그는 묵룡이 뿜어낸 강기에 의해 팔뚝을
길게 베이는 상처를 입고야 말았다.

모든 것은 바로 그 작은 틈으로 인해서였다. 짧은 움찔거림
으로 완벽한 일격이 이루어지지 못했고, 그 덕에 막강은 혼절
하는 것으로 그칠 수 있었다.

공익은 자신이 막강을 죽이지 못했다는 것을 즉각 알았지
만, 더 이상 손을 쓰지 않았다. 그는 멍하니 서서 쓰러진 막강
과 자신의 팔뚝을 번갈아 쳐다보기만 했다.

상처를 입었다. 그것도 하등한 하지인에게.

그는 믿기지가 않았다. 생각하지도, 생각할 수도 없는 일이
벌어진 것이다.

분노보다는 충격이 매우 컸다. 잠시 후엔 조금 정신을 차렸
지만, 막강을 죽이진 못했다. 양광이 제지한 것이다. 양광도
적지 않게 충격을 받은 듯했지만 그는 그래도 당사자가 아니
어서인지 크게 동요하지는 않았다. 천통자의 당부를 생각하

여 막강을 그대로 두고 공익과 함께 일단 이곳으로 자리를 옮겼던 것이다.

"십 년 전 한참 송문 형제님 밑에서 구를 때 이후론 처음이 잖아?"

"크허험!"

공익은 더욱 크게 헛기침을 하며 양광의 시선을 외면했다.

하지만 이를 모른 척하며 계속해서 입을 여는 양광.

"가만히 생각해 보면, 우리가 지금까지 녀석을 지켜본 것도 단순히 곡주님의 당부 때문만은 아닌 것 같아. 녀석에 대한 막연한 기대가 있었기 때문이랄까……? 뭐, 그 비슷한 무언가가 있었던 것 같단 말씀이지."

"그런 놈에게 기대는 무슨……. 쳇!"

거친 대꾸였지만 공익의 내심도 자신과 별반 다르지 않음을 양광은 눈치 챌 수 있었다.

"뭐 아무튼, 녀석이 대단한 것만은 확실한 것 같군. 비록 하지인이지만, 싸움에 대한 재능만큼은 결코 우리 못지않은 것 같으니까."

양광이 연이어 막강을 치켜세우는 듯한 말을 하자 공익의 표정은 못 먹을 것이라도 먹은 듯 잔뜩 구겨졌다. 하지만 더이상 뭐라 반박하지 않고 묵묵히 입을 닫고 있었다.

어쩌겠는가? 양광이 이러한 말을 내뱉을 만한 빌미를 제공한 것이 바로 자신인 것을.

공익은 막강에게 베인 팔뚝만 생각하면 양광 앞에서 큰소리를 칠 수가 없었다.

"흐음, 그나저나 이제 그 녀석을 어떻게 한다?"

양광이 고민스러운 듯 팔짱을 끼며 중얼거렸다.

이를 들은 공익은 신경질적인 반응을 보였다.

"어떡하긴 뭘 어떡해? 이제 그만 다 때려치우자고! 더 이상 그 지독한 녀석 얼굴은 보기도 싫으니까!"

그 모습이 재미있는 듯 양광은 웃었다.

"훗, 그 녀석이 지겨운 건 나도 공 형제와 마찬가지야. 하지만 일단 곡주님의 부탁으로 그 녀석을 우리가 맡은 이상 우리 마음대로 결정할 수는 없을 것 같아."

"그래서?"

"음… 우선 곡주님한테 사정을 이야기하고 의견을 듣는 게 좋을 것 같은데, 공 형제 생각은 어때?"

"나야 뭐… 어차피 처음부터 따라온 거니까 양 형제가 알아서 하라고."

공익이 일을 자신에게 일임하자 양광은 미소로 화답했다.

"좋아. 그럼 일단 곡주님을 만나 뵈는 것으로 하지. 녀석이 조건대로 사수진(死樹陣)을 빠져나가진 못했지만, 누구도 예상치 못한 일을 벌였으니 보고는 해야 될 것 같으니까. 아! 혹시 곡주님은 조금이라도 예상을 하고 계셨을지도 모르겠군?"

"크으……!"

양광의 마지막 말에 공익은 재차 인상을 구겼다. 막강이 자신에게 상처를 입힌 일을 두고 하는 말인 줄을 아는 것이다.

사수진이라 함은 이곳에 쳐 있는 결계를 말함이다. 이곳을 빽빽이 채우고 있는 수목들은 모두 죽은 것들이었다. 그래서 사수진이다.

사수진은 매우 단순한 진이면서도 무서운 진이다. 사목(死木) 군락 주위에는 온통 암흑이었다. 그리고 경계 아래엔 천 길 낭떠러지가 있고, 그 아래에서 화염이 솟구쳐 올라 절대 밖으로 빠져나갈 수가 없었다.

진을 파훼할 수 있는 방법은 처음부터 존재하지 않았다. 하지만 진을 빠져나갈 방법이 딱 하나가 있다. 사수진 정남 쪽에 결계가 발동되지 않는 유일한 곳이 있었다. 바로 그곳으로 빠져나가면 되는 것이다.

어찌 보면 매우 간단하고도 쉬운 방법이었다. 하지만 그곳을 나가지 못하도록 막는 자가 있다면 이야기는 달라진다. 게다가 그 막는 자가 괴물과 같은 존재인데다가, 하나도 아닌 둘이라면 평생 빠져나가지 못할 수도 있게 되는 것이다.

천통자는 바로 이곳에 막강을 밀어 넣으며 이곳에서 빠져나온다면 막강을 강호제일인으로 인정해 주겠다고 약속했다. 아직까지 막강은 그 조건대로 사수진을 빠져나오진 못했지만, 매우 놀랄 만한 성과를 내었다. 바로 공익의 몸에 상처를 낸 것이다.

　양광은 비록 미미하지만 실낱같은 가능성을 인정하지 않을 수 없었다. 이대로 조금만 더 시일이 지난다면 막강이 정말 자신들을 따돌리고 사수진을 벗어날 수도 있다는 생각이 드는 것이었다.

　물론 천통자의 판단은 다를 수 있었다. 그래서 먼저 물어본다는 것이다.

　하지만 무엇보다 공익과 자신이 이제 더 이상 막강을 맡는 것이 지겨워졌다는 게 가장 큰 이유였다. 양광은 그 같은 사실도 천통자에게 넌지시 말할 심산이었다.

　"어떻게 말씀드리는 게 좋을까……?"

　양광은 한 손으로 자신을 턱을 쓰다듬으며 생각에 잠겼다.

　이튿날 아침.

　잠에서 깬 양광은 사수진을 빠져나와 천통자의 거처로 향했다. 공익은 아직 깨어나지 못한 막강을 감시해야 하기에 그 혼자 움직인 것이다.

　"그래서?"

　양광의 보고를 받은 천통자는 게슴츠레한 눈으로 양광을 쳐다보며 물었다.

　"예?"

　"그래서 어쩌라는 말인가?"

　"아! 그게… 무엇을 어쩌겠다는 것이 아니라 일단 그런 일이 있었다는 것을 보고 드린다는 차원에서…….”

“보고라… 알았네. 알았으니 그만 가보게.”

“예?”

양광은 눈을 끔뻑거리며 천통자를 쳐다봤다.

“보고 다 했으면 그만 가보라고 하였네. 뭐 다른 할 말이 남았는가?”

“아! 다른 할 말… 있기는 한데…….”

한차례 머리를 긁적거린 양광이 힐끗 천통자의 눈치를 살핀다.

‘내가 왜 왔는지 알고 계시면서 모른 척하시기는.’

웬만하면 누구에게든지 둥글둥글하게 넘어가는 것이 양광의 성격이었다. 하고 싶은 말을 아끼는 편도 아니었다. 오히려 너무 솔직 당당해서 상대를 당혹케 하는데 일가견이 있는 인물이 바로 그였다.

하지만 그런 양광도 마주하기 조금 껄끄러워 하는 자들이 몇 있는데, 그중 하나가 바로 천통자였다. 천통자 앞에서는 심계를 부려봐야 헛수고 같은 기분이 들고, 아무리 말을 술술 잘해봐도 왠지 꺼림칙했다.

‘흐음, 이대로 가는 것은 말이 안 되지. 기왕 왔으니 계획대로 밀고나가자!’

양광은 꼭 그 지겨운 놈을 다시 보지 않게 해달라는 공익의 간곡한 마지막 당부를 떠올리며 입가에 살짝 미소를 그렸다.

“놀랍지 않으십니까?”

“뭐가 말인가?”

“그 녀석이 전력을 다한 공 형제에게 상처를 입혔다는 사실 말입니다.”

“흐음, 놀라운 일이겠지.”

“예?”

천통자의 애매한 대답에 양광은 눈을 치떴다. 놀라운 일이면 일인 거지. ‘일이겠지’는 또 뭐란 말인가?

천통자는 그런 그의 의구심을 짐작했는지 양광의 눈을 가만히 응시하며 입을 연다.

“자네들한테는 그럴 것이란 뜻이네.”

“그럼 곡주님은 놀랍지 않다는 말씀이군요?”

“이미 예상하고 있던 일은 실제 벌어지더라도 놀라움을 주지 않는 법이지.”

“역시 그랬군요.”

양광은 천통자가 처음부터 막강이 자신들의 몸에 상처를 내는 일 정도는 예상했었을 거란, 자신의 짐작이 맞았음을 알았다.

“그렇다면 실제 이런 일이 일어났을 때 어찌할 것인지도 미리 생각해 놓으셨겠군요?”

“물론이네.”

“그럼 그 녀석을 이제 어찌하실 겁니까?”

“그 전에 먼저 자네에게 해줄 말이 있네.”

“……?”

양광의 눈이 약간 커졌다.

‘해줄 말이라니?’

약간 걱정이 되었지만 양광은 일단 가만히 천통자의 다음 말을 기다렸다.

“의천맹에 나가 있는 내 제자 하나가 있네.”

“들어서 알고 있습니다.”

천통자는 한차례 고개를 끄덕이며 말을 잇는다.

“어제 그 녀석이 내게 전갈을 하나 보내왔다네.”

“……?”

“강호가 풍전등화의 위기에 처해 있다더군.”

“아… 그것도 이미 본 문의 어른들께 들어서 알고 있습니다. 멸천교란 곳이 설치고 있다지요?”

“그렇다네. 하지만 지금은 상황이 매우 급박한 모양이네. 의천맹 내에서 멸천교의 간자가 발견되었는데, 그게 다름 아닌 의천맹의 핵심 세력 중 하나인 황보세가였다더군. 덕분에 안 그래도 열세에 있던 의천맹이 더욱 위축되었다고 하네.”

“역시 하지인들은 어리석군요. 자중지란이나 일삼다니.”

“하지인들이라 그런 것이 아니라, 본래 인간이란 존재가 그런 것이지.”

천통자의 가벼운 훈계가 있었지만 양광은 짐짓 이를 못들은 체하며 입을 열었다.

"음, 뭐 아무튼 강호 스스로 막아내지 못한다면 곧 본문이 나서야겠지요."

대수롭지 않게 대꾸한 그는 천통자를 향해 물었다.

"근데 이 이야기를 제게 하시는 이유가 뭡니까?"

"곧 알려줄 것이니 계속 들어보게."

"……"

"내 제자 녀석이 막강 그 아이를 내게 보낸 것은 그 아이를 강호제일인으로 공인시켜 멸천교의 교주란 자와 일대일의 승부를 벌이게 할 생각에서였네."

"아, 그래서 그렇게 꼭 강호제일인이 되겠다면서 이를 악물고 덤벼든 것이군요."

약간 우스운 듯 실소하는 양광을 보며 천통자가 물었다.

"자네가 보기엔 어떤가?"

"뭐가 말입니까?"

"그 아이가 강호제일인의 자격이 있는 것 같은가?"

양광은 기회다 싶어 즉각 고개를 끄덕였다.

"아까도 말씀드렸듯이 하지인치고는 대단한 녀석입니다. 그 정도라면 강호에서 적수를 찾기가 어려울 거라 생각되네요."

"후후……"

천통자는 웃었다. 그리고 그 모습을 보며 양광은 내심 찝찝한 기분이 들었다. 왠지 자신의 속내를 다 알고 있는 듯했던 것이다.

"사수진 안에서 자네들 둘을 상대로 지금까지 버틴 것만으로도 그 아인 충분히 자격이 있다고 볼 수 있지. 거기다 공익에게 상처를 입히기까지 했으니, 자네 말대로 대단한 일이기도 하고."

"하하, 그렇지요. 정말 싸움에 관한 재능만큼은 타고난 녀석입니다. 그럼… 그 녀석을 이제 강호제일인으로 공인시켜 주실 생각입니까?"

양광은 기대감을 최대한 감추며 넌지시 물었다.

"물론이네. 사실 그 아이에겐 처음부터 그만 한 재질이 보였지. 직접 겪어봐서 알겠지만, 지닌바 공력 또한 상상을 불허하지 않는가?"

"뭐… 그렇긴 하지요."

씁쓸하지만 인정하지 않을 수 없는 양광이다. 막강의 공력은 그야말로 괴물 수준이었던 것이다.

그는 홀가분한 표정으로 천통자를 향해 인사를 건넸다.

"그렇다면 이제 저희가 할 일은 다했으니, 그만 본 문으로 돌아가도록 하겠……!"

"하지만 말일세……."

"……?!"

양광은 천통자가 그의 인사를 못들은 척 중간에 끼어드는 통에 하던 말을 마칠 수 없었다.

"막강 그 아이가 강호제일인의 자격이 있다고 해도, 멸천
교주를 이길 수 있다고는 장담할 수 없네."

"그거야 그 녀석이 알아서 할 문제 아닙니까? 설령 멸천교주
한테 진다고 해도 본문이 있으니 염려하지 않으셔도 됩니다."

천통자는 고개를 저었다.

"물론 그렇지. 하지만 나는 그렇게 두기가 싫군."

"……?"

"나는 이번 일에 천문이 나서지 않기를 바라거든."

"무엇 때문이죠? 본문이 나서고 싶어서 나서는 것이 아니
라, 강호가 스스로 막을 힘이 없어 어쩔 수 없이 나서는 것임
을 곡주님께서 모르실 리가 없을 텐데요?"

양광은 의문 가득한 얼굴로 물었다. 하지만 그에 대한 천통
자의 대답은 영 성의가 없었다.

"그냥 그렇다면 그런 줄 알게."

"예? 아니, 그런 말씀이 어디 있습니까? 설마 곡주님께선
본 문이 하는 일을 못마땅하게 여기고 계신 겁니까?"

"그렇다면?"

"……!"

천통자는 고집스런 늙은이의 전형과 같은 표정으로 양광
을 쳐다보았다.

그 모습을 본 양광은 내심 한숨을 내쉬며 대꾸하기를 그만
두었다. 천통자가 이런 식으로 나오기 시작하면 그냥 꼬리를

접는 게 상책이었다. 더 나가다간 괴팍한 천통자를 상대해야 하기 때문이다. 그건 정말이지 피하고 싶은 상황이었다.

정말로 천통자가 천문을 못마땅하게 생각한다고 해도 그는 결코 천통자를 함부로 대할 수가 없었다. 천통자는 천문과는 아무런 관련이 없는 자였다. 그러나 천문에 있는 한 사람과는 떼려야 뗄 수 없는 사람이었다.

"알겠습니다. 뭐, 그렇다고 치고, 그럼 어쩌시겠다는 거죠? 다른 방도라도 있으신 겁니까?"

양광은 최대한 불만스런 마음을 억제하려고 하였으나, 질문에는 '천문 아니면 무슨 방도가 있겠어?'라는 그의 내심이 은근히 묻어 나오는 듯했다.

천통자는 이를 눈치 챘음에도 속으로 웃으며 고개를 끄덕였다.

"방도는 바로 자넬세."

"예에? 방도가 저라고요?"

이번엔 어이가 없어진 양광이다.

"자네는 딱 한 가지 일만 해주면 되네."

"……!"

일이란 말에 양광은 질색했다.

이제 지겨운 일이 끝나나 했는데, 또 일이라니! 그는 단호한 표정으로 거절했다.

"싫습니다."

하지만 천통자는 전혀 당황하지 않고 오히려 입가에 만연한 미소를 그렸다.

"싫다? 진심인가?"

"그렇습니다. 정 제게 일을 맡기시려면 본 문에 정식으로 요청을 하십시오."

"이미 자네 문주의 허락을 받았네."

"……!"

일순간 양광은 입을 다물 수밖에 없었다.

'문주님의 허락을 받았다니?!'

문주가 누구인가? 천문의 사람 중 천통자와 연이 닿아 있다는 자가 바로 천문의 문주였다. 천통자는 천문주의 친동생인 것이다.

"크으……!"

양광의 얼굴은 금세 똥 씹은 얼굴이 되었다. 그것을 보고 회심의 미소를 지은 천통자가 말을 이었다.

"그럼 자네가 해줘야 할 일을 말해주겠네. 자네가 할 일은……."

계속되는 그의 말을 들으며 양광의 얼굴은 다시 한 번 크게 일그러졌다.

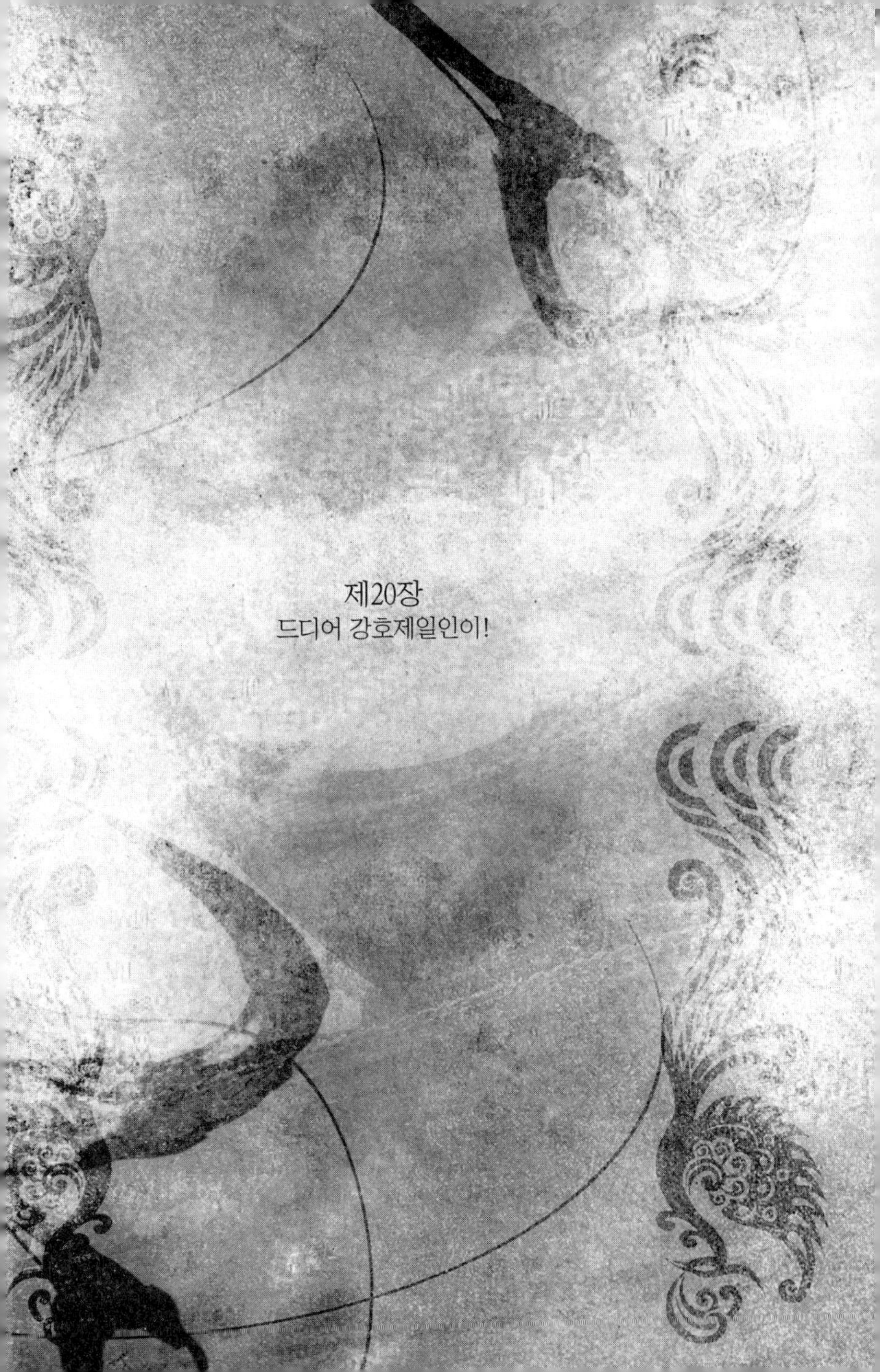
제20장
드디어 강호제일인이!

　　　　　"으음."

막강은 낮은 신음과 함께 눈을 떴다.

뒷목 부위가 뻐근한 것이 공익에게 당한 충격이 아직도 가

시지 않은 듯싶었다.

　"아저씨! 깼어요?"

반가운 음성이 들렸다. 희미하게 설홍의 올망졸망한 얼굴

이 보였다.

　"홍이구나. 근데 여기는……?"

시선을 이리저리 옮겨보니 방 안이었다.

　"천통자 할아버지 방이에요."

설홍의 설명과 함께 낮고도 또렷한 음성이 들려왔다.

"일어났느냐?"

음성이 들려온 쪽으로 고개를 돌리니 천통자가 좌탁을 앞에 놓고 앉아 자신을 바라보고 있었다.

"앗! 천통자 할아버……! 윽!"

막강은 벌떡 일어나다 말고 머리를 감싸 쥐며 인상을 썼다. 갑자기 움직인 통에 골이 띵했다.

자세를 바로하고 천통자 앞에 다가가 앉은 막강.

"근데 제가 지금 어떻게 여기 있는 거죠? 할아버지가 데리고 오신 건가요?"

하지만 천통자는 그에 대한 대답 대신 살짝 얼굴을 찌푸리며 말했다.

"그렇게 부르지 말라고 했잖느냐. 곡주님이라고 불러라. 마지막 경고니라."

"아! 그만 깜빡하고……. 죄송합니다, 곡주님. 헤헤."

막강은 뒷머릴 긁적이며 웃어 보였고, 그 모습을 보며 눈이 가늘어진 천통자가 곧 다시 입을 열었다.

"정신 차렸으면 이제 그만 이곳에서 나가라."

"예?"

"나가란 말이다."

"……?"

무슨 말인지 언뜻 이해를 못한 막강은 눈을 끔뻑거리기만

했다.

"나가… 라고요? 이 방에서요?"

"이 방에서도 나가고, 흑무곡에서도 나가라."

"시험은요? 아직 제 힘으로 빠져나오지 못했는걸요?"

"시험은 그만 됐다. 너를 맡았던 녀석들이 더 이상 못하겠
다며 도망쳐 버렸으니까."

"도망이요?"

막강은 또 한 번 어리둥절해졌다.

도망이라니? 그들이 왜 도망을 친단 말인가?

'농담을 하시는 건가?'

내심 생각한 막강이 확인하듯 묻는다.

"그럼… 저 시험 통과한 겁니까?"

의심 반, 기대 반으로 묻는 막강의 눈을 보며 천통자도 두
눈을 게슴츠레하게 떴다.

"시험을 담당하는 놈들이 도망을 친 마당에 시험은 무슨
시험이냐. 어차피 더 이상 진행할 수도 없는 시험이니 그냥
통과한 것으로 쳐 주마."

"오오! 그럼 저를 강호제일인으로 인정해 주시는 건가요?"

막강은 두 주먹을 불끈 쥐며 다시 한 번 물었다.

"약속을 했으니 지켜야겠지. 이걸 받아라."

천통자는 막강에게 봉서 하나를 내밀었다. 봉서 위에는 깨
알 같은 글자가 적혀 있었는데, 막강으로선 처음 보는 글자들

이었다.

"그것을 언이 그 아이에게 전해주거라. 그러면 나머진 그 아이가 알아서 할 것이다."

봉서를 건네받은 막강은 기쁨에 들떠 천통자를 향해 연방 고개를 숙여 보였다.

"고맙습니다! 곡주님! 드디어 강호제일인이! 하하!"

막강이 봉서를 움켜쥐고 크게 웃어젖히자 천통자는 귀를 후비며 목청을 높였다.

"시끄럽다, 이놈아! 늙은이 귀청을 떨어뜨릴 작정이냐!"

"아! 죄송합니다! 너무 좋아서요! 하하!"

그렇게 한참을 웃던 막강.

조금 뒤 무슨 까닭인지 표정이 약간 어두워졌다.

'그렇지만 조금 아쉬운 걸.'

막강은 양광과 공익을 떠올렸다. 두 사람을 이기지 못한 것이 마음에 걸렸다.

꼭 이기고 싶었다. 흑무곡에 온 목적을 떠나, 그것은 무인으로서의 자존심과 사내로서의 승부욕이었다.

이곳에 온 목적은 결국 이뤘지만, 이곳에서 새롭게 가졌던 목표는 달성하질 못했다. 그것이 못내 아쉬운 막강이다.

"저기… 혹시 그 두 사람 어디로 도망쳤는지 아세요?"

뜬금없는 막강의 질문에 천통자는 허연 눈썹을 살짝 떨었다.

"양광과 공익을 말함이냐?"

"네. 어디로 가야 그 사람들을 만날 수 있을까요?"

"그 아이들을 왜 만나려는 것이지?"

"그동안 두 사람에게 너무 맞고만 지내서요. 나중에라도 꼭 되갚아주고 싶거든요."

막강은 대답을 하면서도 천진한 미소를 지어 보였다. 하지만 천통자는 그 미소에 깃든 강한 의지를 엿볼 수 있었다.

'그냥 하는 말이 아니라 이건가?'

그는 잠시 막강을 새삼스런 눈으로 쳐다봤다. 하지만 그뿐이다. 대답할 의무도 없었고, 굳이 말해주고 싶지도 않았다.

"어리석은 놈 같으니라고. 도망간 녀석들의 행방을 내가 어찌 안단 말이냐?"

"천통자시잖아요. 모르는 게 없으신……. 헤헤."

"이런 멍청한 놈. 천통자라고 모든 걸 다 안다고 누가 그러더냐? 쓸데없는 것은 알지도, 알 필요도 없는 것이다. 커흠!"

막강은 천통자가 정말로 모른다고 생각하곤 약간 아쉬운 표정을 지으며 고개를 끄덕였다.

"음, 알겠습니다. 어쩔 수 없죠, 뭐. 그럼 저는 이만 가보겠습니다! 건강하세요! 곡주님!"

천통자를 향해 꾸벅 인사를 한 막강은 곧 곁에 앉은 설홍을 보며 입을 열었다.

"홍아, 곡주님한테 인사드려야지."

하지만 설홍은 무슨 까닭인지 인사는 하지 않고 꾸물거렸
다.

이에 막강이 설홍을 재촉하려고 할 찰나, 천통자가 먼저 나
섰다.

"홍아는 이곳에 남을 것이다."

"예……?"

"총기와 재기가 넘치는 아이다. 내가 잘 가르칠 터이니 내
게 맡기고 가거라."

"그렇지만……."

막강은 설홍과 함께 형산파로 가기로 한 약속에 대하여 말
을 꺼내려 했다. 하지만 천통자의 이어지는 말에 입을 다물
수밖에 없었다.

"싫으면 봉서를 내놔라."

"……!"

막강은 흠칫했다. 아이를 볼모로 흥정을 하자는 꼴이었다.

"그거는 좀……."

"그럼 그냥 혼자 가면 되겠구나."

"아니, 그것도 좀……."

머리를 긁으며 고민하는 막강에게 설홍의 음성이 들려온
것은 그때였다.

"저는 여기에 남을 게요, 아저씨."

"……?"

눈을 치뜨며 설홍을 쳐다보는 막강.

"정말? 아저씨랑 같이 형산파에 가지 않고?"

"지금 아저씨랑 같이 가진 못하지만, 나중에 커서 꼭 아저씨 만나러 형산파로 찾아갈게요."

"으음……."

막강은 서운한 표정으로 설홍을 가만히 바라봤다.

'곡주님이랑 같이 있으면서 이곳에 정이 든 건가?

그렇다면 다행이었다. 어차피 오갈 데 없는 설홍이다. 어디든지 정을 붙이고 살 수 있다면 더할 나위 없이 좋은 일이었다. 그곳이 형산파가 아닌 게 조금 아쉽지만 말이다.

'그것 말고도 뭔가 다른 이유가 있는 게 아닐까?' 하는 생각도 들었지만, 막강은 묻지 않기로 했다. 이제 겨우 다섯 살인 아이에게 꼬치꼬치 묻는 것은 자칫 상처를 줄 수도 있을 것 같았기 때문이다. 또한 자신이 보기에 천통자는 까다롭긴 하지만 충분히 설홍을 잘 보살필 만한 사람이었다.

막강은 설홍을 향해 방긋 웃어 보였다.

"그래, 홍이가 그렇게 하겠다면 나도 대찬성이다! 대신 커서 찾아오겠다고 한 약속은 꼭 지켜야 해!"

설홍은 묵묵히 웃으며 고개를 끄덕였다.

한편, 천통자는 그런 두 사람의 모습을 보며 내심 찔리는 기분이 들었다.

설홍이 흑무곡에 남겠다고 한 사정은 사실 이러했다.

천통자는 막강과 함께 온 설홍을 처음 보았을 때부터 탐을 내었다. 지난 바 침착한 성정과 뛰어난 오성을 한눈에 알아봤던 것.

설홍을 통해 막강과 함께 형산파에 가서 살기로 했다는 말은 들어 알고 있었지만, 그는 어떻게든 설홍을 이곳에 눌러 앉히겠다고 마음먹었다. 비록 이미 추심언을 제자로 거둬 또다시 자신이 직접 제자로 거둘 수는 없었지만, 일단 자신이 맡아서 가르치다가 훗날 추심언의 제자로 못 박아버리기로 작정한 것이다.

그렇게 생각하며 설홍의 눈치를 보고 있던 찰나, 뜻밖에도 기회는 저절로 굴러들어 왔다.

어제 아침이었다. 양광과 이야기를 모두 나눈 뒤 낮잠을 청하려던 그에게 설홍이 찾아왔다. 그러더니 대뜸 하는 말이 사수진을 자신이 파훼해 보일 테니 막강을 이제 그만 사수진에서 나오게 해달라고 부탁을 했다.

그때는 이미 막강을 그곳에서 빼내기로 작정한 터였지만, 그 사실을 알 길 없는 설홍은 굳은 결의에 차 있었다. 천통자는 이때다 싶었다. 정말로 사수진의 파훼법을 알아낸 것인지 궁금하기도 했지만, 그건 다음 문제였다. 일단 이것으로 설홍을 낚아채야겠다 생각한 것이다. 그래서 막강을 이미 빼내기로 한 것을 숨기고 설홍이 이곳에 남을 것을 조건으로 하여 부탁을 들어주기로 거래(?)를 맺었던 것이다.

좋게 말해서 거래지, 아무리 생각해도 어린아이를 상대로 한 사기나 진배없었다. 게다가 헤어지는 마당에도 자신의 마음을 감추는, 아이답지 않은 설홍을 보고 있자니 한편은 놀랍기도 하고, 또 한편으로 미안한 마음도 드는 것이다.

'그만큼 잘 키우고 가르치면 될 일 아닌가?'

얼굴이 아닌 마음에 철판을 깐 천통자는 돌연 헛기침을 하며 막강을 향해 입을 열었다.

"커흠! 너는 이곳을 나간다는 의미가 무엇인지는 알고 있느냐?"

"무슨 의미요……?"

막강은 모르겠다는 표정을 지어 보였다.

"언이 그 아이가 이야기하지 않았더냐? 이곳에서 나가지 못할 수도 있음을 말이다."

"아!"

그제야 막강은 추심언이 해줬던 말이 떠올랐다.

"흑무곡에 한 번 들어가면 나오지 못할 수도 있는데, 그 이유는 죽었기 때문이고, 또 한 가지 이유는 스스로 나오지 않으려 하기 때문이라는……?"

"맞다."

"근데 곡주님, 궁금한 게 있는데요. 죽어서 못 나온다는 건 알겠는데, 스스로 나오지 않으려 한다는 건 도대체 무슨 뜻인가요?"

"그건 곧 알게 될 게다."

"……?"

천통자의 게슴츠레한 눈에 약간 힘이 들어갔다.

"흑무곡을 빠져나가려고 하다 보면 저절로 알게 될 거란 말이다."

막강은 알 듯 모를 듯한 천통자의 대답에 한차례 고개를 갸웃거리더니 다시 고개를 아래위로 끄덕였다.

"음, 알겠어요. 그런데 혹시 여기서 나가려면 들어왔던 곳으로 다시 가야 되는 건가요?"

"물론이다. 흑무곡으로 통하는 길은 오직 거기 한곳뿐이니까."

"아… 그, 그렇군요……."

막강의 표정이 어두워졌다. 내심 아니길 바랐다.

'거기로 또 가야 한다니!'

게다가 이번엔 내려가는 것이 아니라, 올라가야 한다. 모르긴 몰라도 내려왔던 것보다 두세 배의 힘이 필요할지도 몰랐다.

'쩝, 별수없잖아! 열심히 올라가는 수밖에는!'

입을 굳게 다문 막강은 짐짓 결연한 표정을 지어 보였다.

그때 천통자의 진지한 음성이 들려왔다.

"강호의 정세가 심상치 않은 것 같더구나. 의천맹이 언제 무너질지 모르는 상태라지?"

“예? 정말이요?”

놀란 막강은 자기도 모르게 그 자리에서 벌떡 일어섰다.

“나가려면 서둘러야 할 게다. 전면전이 펼쳐지기 전에 멸천교주를 만나야 하지 않겠느냐?”

그랬다.

자신이 흑무곡에서 나가기 전에 멸천교와 의천맹 간에 전면전이 펼쳐진다면 이곳에 온 일이 아무런 의미가 없어지는 것이다.

마음이 다급해진 막강은 서둘러 설홍과 천통자에게 인사를 하고 방을 빠져나가려 했다. 그런 막강을 보며 천통자가 지나가는 투로 한마디를 던졌다.

“기운이 다하고, 허기가 지고, 죽겠다 싶어지면 굳이 죽지 말고 다시 와도 된다. 이곳에서도 할 일은 많거든.”

“……?”

그의 말이 정확히 무엇을 의미하는지 그때는 알지 못했다. 하지만 얼마 후, 검은 안개가 자욱한 절곡(絶谷) 아래에 도착한 뒤에 막강은 그 말뜻을 뼈저리게 체득할 수 있었다.

*　　　*　　　*

추심언은 손에 든 서신을 펼쳐 읽었다.

거기엔 제 사부인 천통자가 그에게 쓴 글들이 적혀 있었다.

"일단 사부님의 인정을 받아내는 데 성공은 했나 보군."

조금은 안심이 되었다. 상황은 갈수록 급박하게만 돌아가는데, 기대하고 있던 막강에게선 아무런 소식이 없자 초조할 수밖에 없었다.

그래서 급히 흑무곡에 연통을 보내 천통자에게 강호가 직면한 상황을 알리는 동시에, 막강에 대한 소식을 묻기에 이르렀다.

그런데 다행히도 막강이 드디어 흑무곡을 나선다고 하니, 추심언에겐 그야말로 희소식이었다.

'하지만 시일이 촉박하다. 무사히 흑무곡을 빠져나올 수 있을지도 의문이고. 으음……'

흑무곡이 있는 기련산에서 이곳 황산까지 말을 타고 주야로 쉬지 않고 달린다 해도 족히 한 달이 걸리는 거리다. 막강이 제아무리 고수라 해도 그보다 크게 단축할 수는 없을 터였다.

그리고 더 큰 문제는 막강이 흑무곡을 빠져나올 수 있느냐이며, 빠져나온다면 과연 며칠 만에 빠져나올 수 있느냐였다.

'마냥 여기서 기다릴 수는 없지.'

눈을 빛낸 추심언은 곧 백지를 펴고 뭔가를 빠르게 적기 시작했다.

적기를 마친 그의 입이 열렸다.

"일비영."

"하명하시지요."

방 안 어딘가에서 음성이 들리며 곧 회의인 하나가 추심언 앞에 시립했다.

"급히 사비영에게 다녀와야겠다."

"형산엘 말입니까?"

"그래. 가서 탕마오대주를 마중 나가라고 전해. 방침은 여기에 적은대로 따르면 된다고 하고."

"존명!"

전갈을 받아든 일비영이 사라지자 추심언은 자리에서 일어섰다.

"이십 일이 남았다. 이십 일……."

그의 입에서 알 수 없는 말이 나직하게 흘러나왔다. 무엇이 이십 일이 남았다는 것인가?

석 달 전, 형산파에서 멸천교의 간자가 누구인지 밝혀진 날로부터 이틀 후, 의천맹은 황보세가에 대한 기습적인 공격을 감행했다.

그 결과 황보세가의 무인 이백여 명이 죽거나 중상을 당했고, 가주 황보웅은 의천맹주 유평의 검 아래 목숨을 잃었다. 그 과정에서 탕마일대와 이대의 대원 중 삼분지 일이 궤멸되었고, 맹주 유평은 황보웅과의 격전에서 큰 부상을 입고 아직까지 완전히 회복을 하지 못하고 있었다.

추심언의 계책과 발 빠른 움직임으로 간자 색출과 처단에 성공하긴 했으나, 그에 따른 출혈이 적지 않았다.

또한 외적인 출혈도 출혈이지만, 그 일로 인해 받은 의천맹 무인들의 정신적인 충격도 무시하지 못했다. 무엇보다 모두를 놀라게 한 것은 황보세가의 가주 황보웅의 정체가 다름 아닌 멸천교의 사대마군 중 일인인 혈천마군이었다는 사실이었다.

그는 부활한 멸천교가 암암리에 세력을 키워가고 있을 때 그들이 제공한 마교 팔대마공 중 하나인 혈우마공의 유혹에 넘어가 지금껏 정체를 숨겨왔던 것이다.

세가 중 하나를 좌지우지한 것도 그렇고, 사대마군 중 하나가 강호제일인으로 꼽히던 맹주 유평에 별로 뒤지지 않는 실력을 지녔다는 사실도 충분히 충격을 줄 만한 일이었다.

흐트러진 맹의 수습과 곧 있을 멸천교의 움직임에 대한 대비에 바짝 열을 올리고 있을 무렵, 드디어 멸천교가 움직임을 보였다.

그런데 그들의 움직임은 매우 뜻밖이었다. 당장 물밀 듯 쳐들어와야 할 상황이었지만, 멸천교는 그러질 않았다. 그들이 당장 보인 움직임이라곤 의천맹주 앞으로 멸천교주의 짧은 통보가 담긴 한 장의 서신을 보낸 것뿐이었다.

정확히 백 일 뒤에 의천맹을 접수한다.

서신의 내용을 접한 모두는 어리둥절했다.

당장 쳐들어오지 않는 것도 모자라, 친절하게도 언제 쳐들어갈지를 알려주고 있었던 것이다.

멸천교주의 의중을 놓고 의천맹의 수뇌급들이 모인 회의에서 온갖 추측들이 오갔지만, 확실한 결론은 얻지 못했다. 다만 한 가지 사실만을 확인했을 뿐이었다. 그것은 의천맹 정도는 마음만 먹으면 언제든 무너뜨릴 수 있다는 멸천교주의 생각이었다. 그것이 자신감이든지, 오만이든지 말이다.

하지만 추심언은 그것 말고도 멸천교주에게 뭔가 다른 꿍꿍이가 있음을 확신할 수 있었다. 물론 그게 무엇인지 알 길은 없었다. 게다가 이젠 알아낼 만한 시간조차 없었다. 멸천교주가 통보한 백 일… 그날이 얼마 남지 않은 것이다.

이십 일…….

그것은 다름 아닌 앞으로 의천맹에게 남은 시간이었다.

*   *   *

"흐응! 우와왕!"

깜빡 잠이 들었던 언년은 아이 우는 소리에 벌떡 일어나 방 안을 두리번거렸다. 이제는 울음소리만 들어도 누가, 왜 우는지 알았다. 형산이가 배가 고파 우는 것이 확실했다. 젖을 먹일 때인 것이다. 하지만 아무리 찾아봐도 쌍둥이는 보이질 않왔다.

'아 참! 형들이 보고 있었지!'

고된 일을 끝내고 쉬려는 자신을 위해 달달달 삼형제가 아이들을 보겠다며 안고 나간 것이 기억났다.

황급히 일어나 방문을 열자 우는 형산을 안고 마당에서 이리저리 왔다 갔다를 반복하고 있는 우영달이 보였다. 어떻게든 달래보려고 애쓰는 기색이 역력했다.

반면 대청에서는 우맹달, 우봉달 형제가 뭐가 그리 좋은지 나란히 앉아 박수를 치며 떠들고 있었다. 등에 가려 보이진 않았지만 언년은 두 사람이 그러고 있는 이유를 짐작할 수 있었다.

'훗, 소소가 또 뒤집기에 성공을 했나 보네.'

그렇게 잠시 여유를 가진 그녀의 귀에 그녀를 발견한 달달달 삼형제의 첫째 우맹달의 음성이 들려왔다.

"앗! 사모(師母)님이다! 사모님! 빨리 좀 와보세요! 소소가 지금 일어서고 있어요!"

"뭐라고? 정말?"

언년은 믿기지 않으면서도 기대에 찬 얼굴로 한달음에 달려갔다.

그리고 곧 그녀의 눈에 들어온 장면.

소소가 우맹달의 팔을 부여잡고 힘겹게 두 다리로 일어서고 있었다.

“와아! 정말이네!”

언년의 심정은 놀라움 반, 기쁨 반이었다.

소소는 이제 겨우 다섯 달이 조금 지났을 뿐이다.

'빨라도 너무 빠른 걸!'

유씨에게 듣기론 여덟 달은 지나야 일어서는 게 보통이라고 했는데, 벌써 일어서기 시작한다면 이제 걷는 것도 어렵지 않게 해낼 터였다.

'형산이랑 너무 차이가 나네…….'

언년은 아직도 우영달의 품에서 울고 있는 형산에게 눈길이 갔다. 형산이는 걷기는커녕 아직까지 기지도 못하고 매일같이 자신의 품에서 칭얼대기만 할 뿐이었다. 여러 모로 소소와는 대비가 되는 통에 그녀의 걱정은 점점 커지고 있었다.

형산에 대한 염려에 살짝 굳어 있던 그녀의 얼굴이 곧 다시 활짝 펴졌다. 우맹달의 팔에 의지하고 있던 소소가 그녀를 보자 씩 웃으며 걸음마를 하려는 것이 아닌가?

한 걸음, 두 걸음.

비록 우맹달이 옆에서 붙들어주기는 했지만, 그 모습을 본 언년은 가슴이 찡한 통해 그만 눈물을 떨어뜨리고 말았다.

팔을 벌려 소소를 품에 안은 그녀는 자신의 의지와는 상관없이 자꾸만 흐르는 눈물에 순간 짜증이 밀려왔다.

'아이 참! 이렇게 기쁜 상황에서 왜 자꾸 눈물이 나는 거야!'

단순히 감격 때문만은 아니었다. 그녀는 곧 그 이유를 알 수 있었다. 이와 같이 기쁜 일을 함께 지켜봐야 할 사람이 지금 곁에 없었다. 그것이 그녀를 한없이 안타깝고 쓸쓸하게 했다.

막강이 형산파를 떠난 지도 넉 달이 넘었다. 그사이 막강에게선 아무런 기별도 없었다. 물론 잘 있다는 것은 의천맹 사람에게 들어서 알고 있었다. 하지만 그것으로 그리운 마음이 달래지진 않았다.

'더는 기다리기 힘들어요. 빨리 와요…….'

처음엔 일 년이든, 이 년이든 꿋꿋이 기다릴 자신이 있었는데, 실제 해보니 이건 정말 못할 짓이란 생각이 들었다. 겨우 넉 달에 이 정도니, 일 년을 기다리다간 온몸에 맥이 쭉 빠져나가 아무것도 하지 못하리라.

얼마 전까지만 해도 막강을 생각하며 '오기만 해봐라!'를 연발했지만, 이제는 그럴 힘도 없었다. 그냥 당장이라도 막강이 돌아오면 품에 안겨 엉엉 울어버릴 것만 같았다.

그만큼 힘들었다. 마음도 힘들고, 몸도 힘들었다. 도와주는 사람은 있지만 새색시가 갓난아이 둘을 키우며 여러 살림까지 한꺼번에 해낸다는 것은 결코 쉬운 일이 아니었다. 힘든 그녀에게 가장 필요한 것은 막강의 위로였다.

"사모님… 왜 우세요?"

막내 우봉달이 울먹이며 언년에게 물었다. 이에 자신의 상태를 깨달은 그녀는 황급히 눈물을 훔치며 세 형제를 향해 미소를 보였다.

"아… 너무 기뻐서 그래. 우리 소소가 벌써 걷다니! 후훗!"

언년은 소소를 어르며 활짝 웃어 보였다. 그제야 우맹달과 우봉달도 가라앉아 있던 마음을 풀며 마주 웃었다.

그때 들려온 둘째 우영달의 곤혹스런 목소리.

"저기 사모님, 형산이가 자꾸만 우는데……."

"아! 내 정신 좀 봐! 빨리 젖을 물려야 하는데!"

깜빡한 것을 자책한 언년은 소소를 우맹달에게 맡기고 형산이 울고 있는 마당으로 달려나갔다.

한편 같은 시각 회의실에서는 두문충과 사비영을 비롯한 탕마오대의 대원들이 모여 이야기를 나누고 있었다.

그런데 탕마오대의 대원 중 두 사람의 모습이 보이질 않았다. 다름 아닌 황보설과 팽무혁이었다.

황보설은 죽었다. 비록 독에 당한 상태였지만 진산과 남궁현은 합공으로 그녀를 제압했다.

그들이 당한 독은 백골귀시분(白骨鬼屍粉)이었다. 백골귀시분은 독물에 담가둔 사람의 시신을 꺼내 말린 후, 그것을 갈아 만든 절독이었다. 천년마교가 사라진 뒤 함께 자취를 감췄었지만, 천마혈경을 손에 넣은 멸천교가 그 제조법에 따라 만들어낸 것이다.

백골귀시분에 당하면 일각 안에 목숨을 잃는다. 제아무리 고수라도 일다경을 버틸 순 없었다. 하지만 다행히도 뒤늦게 도착한 구공산과 단고립에 의해 재빨리 소유길에게 옮겨져 진산 등은 목숨을 건질 수가 있었다. 다만, 칼에 찔린 팽무혁은 그 상세가 심각하여 아직까지도 몸을 일으키지 못하고 요양을 하고 있는 상황이었다.

"탕마오대는 오늘 당장 감숙성으로 출발합니다."

사비영은 진중한 음성으로 좌중을 향해 말했다.

"당장 감숙으로 출발한다니, 대체 무슨 일이오?"

진산이 모두를 대신하여 물었다.

"오대주를 마중 나가는 것입니다."

"오대주를? 드디어 흑무곡에서 나온 것이오?"

"오대주께서 흑무곡에서 나왔는지는 아직 확실하지 않습니다. 하지만 결국 천통자 어른의 인정을 받고 그곳에서 나온다는 전갈이 있었습니다."

"아아!"

막강이 나온다는 것이 확실해지자 모두의 입에서 탄성이 흘러나왔다.

"시간이 별로 없습니다. 열흘 안엔 반드시 감숙성에 도착하여 오대주가 흑무곡에서 빠져나왔는지 여부를 확인해야 합니다."

이미 막강이 왜 흑무곡엘 갔는지 모두 알고 있는 그들이다.

그렇기에 지금 사비영이 하는 말이 무슨 뜻인지 잘 알았다. 멸천교주가 통보한 날이 오기 전에 꼭 비무를 신청해야 한다. 그러자면 막강이 때맞춰 나왔는지 여부가 관건이었다.

그런데 이때 염장팔이 의문을 제기했다.

"무슨 말씀인지는 알겠는데, 거기를 꼭 우리가 가야만 하나요? 그 정도의 일은 익영단에서 처리할 수 있는 일인 듯싶은데……?"

그의 말에 사비영은 약간 어두워진 표정으로 대답했다.

"전이라면 충분히 전적으로 익영단의 선에서 해결할 일인 게 맞습니다. 하지만 지금은 아닙니다. 멸천교의 움직임을 주시하고 맹 내에서 인원이 비는 곳을 보충하는 것만으로도 이미 익영단의 기능은 포화 상태입니다. 그렇기에 단주님께서도 여러분에게 이 일을 맡기실 수밖에 없는 것이지요. 물론 이 일에 익영단이 나서지 않는다는 것이 아닙니다. 다만 여러분의 도움이 필요하다는 뜻입니다."

"으음……!"

염장팔은 그만 입을 다물었다. 나머지 사람들도 침음을 삼켰다. 황보세가를 궤멸시키며 얻은 피해로 인해 의천맹의 사정이 어려워진 줄은 알고 있었지만, 이 정도일 줄은 몰랐던 것이다.

"우리가 해야 할 일이 구체적으로 어떤 겁니까?"

남궁현이 진중한 표정으로 물었다.

"오대주의 일로 우리 쪽에서 움직임을 보이면 저쪽에서도 즉각 반응을 보이게 될 겁니다. 여러분은 바로 저들의 이목을 끄는 역할을 담당해 줘야 합니다."

"드러나는 표적이 되어 달라는 뜻이군요?"

"그렇습니다. 한 가지 덧붙여 말씀드리면 큰 위험을 감내해야 할 수도 있습니다."

"으음……."

남궁현을 비롯한 모두의 얼굴에 심각한 빛이 떠올랐다.

표적이 된다…….

그것이 무엇을 의미하는지 모르는 자는 이곳에 아무도 없었다. 최대한 좋게 말해서 표적, 까놓고 말하면 희생양이 될 수도 있는 것이 바로 그들이 맡을 역할인 것이다. 익영단주 추심언은 그러한 역할을 그들에게 요구하고 있었다.

잠시 모두가 침묵하는 가운데 구공산이 나서며 사비영을 향해 입을 열었다.

"아까 탕마오대라고 했는데, 그럼 나와 고립이도 가야 하는 겁니까?"

"일단은 그럴 계획입니다만, 다른 의견이라도 있으십니까?"

"음, 뭐 의견이라기 보단, 우리까지 가면 형산파가 텅텅 비게 돼서……."

곁에 앉은 단고립도 구공산의 말에 작게 고개를 끄덕였다.

두 사람이 떠나게 되면 형산파엔 두문충과 언년, 그리고 쌍둥이와 달달달 삼형제만 남게 된다. 소유길이야 모옥에 머물고 있으니 없는 것으로 간주해야 했다.

안 그래도 강호 정세가 여러모로 불안한 상황에서 선뜻 자리를 비우기가 꺼려지는 구공산이었다. 사실 예전 같으면 이런 걱정 따윈 꿈에도 하지 않을 그였지만, 문파의 테두리 안에서 힘없는 조카들과 사질들을 보살피다 보니 그도 모르게 책임감이란 것이 마음 한 편에 자리를 잡았던 것이다.

구공산의 말에 사비영이 뭐라 대꾸를 하려던 찰나, 잠자코 있던 두문충이 먼저 나서며 말했다.

"그런 염려라면 하지 않아도 된다. 그러니 너희 둘은 탕마오대의 대원으로서의 임무에만 충실하도록 해라."

"쳇! 뭐 염려를 제가 하고 싶어서 합니까? 할 수밖에 없잖아요, 당장."

약간은 짜증스럽게 한마디를 툭 내뱉은 구공산이지만, 두문충은 그 안에 담긴 마음을 내심 대견하게 여겼다.

'녀석, 제법 마음이 자랐구나. 사문 걱정할 줄도 알고. 후후.'

그는 최대한 부드러운 어조로 말했다.

"강호가 풍전등화의 위기에 있는 현 상황에서 이곳을 지키고 있는 것만이 능사는 아닐 게다. 의천맹이 무너지면 형산파도 무사하지는 못할 터, 장문인이 직접 나선 이상 차라리 의천맹을 위해 힘을 보태는 것이 낫다. 게다가 이번 일은 장문인을 마중 나가는 일이니만큼 더욱 망설일 이유는 없겠지. 그러니 공산과 고립은 모두와 함께 움직이도록 해라."

"아, 알겠어요, 사부."

단고립이 즉각 고개를 끄덕이며 대답했다. 이에 쭈뼛거리던 구공산도 그러겠다고 대답하며 더 이상 입을 열지 않았다.

아무도 겉으로 표현은 하진 않았지만 지금 두문충이 내뱉은 말은 구공산과 단고립뿐만 아니라 다른 이들의 마음에도 적지 않은 작용을 했다. 마치 임무를 맡는 것에 대하여 약간의 망설임을 가진 자신들을 겨냥한 말인 듯했던 것이다.

약속이나 한 듯 곧 모두의 눈에 결연한 빛이 떠올랐다. 어느덧 한마음이 되어버린 것이다.

그렇게 대강 회의가 마무리된 듯하자 진산이 사비영에게 물었다.

"감숙성까지 가는 길이 그리 순탄치만은 않을 것 같은데, 그에 대한 준비는 되어 있는 것이오?"

"저희 단주님께서 지시하신 바가 있습니다. 그에 대해서는 출발한 뒤에 차근히 설명해 드리도록 하지요."

진산은 고개를 끄덕였다. 추심언이 내놓은 방책이라면 믿을 만할 것이다.

"언제까지 채비를 하면 되오?"

"정확히 반 시진 뒤에 출발하겠습니다."

사비영의 말에 진산을 비롯한 탕마오대원 모두는 고개를
끄덕이곤 회의실을 빠져나갔다.

반 시진 뒤에 그들이 형산파의 정문 앞에 다시 모였을 때,
그 앞에는 마차 한 대가 세워져 있었다. 얼핏 보아도 튼실해
보이는 말 네 마리가 끄는 사두마차였다.
　"일단은 이것을 타고 이동합니다. 일곱 명이 타기엔 약간
비좁을지도 모르지만 오래 걸리진 않을 것이니 조금만 양해
해 주십시오."
　사비영의 말에 마차를 살피던 구공산이 얼굴을 살짝 구기
며 중얼거렸다.
　"약간이 아닌 것 같은데……?"
　"아… 죄송합니다. 급히 구하느라 더 좋은 것을 고를 여유
가 없었습니다."
　사비영은 가볍게 고개를 숙이며 점잖게 대꾸했다. 그러자
이를 못마땅하게 여긴 염장팔이 구공산을 쏘아보며 말했다.
　"형님들도 가만히 계시는데 막내 주제에 따지기는!"
　그 말에 구공산은 지지 않고 응수했다.
　"내가 괜히 그러냐? 다 너 때문에 그러는 거잖아. 저 좁아
터진 데 갇혀서 너랑 같이 있을 생각을 하니 벌써부터 숨이
막힌다고! 이 냄새나는 걸개야!"
　"뭐야! 이 조막만 한 놈이!"

당장이라도 주먹을 주고받을 듯 으르렁거리는 두 사람.

그들을 보며 진소천이 한심스런 표정으로 말했다.

"어떻게 입만 열었다 하면 서로 못 잡아먹어서 안달인지. 둘 다 그만둬. 혼나고 싶지 않으면."

"저 녀석이 먼저 시비를……!"

"쓰읍!"

억울하다는 듯 반발하려던 염장팔은 재차 쏘아보는 진소천의 눈빛에 찔끔하며 입을 닫는다.

그런데 이상하다.

웬일인지 구공산이 조용했다. 투덜거리기로는 염장팔 못지않은 그가 조용하다니? 게다가 가만히 보니 진소천의 말이 있은 뒤부터 표정까지 어색해져 있었다.

'저 자식이 요새 왜 저러지? 설마……?'

염장팔은 얼마 전부터 구공산이 보였던 몇 가지 이상한 행동을 되짚어보았다. 그것은 다름 아닌 진소천 앞에서 보인 행동들이었다.

연무장에서 수련을 하고 있다가도 진소천이 지나가면 더욱 힘주어 동작을 취했다. 다같이 밥을 먹을 때도 예전과 달리 얌전히 밥만 먹고 자리를 떴다. 그뿐만이 아니다. 오늘처럼 자신과 다투거나 단고립과 다투다가도 진소천만 나섰다 하면 고양이 앞에 쥐 마냥 잠잠해지곤 했던 것이다.

'으음, 꼴에 누님을……. 좋아! 시험해 봐야겠어!'

구공산과 진소천을 연달아 힐끗거리며 눈을 가늘게 뜨는 염장팔.

곧 짐을 마차 한구석에 몰아놓고 모두가 하나둘 마차 안으로 들어가기 시작했다. 사비영은 익영단원으로 보이는 자와 함께 마부석에 앉았고, 마차 안에는 가장 먼저 진산이 올라탔다. 그다음 진소천이 올라타 진산의 옆자리에 앉았다. 이제 다음 차례.

눈치를 보던 구공산이 헛기침을 하며 마차 위로 한 발을 올렸다. 그런데 바로 그때였다.

"에고고고! 누님 곁에나 앉아야겠구나."

잽싸게 마차 위로 몸을 날린 염장팔이 순식간에 진소천의 옆자리에 털썩 주저앉아 버렸다.

그것을 본 구공산의 얼굴이 순간적으로 굳는 듯했고, 눈치 빠른 염장팔은 그것을 놓치지 않았다.

'딱 걸렸어! 이 자식, 진짜 소천 누님을 좋아하다니!'

잠시 동작을 멈춘 채 새치기를 한 염장팔을 노려보는 구공산. 그런 그를 뒤에 대기하고 있던 단고립이 슬쩍 밀었다.

툭!

"어엇!"

"안 탈 거면 나 머, 먼저 탄다."

한 발로 중심을 잡기 위해 꼴사납게 양팔을 휘저은 구공산의 얼굴이 와락 구겨졌다.

"크윽! 고립 이 자식!"

그렇게 드디어 구공산이 올라타고 마지막으로 남궁현이 올라탄 뒤 마차의 문이 닫혔다. 마차가 출발하기 전, 염장팔은 자신의 맞은편에 앉은 구공산을 향해 회심의 미소를 날리는 것을 잊지 않았다. 드디어 잡은 것이다. 구공산의 약점을.

'호호호……!'

형산을 출발하여 바쁘게 내달린 마차는 이틀 뒤 호북성을 지척에 둔 천자산 자락에 닿았다.

"여기서 마차를 갈아탑니다."

마부석에 있던 사비영이 마차 안으로 들어오며 말했다.

그리고 잠시 뒤 모두의 귀에 또 다른 말발굽 소리가 들려왔다. 탕마오대가 탄 마차 바로 옆에 다른 마차 한 대가 모습을 드러냈다.

두 마차가 나란히 달리는 형세가 되자 다시 사비영이 말했다.

"마차 오른쪽에 나 있는 문을 여십시오."

이에 가장 가까이 있던 진소천이 자신의 옆에 있는 손잡이를 잡고 밖으로 밀었다.

덜컹!

문이 열리자 바짝 붙어 있던 다른 마차에서도 문이 열렸다.

"모두 서둘러 저쪽으로 옮겨 타십시오!"

진산을 비롯한 모두는 묵묵히 사비영의 지시에 따랐다. 앞으로도 가야 할 길이 멀기에 피로한 말들이 끄는 마차를 버리고 다른 마차로 옮겨 타는 것이라 생각했다. 물론 의문이 들기도 했다. 그런 이유라면 잠시 마차를 멈춰 세운 뒤에 다른 마차로 옮겨 타면 될 것인데, 굳이 달리는 마차에서 다른 마차로 옮겨 탈 필요까진 없었기 때문이다.

그 의문은 마차를 모두 옮겨 탄 뒤에 해결됐다.

옮겨 탄 마차엔 놀랍게도 이미 세 사람이 타고 있었다. 그들은 탕마오대원의 행색과 비슷한 차림을 한 익영단원들이었다.

그들은 탕마오대원이 마차를 모두 옮겨 타자마자 즉각 건너편 마차로 몸을 날린 뒤 문을 닫았다.

두두두두두!

진산을 비롯한 모두는 자신들이 탔었던 마차가 점점 멀어지는 것을 느끼며 사비영을 응시했다.

사비영은 그들의 눈에 떠오른 의문을 알고는 곧 입을 열었다.

"굳이 이런 식으로 마차를 갈아탄 이유는 멸천교의 이목을 분산시키기 위함입니다."

"……?"

"곧 갈림길이 나올 겁니다. 우리는 오른쪽으로, 다른 마차는 왼쪽으로 가게 되지요."

"저들에게 혼란을 주려는 거군요."

진소천이 나직하게 말했다.

"그렇습니다. 우리를 지켜보던 자들은 우리가 마차를 옮겨 타는 것이라 여기고 있다가 다시 본래 마차로 돌아가는 것을 보고 적지 않게 놀랄 겁니다."

"하하! 나라도 미치고 펄쩍 뛰겠는걸? 속이는 것인 줄 뻔히 알면서도 어느 쪽도 포기할 수 없을 테니 말이야. 푸하하하!"

구공산이 큰 목소리로 웃으며 재미있어 하자 염장팔이 한마디 했다.

"어이, 목젖 보인다. 추하다, 야."

"하하하… 아압."

구공산은 황급히 입을 닫으며 진소천의 눈치를 살폈다. 하지만 진소천은 그에겐 신경도 쓰지 않고 사비영을 응시하고 있을 뿐이었다.

그 모습을 보며 실소를 금치 못하는 염장팔.

"크큭!"

염장팔이 웃는 소리에 구공산은 왠지 찝찝한 기분이 들었다.

'저 자식이 왜 웃는 거지?'

이유를 생각해 보지만 별다른 건 얻을 수 없었다. 그저 목젖을 보이며 웃은 자신의 꼴을 비웃는 것으로밖에는 생각이 되지 않았다.

한편 염장팔은 구공산이 의심스런 눈초리로 자신을 쏘아보고 있자 더욱 통쾌한 기분이 들었다.

'아직도 눈치를 못 챘나? 멍청이! 그나저나 이거 정말 재미가 쏠쏠한 걸? 크크!'

그렇게 그가 웃고 있는 사이 남궁현이 진지하게 사비영을 향해 묻는다.

"그렇다면 다른 마차는 어디로 향하는 겁니까?"

"감숙성입니다."

"감숙성이요?"

구공산이 이해가 가질 않는다는 듯 되물었다. 기왕에 혼란을 일으켰으면 다른 곳으로 가야지, 왜 같은 목적지로 향한단 말인가?

하지만 그와 다르게 남궁현은 알겠다는 듯 고개를 끄덕였다.

"음, 그렇군요. 멸천교에선 이미 우리의 목적지가 감숙성인 것을 알고 있군요."

"멸천교에서는 이미 오대주가 흑무곡에 들어가기 전에 그 근방인 주천에서 습격을 감행한 일이 있습니다. 때문에 저들은 적어도 우리가 감숙성 어딘가로 향한다는 것쯤은 알고 있다는 것이지요."

"때문에 끝까지 혼란을 주기 위해선 다른 마차도 감숙성으로 가야겠군요."

“그렇지요. 그렇지 않으면 중간에 눈치를 챌 테니까요.”

“하지만 감숙성은 감숙성이되 다른 마차는 진정한 목적지 와는 다른 곳으로 가겠지요?”

“그렇습니다. 지금 우리와 갈라진 마차는 우리보다 하루 빨리 감숙성에 도착하게 될 겁니다.”

“그런데 혼란은 주겠지만, 그 정도로 멸천교 놈들의 눈을 따돌렸다고 보긴 어렵지 않을까요?”

염장팔이 끼어들며 의문을 제기했다.

“멸천교의 눈을 완전히 따돌리는 것은 불가능합니다. 말 그대로 그저 혼란을 주는 것이지요. 이미 저희 단원들이 감숙 성 인근에 널리 퍼져 있는 상태입니다. 이 같은 방법을 행하 는 목적은 바로 최대한 저들의 관심을 이쪽으로 돌려 저희 단 원들의 활동을 용이하게 하기 위함입니다.”

“아……!”

그제야 이해가 간다는 듯 작게 탄성을 발하는 염장팔. 그런 그를 일별한 사비영이 계속 말을 잇는다.

“저들이 실질적으로 노리는 것은 우리가 아니라 오대주일 거라는 게 저희 단주님의 생각이십니다. 즉, 우리가 오대주를 만나기 전까진 우리를 공격하지 않을 거란 뜻입니다. 저들의 목적은 우리를 통해 오대주의 정확한 행방을 찾아 제거하는 것이니까요. 이미 오대주의 실력을 잘 알고 있는 그들입니다. 그런 오대주를 제거하기로 마음먹은 저들이 호락호락한 힘을 가지고 나섰을 리가 없습니다. 우리가 이런 방법을 취하는 것은 바로 그런 그들의 힘을 분산시키는데 목적이 있는 것입니다.”

질문을 한 염장팔을 비롯한 모두가 알겠다는 듯 고개를 끄덕이는 가운데 이번엔 가만히 듣고 있던 진산이 나섰다.

“저들의 목적은 우리 대주를 제거하는 것이라고 했는데, 그럼 저들이 이미 멸천교주와 비무를 하려는 우리 대주의 계획을 알고 있다는 뜻입니까?”

“그럴 가능성이 크다는 게 저희 단주님의 생각이십니다. 물론 다른 짐작 가는 이유들도 있기는 하지만, 그렇지 않고는 사천에 자리를 잡은 뒤 별다른 움직임을 보이지 않은 저들이 유독 오대주에게만 집착하는 것을 설명하기가 어렵게 되니까요.”

사비영이 말한 ‘다른 짐작 가는 이유’ 는 바로 수라혈존과 형산파 간에 얽힌 비사를 가리킨 것이다. 그는 그것을 알고 있었지만, 아무에게도 밝히지 말라는 추심언의 명이 있었기에 진산 등에게는 에둘러 말한 것이다.

사비영의 이야기를 듣고 진산도 추심언의 짐작에 수긍했다. 얼마 전까지만 해도 황보세가가 멸천교의 눈 역할을 했으니, 놈들이 멸천교주와의 비무를 작정한 막강의 계획을 알고 있다고 해서 사실 크게 이상할 게 없었다.

“그런데 이 정도 혼란을 준 것으로 충분할까요? 멸천교에서 만만치 않은 힘이 동원되어 우리를 따라붙었다면 그 힘이 절반으로 나뉘었다고 치더라도 여전히 무시하지 못할 힘일 텐데요?"

마지막으로 진소천이 묻자 사비영은 언뜻 옅은 미소를 떠올리며 대답했다.

"물론 충분치 않습니다. 이것은 시작일 뿐이지요. 앞으로 우린 수시로 마차를 바꿔 타야 할 겁니다."

"아!"

진소천은 나직하게 탄성을 토했다.

이런 식으로 마차가 자꾸만 나뉜다면?

감시하는 자들의 혼란은 가중될 것이다. 눈속임인 줄 알면서도 어느 하나를 포기할 수는 없을 것이고, 결국엔 수를 나눠야 하리라.

"하지만 저들에게 혼란을 주어 우리가 얻을 수 있는 시간은 길어봤자 하루 정도입니다. 그 안에 반드시 오대주를 만나 모든 일을 마무리 지어야 합니다."

"으음……."

모두가 진지한 표정으로 말없이 고개를 끄덕였다.

그들이 대화를 나누는 도중에도 쉬지 않고 달린 마차는 어느새 천자산을 지나 호북으로 들어서고 있었다.

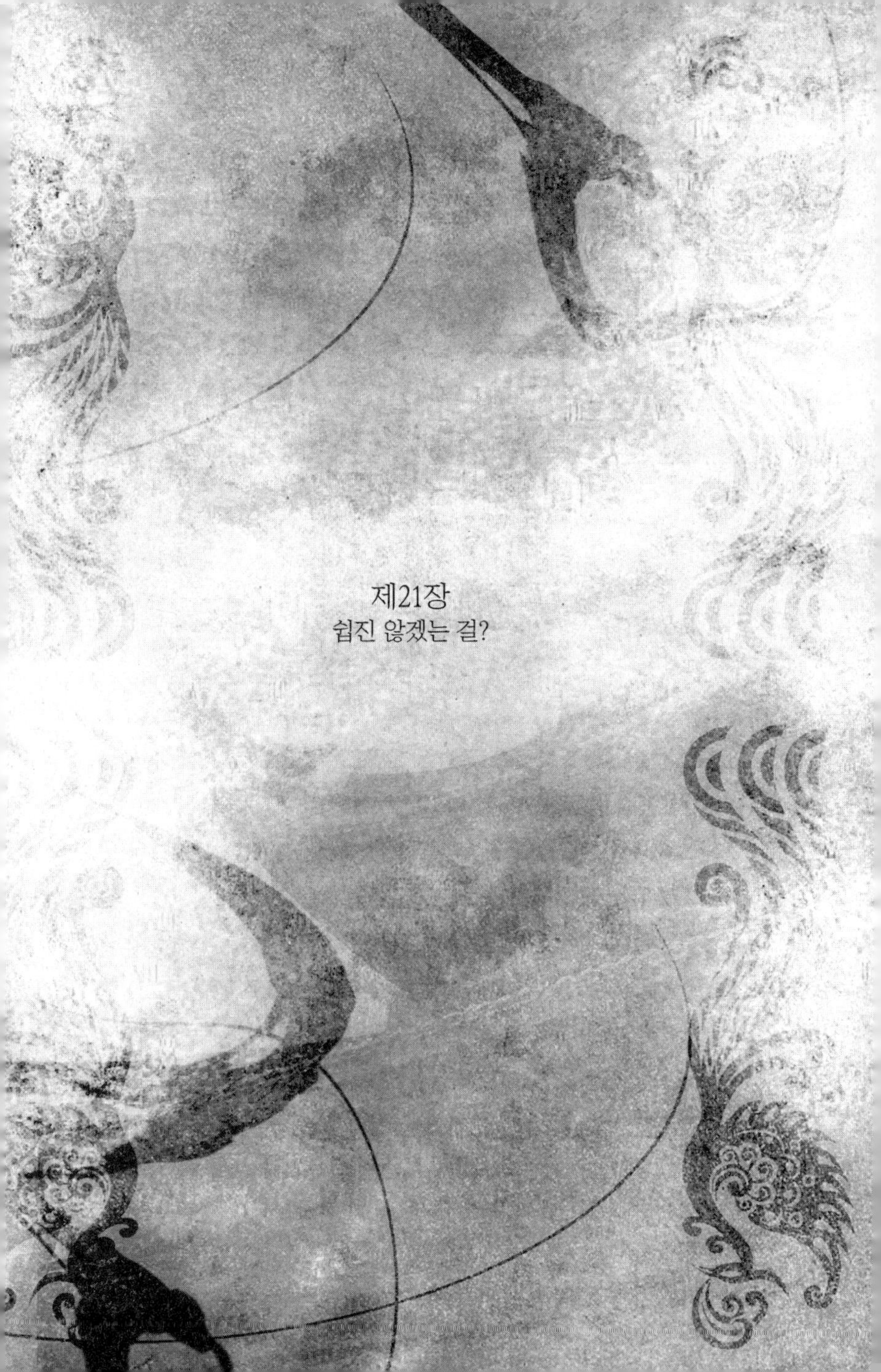

제21장
쉽진 않겠는 걸?

快
路莫强

데엥—

아미산 제일봉인 금정봉(金頂峰)에 때 아닌 종소리가 울려 퍼졌다. 예전에는 해가 지면 으레 종소리가 들리며 염불이 시작되었지만, 멸천교가 아미파를 터전으로 삼은 이후엔 들리지 않던 소리였다. 그런데 지금 그쳤던 종소리가 다시 들리고 있는 것이다.

데엥—

당목(撞木)을 슬쩍 밀어 동종의 당좌(撞座)를 때린 효운비는 흘러나오는 소리를 가만히 들으며 입가에 미소를 그린다.

"좋군. 마음이 가라앉는 기분이야. 이래서 종을 치는가 보지?"

　하지만 몇 차례 더 종을 때린 그의 얼굴에선 미소가 사라졌다.

　"좋긴 한데, 별로 끌리진 않는군. 이런 쇳소리에 의지해서 마음을 다스린다는 건 너무 나약하지 않은가? 구 대주는 어떻게 생각하지?"

　효운비가 서 있는 곳에서 서너 걸음 뒤쪽엔 색혈대주 구옥환이 곧은 자세로 시립해 있었다.

　"그에 대하여 깊이 생각해 본 적은 없지만, 듣고 보니 교주님의 말씀도 일리가 있다고 생각합니다."

　"일리가 있다? 그렇다면 다른 생각도 들어볼 수 있겠는걸?"

　이에 잠시 침묵하던 구옥환이 입을 열었다.

　"사람은 본래 무엇인가에 의지한 채 살 수밖에 없는 존재입니다. 불완전하기 때문이지요. 자신만을 믿고 살아가는 자들도 있지만, 그들 역시 의식적이든 무의식적이든 무언가에 의지를 하고 있습니다. 그런 면에서 보면 종소리에 의지하여 마음을 닦으려 하는 불자들의 심정도 이해하지 못할 것은 아니라고 봅니다."

　"그렇군. 역시 일리가 있어. 하지만 이상하군. 불자라면 이런 종소리나 염불 따위가 아니라 부처를 의지해야 하는 것이 아닌가?"

"그도 그렇습니다만……."

"흐음, 의지라……. 구 대주 자네는 무엇을 의지하고 있
지?"

"교주님이십니다. 저희 모든 교도들은 교주님 한 분만을
의지하고 있습니다."

구옥환은 한 치의 망설임 없이 대답했다.

"하하, 거짓말을 하고 있군. 구 대주는 어떨지 몰라도 모든
교도라는 건 좀 속 보이는 말이 아닌가? 교주의 뜻에 노골적
으로 반기를 드는 자들이 뻔히 있음에도 말이야."

"그것은……."

당황스러워하면서도 구옥환은 말을 잇지 못했다. 솔직히
뭐라 반박할 것이 없기 때문이다. 이를 보며 효운비는 자조적
인 미소를 머금었다.

"후후, 그러고 보니 불자들이 왜 부처가 아닌 종소리 따위
를 의지하는지 알 것도 같아."

"……?"

"자기 욕심 때문이야. 자기가 원하는 걸 얻고 싶은 마음이
종소리를 만들고 염불을 외게 만드는 것이지. 부처의 진짜 뜻
은 뒷전이고 말이야."

"……!"

구옥환은 부처와 자신을 빗대어 말하는 효운비의 마음에
담긴 잠잠한 분노를 엿볼 수 있었다.

"하지만 부처는 불자들이 자신의 진정한 뜻을 따르지 않음에도 가만히 지켜보고만 있지. 왜일까?"

"……."

효운비는 구옥환이 고개를 숙인 채 아무런 대답을 하지 못하자 나직하게 웃었다.

"후후… 부처는 본래 말이 없는 법이지."

그는 더 이상 그것에 대하여 말을 잇지 않았다. 본의 아니게 구옥환을 몰아세우는 꼴이 되어버렸기 때문이다.

사실 구옥환은 그도 모르게 진행되는 멸천교 내의 일에 대하여 그에게 수시로 알려주는 역할을 충실히 이행하고 있었다. 즉, 마후와 마군들의 따가운 눈총을 감내해야만 하는 위치에 서 있는 것이다. 왜냐면 막강을 제거하기 위한 마후와 마군들의 계책까지도 소상히 보고를 하고 있기 때문이다. 지금도 바로 그것을 보고하러 찾아왔으리라. 그런 구옥환이기에 몰아세워선 안 되는 것이다.

"흐음, 재미없는 이야기는 이제 그만해야겠어. 그래, 무슨 일로 온 것인가?"

"형산파에 웅크리고 있던 놈들이 닷새 전 그곳을 떠났습니다."

"그래? 어디로 간 것이지?"

"감숙으로 향하는 듯합니다."

"감숙? 호오! 드디어 녀석이 모습을 드러낸 건가?"

“아마도 그럴 것입니다.”

효운비는 웃었다.

“이거 막상 곧 녀석을 보게 된다고 생각하니 기분이 묘해지는 걸? 훗.”

“이미 녀석들의 뒤를 쫓으라는 마후의 명령이 계셨습니다.”

“그랬겠지. 이미 내게 엄포를 놓으셨잖아? 딱 백 일만 참으시겠다고.”

씁쓸하게 웃는 효운비다.

사천 무림을 손에 넣고 효운비가 모든 계획을 잠정적으로 중단하겠다고 선언했을 때, 그의 조모인 마후와 사대마군의 반발은 매우 거셌다.

강력한 주장으로 일단은 모두의 반발을 잠재울 순 있었지만, 그것은 표면적인 것에 불과했다. 마후 등은 효운비 몰래 막강을 제거하고자 애를 썼던 것이다.

그러던 중, 막강이 흑무곡에 잠적하고 있는 동안 의천맹에 심어놓은 혈천마군을 위시한 황보세가가 기습을 당해 모두 제거당하는 일이 벌어졌다.

이렇게 되자 마후 등의 반발은 더욱 거세졌고, 더 이상 효운비도 막강과의 비무를 핑계로 그들을 억누를 수가 없게 되었다. 그래서 그가 교주로서 마지막 조치를 취한 것이 바로 백 일의 말미였다.

겉으로는 의천맹을 상대로 백 일의 말미를 준 것이지만, 사실은 그 안에 막강이 자신 앞에 나타나길 바라는 마음에서 그런 조치를 취한 것이다.

예정된 백 일이 다 되어가고 있어서 내심 초조해하고 있던 차에 기다리던 막강의 출현 소식을 들으니, 효운비는 흡족하지 않을 수 없었다.

하지만 문제는 자신의 할머니인 마후였다. 막강이 다시 모습을 드러낸 것을 안 이상, 마후는 막강을 살려두려 하지 않을 터였다. 마후가 약속한 것은 백 일 동안 의천맹을 치지 않겠다는 것이지, 막강에게 손을 대지 않겠다는 것은 아니었다. 교주인 효운비로서도 그것만은 어쩔 도리가 없었다. 할머니의 한이 어떠한지를 잘 알고 있는 그였다. 도리상 더 이상은 밀어붙일 수가 없었던 것이다.

"이번엔 누가 갔지?"

"그것이……."

즉답을 꺼려하는 구옥환.

"마군들이 직접 움직이기라도 한 건가?"

"…그렇습니다."

효운비는 고개를 끄덕였다.

철강시도 통하지 않았다.

마단 중 하나인 십이검마단으로도 역부족이었다.

막강의 실력이 어떠한지, 이제 마후와 마군들도 확실히 깨달았을 것이다. 마군들, 그들이 직접 움직여야 했다.

"조만간 할머님을 한번 찾아뵈어야겠군."

"……?"

구옥환은 고개를 들어 효운비를 쳐다봤다. 이유를 묻는 것이다. 갑자기 마후를 찾아가는 이유를.

"훗, 무엇을 걱정하는 거야? 설마 내가 할머님께 따지러 가기라도 할까 봐서 그러나?"

"하오시면……?"

"곧 내 앞으로 비무첩이 날아올 것이니, 그에 대하여 할머님과 상의를 해야 하지 않겠나?"

"……!"

구옥환의 눈동자가 작게 흔들렸다.

'설마 교주께선 마군들이 실패할 거라 생각하시는 것인가……?'

마군들이 실패한다?

그것은 곧 마군들이 막강을 제거하지 못할 거란 뜻이다. 더욱 간단히 말하면, 마군들이 막강을 당해내지 못한다는 말이다.

그것이 있을 수 있는 일인가?

구옥환은 선뜻 고개가 끄덕여지지 않았다. 그가 지금 효운비를 은밀히 찾아온 이유는 마군들이 나선 이상 이젠 막강도 끝이란 생각에, 이를 효운비에게 알리기라도 해야 할 듯해서

다. 자신은 보고할 뿐, 이후 판단과 조치는 효운비가 알아서 할 일이기 때문이다.

그런데 효운비는 전혀 예상치 못한 반응을 보였다. 효운비는 마치 막강과의 비무를 기정사실처럼 말하고 있는 것이다.

속에서 올라온 말을 차마 삼키지 못하고 구옥환이 물었다.

"놈이 마군들까지 제압할 거라 보시는 겁니까?"

하지만 효운비는 엉뚱하게도 그에게 되묻는다.

"어렵겠지?"

그러더니 곧 고개를 주억거렸다.

"흐음, 어렵긴 할 거야. 예전의 녀석이라면."

"……?"

"얼마나 발전했을지 기대되는군. 애써서 기다려 준 만큼 실망시키지 않았으면 하는데 말이야."

데엥―

동종이 다시 한 번 길게 울었다. 울림의 여운이 채 가시기 전, 효운비의 한쪽 입꼬리가 살짝 올라갔다.

"확실히 아까보다 듣기가 좋은데?"

그의 미소는 조금씩 더 짙어졌다.

*　　　*　　　*

"끄으읍!"

막강은 이를 악물고 몸을 위로 끌어올렸다. 절벽 한 면에 깊숙이 박힌 손가락이 부들부들 떨렸다.

'됐어! 조금만! 조금만 더……!'

검은 안개가 옅어지고 있었다. 이제 조금만 더 위로 올라가면 검은 안개가 깔린 층을 벗어날 수 있었다.

그런데 숨이 차왔다.

'참자! 참아야 돼!'

막강은 속으로 자신을 다그치고 또 다그쳤다. 절대 숨을 쉬어선 안 된다. 아니, 정확히 말하자면 내쉬는 건 된다. 하지만 들이쉬는 건 절대 안 된다. 숨을 들이쉬는 즉시 정신을 잃고 바닥으로 추락하고 말 것이기 때문이다.

지난 보름 동안 벌써 열 번이나 그런 일을 반복하고 있었다.

숨 참고 잘 올라가다가 숨이 막혀 자기도 모르게 숨을 들이쉬고, 정신을 잃고, 추락하고. 또 추락하고, 추락하고……. 그야말로 악순환(?)의 연속이었다.

검은 안개 층은 매우 두터웠다. 안개 속에서는 아무것도 보이지가 않아 정확한 두께는 알 수 없지만, 대중 짐작으론 족히 오백 장은 넘는 듯했다.

오백 장.

맨손으로 기어오르기엔 벅찬 높이다. 게다가 오르는 동안 단 한 번의 호흡도 허락되질 않는다면 오르는 것은 거의 불가

능에 가까운 일이다. 막강이니까 그나마 '거의'라는 수식어
가 붙었다고 보면 된다. 사실 범부 아니라 웬만한 무림인이라
도 숨을 안 쉬고 오백 장이 넘는 절벽을 맨손으로 오르는 것
은 불가능했다.

흑무에는 사람의 정신과 몸을 마비시키는 성분이 들어 있
었다. 그것이 무엇인지 알 길은 없었다. 몇 번의 실패 후에 막
강은 일부러 흑무를 들이마시고 옥청건곤심공으로 그것에 대
항해 보려고도 했지만 허사였다. 여지없이 정신을 잃고 바닥
으로 추락했던 것이다.

독은 아니었다. 순간적으로 정신을 잃을 뿐, 아무런 해가
없었다.

또 추락을 해도 바닥엔 깊이를 알 수 없는 웅덩이가 있어
몸이 상할 일도 없었다. 물에 빠지는 순간 정신을 차리고 웅
덩이 밖으로 헤엄쳐 나오면 되었다.

궁리 끝에 경공을 발휘하여 빠져나오려고도 해보았다. 양
쪽 절벽 면을 번갈아 차며 몸을 위로 솟구쳤다.

하지만 그마저 호흡이 달려 실패하고 말았다. 오히려 무식
하게 절벽을 기어오르는 것보다 높이 올라가 보지도 못했다.

경공을 발휘하자면 끊임없는 진기의 공급이 필요하고, 그
러자면 또한 호흡이 필요했다. 무리해서 경공을 시전하면 그
만큼 필요한 호흡도 많아지게 되는 것이다.

막강이 제아무리 넘치는 공력을 지녔다고 하더라도, 신이

아닌 이상 한 호흡에 오백여 장을 솟구칠 수는 없는 노릇이었
다.

그렇게 어쩔 수 없이 절벽을 기어오르는 것뿐이 방법이 없
게 되었다.

처음 실패는 당연하게 여겼다.

두 번, 세 번째 실패는 오기로 넘겼다.

다섯 번이 넘어가자 조금씩 지쳐 갔다. 하지만 그와 동시에
빨리 빠져나가야겠다는 절실함이 마음을 가득 채웠다.

그러나 여섯 번, 일곱 번……. 열 번째 실패를 하고 나자 그
절실함마저 조금씩 사라지기 시작했다. 그러면 안 되는 줄 알
면서도 마음대로 되지가 않았다.

그런데 진짜 문제는 거기에 있지 않았다. 시일이 길어지자
먹을 것이 떨어졌다. 천통자의 거처를 나오면서 가져왔던 건
량과 건포도 얼마 남질 않았다. 바야흐로 허기와의 사투가 시
작된 것이다.

그렇게 아무것도 먹지 못하고 물만 먹은 지 사흘.

막강은 비로소 스스로 흑무곡에서 나오지 않으려 한다는
추심언의 말이 무슨 뜻인지 이해하게 되었다.

자포자기.

모든 의욕이 꺾인 상태에서 흑무곡에 눌러앉는 것을 말한
것이리라.

실제로 막강도 이미 그러한 유혹에 시달리고 있었다. 게다

가 언제든지 다시 돌아와도 좋다는 천통자의 마지막 말은 더욱 강력하게 막강의 정신을 지배하려 들었다.

'아니야! 난 가야 해! 반드시!'

어떻게 버틴 지난 삼 개월인가. 그야말로 죽기 살기로 버텨 냈다. 그래서 죽지 않고 살아 이렇게 목적을 달성하고 돌아갈 수 있게 되지 않았는가!

이번에도 그렇게 될 것이다. 죽기 살기로 달려들다 보면 길이 보이고 결국 살아서 흑무곡을 빠져나가게 될 것이다!

막강은 그렇게 속으로 다짐하고 또 다짐했다. 이 순간 떠오르는 것은 단 하나… 사랑스런 언년의 얼굴뿐이었다.

─…그게 내 뜻이니까…….

환청처럼 자신의 음성이 들려왔다.

'색시야……!'

순간, 불끈 힘이 솟는 듯했다. 떨리는 두 손에 그 힘을 전달시키려 하였다. 그러나…….

주륵!

손이 말을 듣질 않는다.

'안 돼! 조그만… 조금만 더 올라가면 된단 말이야!'

막강은 있는 힘을 다해 오그라졌던 손가락을 위로 펼쳐 들었다. 온몸엔 땀이 비 오듯 하고, 두 눈은 당장이라도 터질 듯

발갛게 충혈되었다.

'커헙!'

양볼이 절로 부풀어 올랐다. 숨을 들이쉬라는 본능의 외침이 온몸을 뒤흔들었다. 미칠 지경이었다. 서서히 정신마저 혼미해져 갔다. 이번에도 여지없이 절벽 오르기의 마지막을 알리는 전조가 나타난 것이다.

'크으읍! 으읍……!'

"푸하압!"

결국 입이 벌어지며 거친 숨이 토해져 나왔다. 그와 동시에 저절로 흑무를 들이켠 막강의 신형은 곧 맥없이 절벽 아래로 떨어져 내렸다.

"으음……."

막강이 다시 눈을 떴을 땐 다음날 아침이었다. 간신히 웅덩이 밖으로 상체만 내민 상태였다. 기력이 갈수록 달리고 있었다.

고개를 한차례 크게 휘저은 막강은 웅덩이에 머리를 깊게 넣었다가 뺐다.

"푸후!"

몽롱했던 정신이 조금 돌아오는 듯했다.

"이대로는 안 돼……."

가볍게 운기를 끝낸 막강은 가만히 중얼거렸다.

지금까지의 방식으론 도저히 이곳을 빠져나갈 수 없다는 결론에 이른 막강이었다. 하지만 그렇다고 다른 뾰족한 방법이 있는 것도 아니었다. 그저 지금까지 했던 식으론 안 된다는 것만 깨달았을 뿐이다.

"뭐가 문제지?"

막강은 오랜만에 곰곰이 생각에 잠겼다. 지금까지는 이렇게 생각을 해본 적이 없었다. 오로지 서둘러 흑무곡을 빠져나갈 생각에 연달아 몸으로만 부딪쳤을 뿐이었다. 하지만 연이은 좌절을 맛본 탓에 들떠 있던 마음이 차분히 가라앉게 된 것이다.

"뭐가 문제인지 모르겠어. 사실 문제라고 할 것도 없잖아? 그냥 절벽을 기어오르는 것밖에는 다른 방법이 없으니까."

아무리 머리를 굴려봐도 묘안은 떠오르지 않았다.

"나가는 길은 여기밖에 없고, 나가려면 절벽을 기어오를 수밖엔 없으니……."

막강의 시선이 위를 향했다.

"흐음, 아무튼 결론은 그냥 올라가는 것뿐이군. 쩝."

올라가야 한다. 천통자의 거처로 다시 돌아가지 않을 것이다. 그러한 생각은 이미 머릿속에서 지웠다. 차라리 절벽 위에서 배고파 죽을지언정…….

먼저 몸을 숙여 웅덩이의 물을 떠 마신 막강은 다시 절벽 가까이에 섰다. 위를 올려다보니 저만치에서 까맣게 하늘을 가린 흑무가 보였다. 흑무는 바닥에서 십 장 높이부터 껴 있었다.

"일단 저기까지는 숨을 참을 필요가 없겠어. 그리고……."

막강은 며칠 동안 자신이 올랐던 길과 위치를 기억해 냈다. 그 위에 파놓은 손자국들이 동시에 떠올랐다.

"그것들을 잘만 이용하면 힘을 아낄 수도 있지 않을까?"

이미 손가락으로 뚫어놓은 곳이기에 굳이 다시 뚫을 필요가 없어 그만큼 진기를 아낄 수 있을 터였다.

막강은 다시 눈을 빛내며 의욕을 불태웠다. 하지만 결코 서두르진 않았다. 몸의 기력이 이제 얼마 남지 않았음을 잘 알고 있기 때문이다. 어쩌면 어제만큼도 못 오를지 모른다. 만일 이번에도 실패한다면…….

'정말 색시 얼굴을 다신 못 볼지도 몰라…….'

마지막이란 생각이 막강을 사뭇 진지하게 만들었다.

"좋아! 그럼 또 가볼까?"

탓!

가볍게 발을 구른 막강의 신형은 금세 십 장 높이에 도달했다. 잠시 멈춘 채 숨을 고른 막강은 옥청건곤심공을 끌어올려 진기를 휘돌렸다. 자욱한 흑무 가운데 막강의 두 눈이 푸른빛을 내뿜었다.

그렇게 모든 준비를 마친 후 깊이 숨을 들이마실 찰나였다.

'음……?'

가만히 흑무를 들여다보던 막강의 눈에 이채가 떠올랐다.

　흑무가 조금씩 이동하고 있는 모습이 보였다. 본래 자리에 계속 머물러 있지 아니하고, 계속해서 한쪽으로 흐르듯 움직이고 있었던 것이다. 지금까진 전혀 신경을 쓰지 않은 탓에 몰랐던 사실이었다.

　막강은 가만히 오른손을 검은 안개 속으로 넣어 살짝 휘저어보았다.

　스스스으……!

　'엇! 흩어지네?'

　손을 휘젓는 순간 그 주변의 검은 안개가 슬쩍 밀려나더니 잠시 후 다시 그 공간을 꽉 채우는 것이 보였다.

　'어디?'

　막강은 다시 한 번 손을 휘저었다. 이번엔 진기를 이용하여 더욱 크고 세차게 휘저었다.

　사아아아.

　그러자 흑무는 저만치나 물러났다가 다시금 빈 공간을 메우기 시작했다.

　'아! 왜 이걸 지금에야 알았지?'

　막강은 흑무의 움직임 속에서 조금 전과는 다른 귀중한 차이점을 하나 발견할 수 있었다. 손을 세게 휘저었을 때가 살짝 휘저었을 때보다 흑무가 다시 공간을 메우는데 걸리는 시간이 길었던 것이다.

　'흑무가 흩어진 동안에 숨을 들이쉴 수만 있다면……?'

귀한 보석을 발견한 것마냥 막강의 가슴은 뛰었다. 그렇게만 된다면 이곳을 빠져나가는 것이 꼭 요원한 일만은 아니었다.

하지만 문제는 과연 숨을 들이쉴 수 있을 만한 공간과 시간을 확보할 수 있느냐가 관건이었다.

진기를 이용하여 손을 휘저었을 때 주변의 흑무가 제법 걷히는 것은 사실이었지만, 흩어졌던 흑무가 다시금 그 공간을 메우는 속도가 매우 빨랐다. 확실히 일반 안개와는 그 성분과 특성이 매우 다른 흑무였다.

숨을 들이쉬는 순간 약간의 검은 안개도 남아 있어서는 안 된다. 소량이라도 들이키는 즉시 정신을 잃을 것이기 때문이다.

따라서 숨을 들이쉬기 위한 방법은 두 가지로 귀결된다.

첫째, 최대한 넓게 흑무를 흩뜨릴 것.

둘째, 그 공간 안에 단 한줄기의 검은 안개도 남아 있지 못하게 할 것.

'쉽진 않겠는걸?'

막강은 염려가 되었다. 위 두 가지를 모두 충족시키려면 결국 막대한 양의 진기를 이용해서 주변의 흑무를 멀리, 또 말끔히 걷어내야만 했다. 과연 그 순간에 자신에게 그럴 만한 여력이 남아 있을까 싶었다. 자칫 무리한 시도가 되어 오히려 진기의 고갈만 재촉하는 꼴이 될 수도 있는 것이다.

'그래도 어쩌겠어? 빠져나가려면 해봐야지!'

무조건 해야 했다. 지금으로선 선택의 여지가 없었다. 이 마당에 지푸라기라도 못 잡을까?

스윽.

막강의 팔다리가 움직임을 시작했다. 흑무 안으로 들어간 막강은 자신이 파놓은 홈을 하나하나 살피며 분주하게 손발을 놀렸다.

신속하되, 서두르지 않는 움직임.

그렇게 막강은 다시 한 번 자신과의 사투를 시작하고 있었다.

*　　　　*　　　　*

덜컹!

탕마오대원을 태운 마차가 지금 막 호북성과 감숙성의 경계를 넘어서고 있었다. 형산에서 출발한 지 팔 일, 한중을 경유한 지는 정확히 한나절이 지난 시점이었다.

"여기서부터는 더 이상 마차를 갈아타지 않을 겁니다."

사비영이 오대원들을 향해 말했다.

지금까지 호남에서 두 번, 호북에서 다섯 번, 도합 일곱 번이나 마차를 옮겨 타야 했다. 그때마다 마차가 두 길로 갈라졌으니, 현재 모두 여덟 대의 마차가 감숙성을 향해 달리고 있거나, 이미 달리기를 마쳤을 터였다.

"왜죠? 갈아탈수록 멸천교 놈들을 혼란스럽게 할 수 있지 않나요?"

구공산이 궁금한 듯 물었다.

"그건 그렇지가 않습니다. 멸천교는 이미 우리의 최종 목적지가 감숙성인 것을 알고 있습니다. 이제 감숙성에 들어온 이상 마차가 달려갈 거리도 한계가 있을 뿐더러, 불과 몇 시진이면 상호 간 연락이 가능하여 별 효과를 기대하기 어려울 겁니다. 오히려 저들을 속이려다가 시일만 지체할 뿐이지요."

사비영의 설명에 고개를 끄덕인 구공산이 다시 묻는다.

"음, 그럼 이제 곧장 우리 장문 사형을 만나러 가는 건가요?"

"그럴 겁니다."

"하지만 아직까지 우리를 쫓고 있는 놈들이 있을 텐데요? 그놈들을 그냥 뒤에 달고 가도 되는 겁니까?"

"지금으로선 그럴 수밖엔 없습니다."

"그러지 말고 그냥 해치우죠? 어차피 여기저기로 나뉘어서 몇 놈 없을 텐데."

구공산이 대수롭지 않게 말하자 염장팔이 피식거렸다.

"해치우자니? 우리 중에 가장 하수인 네가 그런 말을 하는 건 좀 안 어울린다고 생각하지 않냐?"

꿈틀!

그 말에 구공산의 눈썹이 활처럼 휘었다.

"시비 거는 거냐 지금? 전에 두들겨 맞은 데가 다 아물었나 보지?"

"뭐어! 이……!"

염장팔도 덩달아 발끈하려던 찰나였다.

"또 시작할 셈이야? 좋은 말로 할 때 여기서 그치는 게 둘 다 신상에 이로울 걸."

진소천이 도끼눈을 뜨고 둘을 번갈아 쓸어보았다. 그러자 둘은 슬쩍 그녀의 시선을 피하며 속으로 으르렁거렸다.

'쪼다 같은 놈! 여자한테 기가 눌려서는!'

'주제에 누님 앞에서는 책잡히고 싶지 않다 이거지? 크 큭!'

모두가 그런 둘을 한심스럽게 바라보고 있는 가운데 진산 이 입을 열었다.

"혹시 우리를 쫓는 자들에 대한 정보가 있소?"

사비영은 고개를 저었다.

"정확한 정보는 없습니다. 전에도 말씀드렸듯이 이미 익영 단의 기능은 포화 상태입니다. 저들을 혼란스럽게 하는 데 동 원된 인원도 단주님께서 무리를 하시면서까지 차출했기에 가 능했습니다."

"으음……."

진산은 무겁게 침음했다.

나는 적에 대하여 아무것도 알 수 없다. 하지만 적은 나를 환하게 알고 있는 상태다. 이런 상황에서 정면으로 싸우는 것은 큰 모험이었다. 저쪽에선 분명 이쪽의 실력에 걸맞은 자들과 수를 붙여놨을 것이 뻔했던 것이다.

"정확한 정보가 없다면, 대체적인 정보는 있다는 뜻이오?"

"저들의 수효나 면모를 눈으로 확인한 바는 없습니다. 다만 지금까지 파악된 멸천교의 조직 체계와 각 조직의 움직임 등을 살핀 것을 기초로 추측할 뿐입니다. 우선 파악된 멸천교의 조직 체계를 말씀드리면, 교주와 마후를 정점으로 그 아래 사대마군이 버티고 있고, 교주 직속으로 멸천교의 주력이라 할 수 있는 색혈대가 있습니다. 또한 사대마군은 각자 자기 휘하에 마령을 두고 있는 것이 확인되었습니다. 그 외 외단(外團) 격인 마단이 존재하는데, 그 수는 정확히는 알 수 없으나 대여섯 정도로 짐작되고 있습니다."

"그중 우리를 쫓는 곳은 어디일 것 같소?"

"현재 아미산 근방을 철통같이 지키고 있는 자들은 색혈대의 마인들이 분명합니다. 따라서 그들이 우리를 쫓고 있지는 않을 겁니다. 또한 마단들은 각각의 특수성이 강해 대대적인 추격을 담당하기엔 여러 난점이 있다고 생각됩니다."

"그렇다면 마군들의 휘하라는 마령이……?"

"아마도 그럴 것입니다."

“마군들이 직접 나섰겠군요.”

진소천이 끼어들었다. 그녀의 표정은 자못 심각해 보였다. 그녀뿐만이 아니다. 고개를 끄덕이는 사비영을 보는 모두의 표정이 그러했다.

“각 마령의 규모는 어떻게 되오?”

“사천에서 일어난 혈겁 때 아미와 청성에 나타났던 자들의 수가 각각 삼백 정도였습니다. 당시도 마군들이 직접 움직였으니, 아마 그 정도의 수로 보시면 될 겁니다.”

“삼백이라…….”

혈천마군은 죽었다. 더 이상 사대마군이 아니라 삼대마군이라 하더라도 모두 합쳐 구백 이상이다. 그들이 모두 동원되었을 리는 없다 치더라도 실로 벅찬 규모였다. 사비영까지 합쳐서 자신들은 고작 일곱이 아닌가?

“우리가 타고 있는 마차를 쫓는 자들의 수는 많다면 팔구십, 적으면 사오십 정도일 겁니다.”

그럴 것이다. 대강 머리를 굴려보아도 그런 계산이 나온다. 사비영의 말에 모두가 묵묵히 고개를 끄덕였다.

“우리의 최종 목적지는 어딥니다?”

잠자코 있던 남궁현이 입을 열자 사비영이 즉각 대답했다.

“주천입니다. 이곳에서 이틀거리지요. 그곳에 도착하여 오대주를 기다릴 것입니다.”

“주천이라면 기련산 북쪽에 위치한 곳이 아닙니까?”

“그렇습니다. 흑무곡이 위치한 곳이 바로 기련산입니다. 오대주가 무사히 흑무곡을 빠져나온다면 주천을 반드시 경유하게 될 것입니다.”

그때였다.

히이이잉!

돌연 높은 말 울음소리와 함께 마차가 급히 정거했다.

‘……!’

심하게 흔들린 마차 안에서 모두는 경계의 눈빛을 주고받았다.

“웬 놈들이냐!”

마부석에 앉은 익영단원의 고성이 들렸다.

“안에 있는 놈들은 모두 밖으로 나와라. 더 이상 술수를 부려봐야 소용없다.”

사오 장 정도 떨어진 거리에서 누군가가 말했다. 그 음성을 들은 구공산이 나직하게 속삭였다.

“놈들이 벌써 이 마차가 진짜 줄 알고 마차를 멈춰 세운 것 같은데요?”

하지만 사비영은 고개를 저었다.

“아직 그럴 리는 없습니다. 분명 우리를 떠보려는 속셈일 겁니다.”

“그럼 어쩌죠?”

진소천이 물었다.

"이렇게 된 이상 다른 방도가 없습니다. 놈들을 해치우고 마차를 버리는 수밖에는."

"마차를 버리다니요?"

"우리를 막은 자들 말고도 멀리서 이곳을 지켜보는 자들이 있을 겁니다. 그들이 우리를 확인한 후 다른 마차를 쫓는 자들에게 연락을 취할 것은 자명한 일, 그들이 모두 모이기 전에 마차를 버리고 다른 길로 움직여야 합니다."

사비영의 말을 듣고 고개를 끄덕인 진산이 먼저 몸을 일으켰다.

"사비영의 말이 맞다. 각오들 하고 모두 밖으로 나가자."

묵묵히 고개를 끄덕인 모두가 진산을 필두로 마차에서 내렸다. 그들의 눈에 멸천교도로 보이는 흑의인 스무 명이 마차를 가로막고 서 있는 모습이 보였다.

'생각보단 적은 수구나.'

진산은 내심 안도했다. 이 상황에서 안도라고 하기엔 우습지만, 그래도 스무 명이라면 그나마 해볼 만한 수였다.

"이 마차였구나. 제대로 걸렸군."

흑의인들 중 중앙에 서 있는 자가 진산 등의 면면을 확인하곤 눈을 빛냈다. 동시에 그들에게서 무시하지 못할 기세가 서서히 일어나기 시작했다.

스스스으!

"묵령마공… 지옥마군 휘하의 흑마령이 틀림없는 듯하

군요.”

“우리의 추측대로 마군들이 움직인 게 확실하군.”

사비영의 말에 낮게 중얼거리는 염장팔.

이윽고 흑의인들을 노려보던 진산의 진중한 음성이 모두의 귀를 파고들었다.

“각자 태세를 갖춰. 현이 아우하고 고립이는 나와 함께 전위에 선다. 나머지는 후위에 있다가 치고 빠지면서 놈들의 급소를 노려. 명심해. 손속에 사정을 둬선 안 돼. 지체할 여유가 없어.”

“음!”

묵묵히 고개를 끄덕인 모두는 진산의 지시대로 재빨리 위치를 잡았다.

“저들의 몸에서 뿜어져 나오는 것은 흑마기입니다. 흑마기는 접근시 상대의 정신을 흐트러놓을 수 있으니 조심하십시오.”

사비영의 말이 채 끝나기도 전이었다.

탓!

흑의인들이 일제히 오대원들을 향해 달려들었다. 무기가 들리지 않은 그들의 손에서는 묵색의 기운이 스멀스멀 피어오르고 있었다.

화악!

순식간에 지척으로 다가선 흑의인 중 하나가 진산의 목젖을 겨냥하여 손을 뻗어왔다.

이를 본 진산은 번개 같은 동작으로 도를 뽑아 흑의인의 팔을 향해 내리그었다.

서걱!

섬뜩한 소리와 함께 피분수가 일었다. 휘성락의 초식으로 일 도에 흑의인의 팔을 베어낸 진산은 연이어 달려드는 또 다른 흑의인을 향해 도를 날렸다.

퍼억!

"끄읍!"

가슴이 갈라진 흑의인이 신음과 함께 앞으로 고꾸라졌다.

"……!"

진산의 무위에 놀란 흑의인들이 잠시 멈칫거렸다. 그들로서는 자신들의 동료가 이 정도로 허망하게 당할 줄은 예상치 못한 것이다. 저항조차 못해 보고 단 일 도에 목숨이 끊기다니…….

반면 진산이 보여준 두 번의 움직임으로 다른 오대원들의 기세는 한층 높아졌다. 이미 각오를 단단히 한 상태이긴 했지만, 수적으로나 상황적으로 불리하다는 생각에 막연한 염려가 그들 가운데 존재한 것이 사실이었다. 하지만 진산의 활약으로 인해 그러한 염려가 사라져 버린 것이다.

"뭣들 하는 거야! 머뭇거릴 여유 없다니까!"

“아……!”

진산의 외침에 현실로 돌아온 오대원들이 기세가 한풀 꺾인 흑의인들을 향해 몸을 날리기 시작했다.

둘을 해치웠다곤 하나 아직 저쪽은 열여덟이다. 여전히 수적으로 열세였다. 하지만 전세가 역전되어 오히려 소수가 다수를 향해 먼저 달려드는 형국이 만들어진 것이다.

그러나 흑의인들 또한 그리 허술하지 않았다. 두 명의 공백을 메우며 빠르게 전열을 가다듬은 그들은 달려드는 오대원들을 향해 두셋씩 짝지어 협공을 펼치기 시작했다.

푸스스!

흑의인들의 손이 곁을 스칠 때마다 기괴한 소음이 귓전을 파고들었다. 동시에 순간적으로 사물이 흔들리듯 보이기도 했다. 사비영이 경고했던 흑마기였다.

진소천은 성화심결을 일으켜 흑마기에 대항했다. 그러면서 그녀는 손목을 꺾어 자신의 좌측에 있는 흑의인을 향해 일 장을 날렸다. 욱일진가의 또 다른 절기라 할 수 있는 난망수(亂網手)였다.

난망수는 쾌(快)와 변(變)을 적절히 조화시켜 놓은 것으로, 그 모태는 파천십이권이었다. 패에 치중한 파천십이권은 본질상 여인이 익히기엔 어려운 점이 있었다. 때문에 진강후는 자신의 딸인 진소천을 위해 파천십이권을 수법으로 변형시켜 난망수를 만들어주었던 것이다.

파앙!

경쾌한 소리와 함께 장력이 발출되었다. 그녀의 손바닥이 흑의인의 옆구리를 때리려는 찰나, 협공을 가하던 우측의 흑의인으로부터 공격이 가해져 왔다.

'칫!'

진소천은 입술을 깨물며 손을 거뒀다. 흑의인의 공격엔 무시할 수 없는 위력이 담겨져 있었다.

사삭!

옆으로 반 보 비껴서며 공격을 흘러보낸 그녀는 양손을 교차시켜 좌우로 내뻗었다.

팡! 파앙!

또다시 장력이 발출되며 양쪽에 있던 흑의인들에게서 동시에 짧은 신음이 흘러나왔다.

"으음……!"

각각 가슴과 옆구리에 일 장씩 격중당한 그들은 비틀거리며 진소천을 쏘아봤다.

'지금이야!'

진소천은 지체없이 둘 중 좌측의 흑의인을 향해 몸을 날렸다. 서둘러 마무리를 지어야 했다. 그러자면 제대로 방비할 수 없는 지금이 가장 좋은 기회였다.

한편, 진소천의 바로 옆에서 역시 흑의인 둘을 상대하고 있던 구공산은 처음에는 흑의인들의 공격을 이리저리 피하는

데만 바쁜 모습을 보였다. 이유인 즉, 자신의 싸움에 모든 정신을 집중해도 모자랄 판에 자꾸만 곁에서 싸우고 있는 진소천을 힐끗거리고 있었던 것이다.

그렇게 얼마간 계속 피하기만 하던 구공산의 태도가 어느 순간 돌변했다. 더 이상 진소천 쪽은 신경도 쓰지 않고 자신의 싸움에만 집중했다. 그때가 바로 진소천이 두 흑의인에게 쌍 장을 나눠 먹인 때였다.

'역시!'

내심 진소천을 향해 탄성을 발한 구공산은 안면으로 날아오는 흑의인의 손을 보며 재빨리 뒤로 한 걸음 물러섰다. 최대한 흑마기에 노출되지 않기 위함이었다.

자신의 주먹에 진기를 배가시킨 그는 잽싸게 전방으로 발을 구르며 용호선풍권을 펼치기 시작했다.

"본격적으로 시작해 보자고!"

푸숙! 풍! 풍!

삼 권이 연이어 격출되었다. 전방에 있던 흑의인은 갑작스레 공세로 바뀐 구공산의 태도에 당황하며 황급히 몸을 뒤로 빼려 했다.

하지만 마치 끈을 매달은 것 마냥 쫓는 구공산의 주먹에 자신의 복부를 고스란히 드러내 놓아야만 했다.

퍼억!

"우욱!"

　기세를 탄 구공산은 허리를 접으며 쓰러지는 흑의인을 뒤로하고 또 한 명의 흑의인을 향해 돌진했다. 그런데 그때였다.

"끄으윽!"

등 뒤에서 고통에 찬 신음성이 들려왔다.

재빨리 고개를 돌린 구공산은 신음의 주인공이 마차를 몰던 익영단원임을 확인했다. 자신들 중에서 가장 무공이 약한 그는 흑의인의 손에 가슴이 함몰된 채 바닥에서 꿈틀거리고 있었다. 결국 이쪽에도 피해가 발생한 것이다.

구공산은 신형을 멈추고 잠시 주변을 둘러보았다.

탕마오대원 모두 흑의인들과 사투를 벌이느라 정신이 없었다.

바닥에 쓰러진 자는 셋, 아직 열일곱이나 남았다. 그중 둘은 곧 진소천의 손에 제압당할 듯 보였다. 처음부터 흑의인들은 진산과, 남궁현, 단고립에겐 각각 셋씩 달려들었고, 익영단원을 제외한 나머지에겐 둘씩 짝을 이뤄 공격했다.

그리고 익영단원이 쓰러졌다. 이제 익영단원을 공격하던 흑의인 하나는 다른 동료에게 합류하여 그쪽을 거들 것이 뻔했다.

구공산은 익영단원을 쓰러뜨린 흑의인을 주시했다.

몸놀림이 예사롭지 않았다. 다른 흑의인들과는 뭔가 달랐다.

‘제일 강해보이는 녀석 같은데? 여기 있는 놈들 중에 대장인가?’

처음엔 단순히 익영단원의 실력이 미약하여 당한 줄로만 생각했다. 하지만 지금 보니 아니었다.

놈은 강하다. 몸놀림뿐만 아니라, 느껴지는 기운 또한 그것을 증명하고 있었다.

스슥……!

드디어 방향을 정한 듯 놈이 신형을 날렸다. 놈이 향한 곳은 뜻밖에도 염장팔이 있는 쪽이었다.

‘응? 거지한테 가네?’

구공산은 고개를 갸웃거렸다. 여러 사람 중 염장팔을 택한 놈의 저의가 무엇인지 궁금했기 때문이다. 염장팔과 그를 상대하고 있는 흑의인 둘은 지금 매우 팽팽한 대결 양상을 보이고 있었다. 굳이 놈이 도와주지 않아도 당장에 위태롭지는 않을 터였다. 오히려 도움이 절실한 곳은 진소천을 상대하는 두 명이었다.

‘설마……?’

한 가지 생각이 구공산의 머리를 스치고 지나갔다.

놈은 이곳에 있는 흑의인들 중 가장 강한 실력을 지니고 있음에도 불구하고 진산이나 남궁현이 아닌, 가장 약한 상대인 익영단원을 노렸다.

그리고 익영단원을 금세 쓰러뜨린 그가 다음으로 노린 자는 염장팔. 가장 대등한 싸움을 벌이고 있는 사람이었다.

'대등하게 싸움을 하고 있다는 건, 그만큼 저 거지 놈의 실력이 우리 중 가장 뒤처진다는 뜻? 그래서……?'

구공산은 이제야 비로소 놈의 속내를 짐작할 수 있었다.

'약한 놈부터 없앤다! 이거로군.'

진산의 실력을 목도한 놈은 분명 실질적인 자신들의 열세를 깨달았을 것이다. 놈이 이곳에 있는 목적은 마차에 타고 있는 자들이 진짜 탕마오대원들인지 여부를 확인하는 것과, 만약 진짜임이 확인되면 최대한 오대원들의 발목을 붙잡아놓는 것일 터였다.

하지만 놈은 두 번째 목적을 달성하기가 쉽지 않다고 판단했을 것이다. 그래서 가장 실력이 떨어지는 자부터 처치해 나가는 방법을 택했을 터였다. 그래야만 최대한 시간을 오래 끌 수 있기 때문이다.

상대해야 할 적의 수가 적어지면 적어질수록 강한 상대를 협공할 수 있는 인원이 많아지게 된다. 그렇게 되면 강한 자를 상대로 더욱 끈질긴 싸움을 펼칠 수 있게 된다. 물론 관건은 실력이 약한 자를 처리하는 동안 강한 자를 상대하고 있는 동료들이 잘 버텨주느냐인데, 다행히도 그의 동료들은 아직까진 잘 버텨주고 있었다.

"음!"

자신을 향해 질풍처럼 달려드는 놈을 보며 당황하는 염장팔의 모습이 보였다. 놈이 합류하면 팽팽하던 상황이 무너지고 단번에 위태로운 지경에 이를 것이 뻔했다.

"제길! 왜 하필 거지 녀석이야!"

한차례 투덜거린 구공산은 곧 몸을 날렸다. 본의 아니게 염장팔을 도와줘야 하는 것이 영 찝찝했으나, 서둘러 막강을 만나야 한다는 최종 목표를 생각하며 눈을 질끈 감은 그였다.

그렇게 구공산이 염장팔을 향해 몸을 날린 순간, 놈은 이미 염장팔의 지척에 다가서 있었다.

위기를 느낀 염장팔은 취리건곤보를 극성으로 펼치며 앞에 있는 두 흑의인에게서 최대한 거리를 멀리 벌리려 하였다. 놈이 공격을 가해오기 전에 미리 피할 길을 확보하고자 함이었다.

하지만 곧 염장팔은 대경하며 두 눈을 치떴다. 예측이나 한 듯, 놈이 염장팔이 움직일 방향으로 손을 뻗쳐 오고 있었던 것이다.

눈앞으로 쏘아져 오는 놈의 손가락을 보며 염장팔은 황급히 허리를 뒤로 꺾었다.

쉭!

경풍이 날카롭게 코끝을 스치고 지나갔다. 등줄기가 저려오며 온몸에 식은땀이 솟아났다.

진기를 휘돌려 흑마기로 인해 혼미해지려는 정신을 바짝

조인 염장팔은 재빨리 땅을 짚고 신형을 뒤로 한 바퀴 회전시
켰다. 그러나 이번에도 역시 놈이 가만히 있질 않았다.

두 다리가 미처 착지하기도 전에 염장팔은 왼쪽 옆구리가
뜨끔해지는 것을 느꼈다. 놈이 쉴 틈 없이 연이어 공격을 감
행하고 있었다.

'제길!'

절로 속에서 욕지거리가 나왔다. 몸이 허공에 떠 있는 상태
라 피하기 어려웠다. 그렇다고 반격을 하기도 쉽지 않은 난감
한 상황이었다.

염장팔은 두 눈을 질끈 감았다. 곧 있을 고통을 미리 준비
하기 위함이었다. 고스란히 맞을 수밖에 없다. 하나 맞긴 맞
되, 최대한 몸을 틀어 치명상은 면해야만 했다.

"눈 떠 인마!"

"……?!"

사사삭.

놈의 손이 옆구리를 강타할 때만 기다리고 있던 염장팔은
돌연 귓전을 파고든 익숙한 음성에 눈을 번쩍 떴다. 가장 먼
저 눈에 들어온 것은 구공산의 옆모습이었다.

'뭐, 뭐야? 이 녀석?'

구공산은 지금 막 놈을 향해 주먹을 내뻗어 염장팔을 향한
놈의 공격을 거두게 만들었다.

"잘 봤냐? 이 형님이 너 살려준 거."

“……!”

구공산의 말에 염장팔은 어이가 없었다. 이런 상황에서도 거들먹거리는 꼴이라니. 하지만 덕분에 위기에서 벗어난 것은 사실이었다. 염장팔은 피식거리며 입을 열었다.

“입 다물고 저놈들이나 신경 써!”

“뭐냐, 그 말버릇은? 생명의 은인한……!”

“숙여!”

“이크!”

구공산은 눈앞으로 날아온 손을 보며 재빨리 고개를 숙였다. 기회를 틈탄 놈이 다시 공격을 감행하기 시작한 것이다.

쉭! 쉬쉭!

고개를 숙인 구공산을 향해 이번엔 양옆에서 공격이 가해졌다. 본래 염장팔을 상대하던 흑의인 둘도 놈과 합세한 것이다.

스윽!

“으음!”

이어지는 공격을 완벽하게 피하지 못한 구공산은 우측에서 공격한 흑의인의 손에 스치듯 옆구리를 허용하고 말았다. 쓸린 부분이 뜨거운 것에 덴 듯 화끈거렸다.

구공산이 움찔거리자 놈이 핍박해 왔다. 놈에게서 느껴지는 기세가 더욱 강렬해졌다. 놈은 단번에 구공산을 쓰러뜨릴 태세였다.

쉬쉿!

뱀처럼 놈의 손이 가슴을 향해 헤집고 들어왔다. 검은 기운이 바위같이 온몸을 내리누르는 듯했다. 그 순간 구공산은 비로소 알 수 있었다.

'나보다 강해!'

구공산은 이를 악물었다. 그의 두 다리가 기이한 각도로 흔들리더니 어느 순간 앞으로 성큼 내디뎌졌다. 그와 동시에 격출되는 일 권!

꽈앙!

폭음이 터지며 먼지가 치솟았다. 구공산은 충격을 이기지 못하고 피를 토하며 뒤로 주륵 밀려났다.

"괜찮냐?"

미처 구공산을 돕지 못한 염장팔이 황급히 구공산의 신형을 붙들며 외쳤다.

"크윽!"

구공산은 잔뜩 얼굴을 찡그리며 신음을 내뱉을 뿐 대답이 없었다. 내부가 진탕되어 말을 하기가 어려울 지경이었다.

염장팔은 구공산의 부상 정도가 심각함을 깨닫고 재빨리 구공산을 자신의 등 뒤로 숨기며 놈을 경계했다.

얼핏 보기에 놈은 아무런 피해를 입지 않은 듯 멀쩡해 보였다. 하지만 염장팔은 놈도 실제로는 제법 타격을 입었을 거라 짐작했다. 놈은 확실한 승기를 잡았음에도 연이어 구공산을 공격하지 아니하고 잠시 틈을 주고 있었던 것이다.

"본 영주의 공격을 정면으로 맞받아치고도 목숨이 붙어 있다니 놀랍구나."

놈의 입술이 열리며 낮고 건조한 음성이 흘러나왔다.

그가 놀라는 것은 어쩌면 당연했다. 처음 진산의 무위를 접한 그는 진산의 실력을 자신과 동등 혹은 자신의 미세한 열세로 판단했다. 아울러 이미 이 자리에 있는 자들 중 진산의 실력이 가장 뛰어나다는 것을 알고 있던 그는 그 외 대원들이라면 자신이 어떻게든 제압할 수 있으리라 여겼다. 지금의 계획도 바로 그 같은 생각을 바탕으로 나온 것이었다.

그런데 놀랍게도 진산이 아닌 다른 대원이 전력을 다한 자신의 흑마기를 정면으로 받아내고도 목숨을 부지하는 일이 벌어졌으니, 그로서는 적지 않은 충격이 아닐 수 없었던 것이다.

하지만 구공산 또한 그 못지않게 실망하고 있다는 것을 그가 알 리 만무하다. 그동안 갈고닦은 표풍무영보와 함께 용호선풍권의 절초인 맹룡풍폭(猛龍風暴)을 펼쳤음에도 맥없이 나가떨어진 구공산이었다.

"영주? 네가 흑마령주였구나!"

염장팔은 놈의 정체가 흑마령주임을 깨닫고 더욱 경계심을 높였다.

한편 흑마령주는 염장팔 등에게서 잠시 시선을 돌려 다른 곳에서 벌어지고 있는 싸움의 상황을 살폈다. 곧 그의 얼굴이 무겁게 가라앉았다. 상황은 그에게 더욱 불리한 쪽으로 진행되고 있었다. 진소천 쪽은 물론이고 이젠 진산 등 다른 자를 상대하고 있는 흑의인들 또한 고전을 면치 못하고 있었다.

'이대로라면 반 각도 버틸 수 없다!'

흑마령주는 마음이 바빠졌다. 계획이 모두 틀어질 위기에 놓인 것이다.

'어떻게든 놈들을 일각 이상 이곳에 붙들어놓아야 한다.'

오대원들이 마차를 또다시 갈아탈 것을 막기 위해 인원의 절반을 앞세워 보낸 것이 화근이었다. 그사이 마차를 세워 진위 여부를 확인하라는 지시가 내려왔고, 성급하게 움직인 것 또한 실수였다. 앞서 보낸 스무 명만 함께 있었다면 확실하게 임무를 이행할 수 있었을 것이다.

멀리서 지켜보고 있던 수하가 그들에게로 달려갔을 터이니 곧 이쪽으로 모두를 이끌고 올 터였다. 그 시간을 흑마령주는 일각 정도로 보았다. 일각만 버티면 계획대로 합류한 수하들과 함께 오대원들을 적당히 상대해 주다가 추격을 시작할 수 있을 것이다.

처음부터 오대원들을 제거할 생각은 없었다. 진위 여부만 파악하고 달아나게 하여 뒤를 쫓을 심산이었다. 그래야만 막강이 있는 곳이 어딘지 알 수 있기 때문이다. 그들의 진짜 목표는 오대원들이 아니라, 막강이었다.

"협공해라!"

흑마령주는 곁에 선 두 수하에게 지시함과 동시에 몸을 날렸다.

슈숙!

단숨에 거리를 좁힌 그의 손이 염장팔의 목젖을 노렸다.

쾌속한 그의 움직임에 놀란 염장팔은 반사적으로 양손을 내밀었다.

우웅!

파동이 일며 괴수의 울음소리와 같은 것이 흘러나왔다. 개방의 장기 중 하나인 용음십이수(龍吟十二手)가 펼쳐진 것이다.

꽝!

퍼억!

"크윽!"

폭음 속에서 염장팔의 신음이 터져 나왔다. 이 장 뒤로 날아간 염장팔은 가슴을 부여잡으며 바닥에 피를 토했다.

"우웩!"

흑마령주의 공격은 과연 무서웠다. 전력을 다했음에도 막기엔 역부족이었다. 하지만 염장팔에게 심각한 타격을 준 것은 흑마령주의 공격이 아니었다. 흑마령주의 곁에서 협공을 펼친 흑의인의 손에 그대로 가슴이 격중되었던 것이다. 위력

도 위력이지만, 무방비 상태로 당한 터라 충격은 이루 말할
수 없을 정도였다.

"으으……!"

염장팔은 힘없는 두 팔로 바닥을 짚고 몸을 일으키려 했으
나 역부족이었다. 구공산 또한 조금 전 충돌의 여파로 몸을
가누지 못하고 바닥에 쓰러져 있었다.

흑마령주와 흑의인 둘은 그런 두 사람을 향해 재차 몸을 날
렸다. 마무리를 지을 심산인 것이다.

그들이 달려드는 것을 두 사람은 멀뚱히 쳐다보고만 있었
다. 더 이상 저항할 방도가 없었다.

'빌어먹을! 장문 사형 얼굴도 못 보고 죽는 거야?'

억울했다.

구공산은 소용없다는 걸 알면서도 젖 먹던 힘까지 쥐어짜
내어 반격을 준비했다.

그런데 바로 그 순간!

팟!

눈앞에서 빛이 번쩍였다. 그리고 곧 자신을 향해 달려든 흑
의인 하나가 배가 갈린 채 절명해 버렸다.

"……!"

놀람과 의아함이 뒤섞인 구공산의 눈에 진산의 널찍한 등
이 나타났다.

"사, 산이 형님!"

그 어느 때보다 믿음직스러워 보이는 진산의 등이었다. 실제 덩치는 단고립이 조금 더 컸지만, 이 순간만큼은 진산이 훨씬 더 커 보였다.

"일어설 수 있겠어?"

낭랑한 음성이 귀를 후벼 팠다. 진소천이었다. 진산과 진소천은 어느새 자신이 상대하던 흑의인들을 모두 제압하고 위험에 처한 구공산과 염장팔을 돕기 위해 이쪽으로 몸을 날렸던 것이다. 만일 조금만 늦었다면 염장팔과 자신은 꼼작 없이 고혼으로 화했을 것이란 생각에 구공산은 내심 크게 안도했다. 게다가 자신의 곁으로 달려온 자가 진소천이라서 그런지 없는 힘까지 솟는 듯했다.

"뭐, 이 정도쯤이야! 윽!"

벌떡 몸을 일으키려던 구공산은 속이 뒤집어지는 듯한 고통에 다시금 철퍼덕 주저앉고 말았다.

"안 되겠네. 일단 내상을 다스리는 게 좋겠어. 내가 경계를 설 테니까 앉아서 운기를 하도록 해."

구공산은 진소천에게 이런 말을 듣는 것이 왠지 사내로서 자존심이 상했으나, 지금 당장은 어쩔 도리가 없음을 알았기에 고개를 끄덕였다.

그렇게 그가 운기조식에 들어간 사이 남궁현도 자신을 상대하던 두 흑의인을 해치우고 염장팔의 상세를 살피고 있었다. 염장팔이 당한 부상 정도는 매우 심각하여 당장 치료를 하지 않으면 생명이 위태로울 지경이었다.

이에 남궁현은 급한대로 염장팔의 몸에 자신의 진기를 주입시키기 시작했다. 진탕된 내부를 이대로 두면 내장이 굳어버릴 수도 있었다. 상태가 더 이상 악화되지 않도록 최대한 내부를 진정시키는 게 급선무였다.

"쿨럭!"

남궁현의 진기가 전해지자 염장팔이 또 한 번 핏물을 게워 냈다.

"장팔! 힘들겠지만 진기를 조절해 봐!"

염장팔은 남궁현의 외침을 듣고 누운 채로 정신을 집중하고자 애썼다.

파! 파! 파!

연달아 폭음이 터져 나온 것은 바로 그때였다.

드디어 진산과 흑마령주가 본격적인 대결을 시작하고 있었다. 다른 흑의인 둘은 이미 진산의 칼에 의해 바닥에 널브러져 있었다.

선제 공격을 가한 것은 진산이었다. 진산은 흑마령주를 향해 도기(刀氣)를 연거푸 세 번 뿌렸다. 이에 흑마령주는 감히 정면으로 맞서지 못하고 살짝 거리를 벌이며 기회를 노렸다.

진산은 무기를 갖고 있고 그는 맨손이었다. 공격하기 위해서는 반드시 진산에게 접근해야 한다. 하지만 그렇다고 무리하게 접근하려고 해서도 안 된다. 선불리 접근하다간 시퍼런 도기에 몸이 썰릴 수도 있음이었다. 또한 그로서는 굳이 진산을 정면으로 상대할 필요가 없었다. 오히려 시간을 끄는 것이 득이었다.

'으음… 쉽게 제압하기 힘든 자다!'

흑마령주의 실력을 대번에 알아본 진산이 속으로 중얼거렸다. 결코 자신의 아래라고 단언할 수 없는 자였다. 한두 번의 공격으로 싸움이 끝나지 않을 듯했다.

'한 명만 도와주면 좀 더 수월할 텐데……'

하지만 그것도 현실적으로 어려워 보였다. 구공산과 염장팔은 이미 운신이 불가능한 상태였고, 남궁현과 진소천은 그런 두 사람을 지키느라 역시 움직이기 곤란했다. 나머지 단고립과 사비영은 아직까지 자신들에게 달려드는 흑의인들을 상대하느라 여념이 없었다.

'그렇다고 이대로 계속 지체할 수는 없다.'

흑마령주는 그의 공격을 계속해서 피하기만 했다. 일부러 시간을 끌려는 의도를 노골적으로 드러내고 있었다.

'모험을 해야겠군!'

순간 진산의 눈이 빛났다.

사사삭!

그의 거대한 신형이 전방을 향해 살처럼 쏘아져 나갔다.

쐐액!

호선을 그린 도가 그대로 흑마령주의 정수리를 향해 떨어져 내렸다. 이를 본 흑마령주의 눈에 작은 파동이 일었다.

진산의 기세가 일변했다.

기세가 강해졌다는 것이 아니다. 치고 들어오는 태도가 달라졌다는 뜻이다.

진산은 보기 좋게 허점을 노출시키고 있었다. 수비를 도외시한 공격이었다. 하지만 흑마령주는 선뜻 그 허점을 공략할 엄두가 나질 않았다. 허점이 많은 만큼 공격이 매서웠다. 타고난 힘을 지닌 진산이 공격 일변도로 바뀌자 마치 육중한 황소가 달려드는 듯한 착각이 들 정도였다. 섣부른 대응을 하다간 자칫 뿔에 받혀 낭패를 볼 수도 있는 것이다.

타앗!

재빨리 발을 구른 흑마령주는 좌측으로 몸을 날려 진산의 도를 피했다. 미처 공세를 빠져나가지 못한 그의 옷자락이 날카로운 도기에 잘려 나갔다.

허공을 가른 진산은 조금도 실망하지 않고 맹렬하게 흑마령주를 쫓아 재차 도기를 뿌렸다.

좌아악!

위로 쳐올린 도세에 흑마령주의 앞섶이 뜯어져 나갔다.

'……!'

흠칫한 흑마령주는 이를 악물며 온몸을 비틀었다. 진산의 도가 이번엔 목젖을 노리고 날아온 것이다.

핏!

'크……!'

흑마령주의 목 언저리에 빨간 실선이 그어졌다. 조금만 반응이 늦었으면 즉사였다. 등줄기가 시큰거렸다.

'더 이상 피할 수만도 없겠구나!'

순간 흑마령주의 신형이 그 자리에 우뚝 멈췄다. 그는 그 자세 그대로 달려드는 진산을 향해 쌍장을 연거푸 때려댔다.

꽈광! 꽝! 꽝!

주변을 가득 메운 흑마기 속에서 붉은빛이 연이어 뻔쩍거렸다. 진산이 드디어 성화심결을 팔성 이상 끌어올려 도기를 뿌리기 시작한 것이다.

푸스스스!

지축을 울린 격돌이 잠잠해 지고 서서히 주변이 걷혔다.

진산은 자신의 도를 양손으로 부여잡은 채 거친 숨을 몰아쉬고 있었다. 의복은 여기저기 찢겼으며, 그사이로 언뜻 핏기가 보였다.

흑마기는 과연 무서웠다. 흑마령주의 묵령마공은 흑마기를 지나 흑마강으로 나아가는 수준까지 이르러 있었다. 위력도 위력이지만 정신을 혼미하게 만드는 것에 대항하다 보니 진기의 소모가 심할 수밖에 없었다. 때문에 진산은 전력을 다했음에도 몇몇 공격을 완벽하게 쳐내지 못했던 것이다.

반면 흑마령주의 상태는 진산보다 훨씬 심각했다. 그의 왼팔은 온데간데없고, 복부는 길게 배어져 붉은 피가 흘러나오고 있었다.

"우욱!"

흑마령주는 피를 토하며 무릎을 꿇었다.

진산의 의도를 알면서도 당할 수밖에 없었다. 양패구상을 각오한 진산의 공격을 피하는 것엔 한계가 있었다. 계속해서 피했다간 손 한번 못 써보고 당할 수도 있었던 것이다.

그래서 어쩔 수 없이 정면으로 맞섰던 것인데, 결과는 참혹했다. 진산은 그의 예상보다 강했다. 그의 묵령마공의 성취가 조금만 높았다면 지금 둘의 처지는 뒤바뀌었을지도 몰랐다.

"너, 너희 모두는 절대 사, 살아 돌아갈 수 없을 거다……!"

쥐어짜듯 마지막 말을 내뱉은 그는 곧 고개를 떨구며 쓰러졌다.

"후욱……!"

그제야 진산은 온몸의 긴장을 풀며 긴 한숨을 내쉬었다.

주변은 이미 모두 정리가 되어 있었다. 단고립과 사비영도 흑의인들을 모두 쓰러뜨리고 진산에게 달려왔다.

"진 소협, 괜찮습니까?"

사비영이 다급하게 묻자 진산은 허리를 펴며 말했다.

"크게 다친 곳은 없소. 무리를 하여 힘이 조금 빠졌을 뿐이오."

"다행입니다. 하지만 예상보다 피해가 컸습니다. 시간도 많이 지체된 상태라 서둘러 이 자리를 떠야 합니다."

"으음……."

부상을 당한 구공산과 염장팔을 보며 진산은 깊게 침음했다.

"현이 아우와 고립이가 둘을 좀 챙겨줘야겠어."

"알겠습니다, 형님."

"아, 알았어요."

남궁현과 단고립은 동시에 고개를 끄덕였다. 두 사람이 각각 염장팔과 구공산을 둘러업는 것을 확인한 진산의 시선이 다시 사비영을 향했다.

"어디로 가야 하오?"

"일단 서쪽으로 방향을 잡겠습니다. 서쪽은 산세가 험하여 마차가 다니기 어렵기 때문에 다른 마차들 대부분이 북서와 북동으로 움직였습니다. 때문에 저들은 아마도 북쪽에서 이곳으로 몰려올 것입니다."

"알겠소. 서두릅시다!"

사비영과 진산을 필두로 모두가 신형을 날렸다. 구공산과 염장팔을 업은 단고립과 남궁현이 중간에 서고, 그 뒤에 진소천이 따라붙었다.

'앞길이 험난하겠군…….'

앞서 달리는 진산의 표정에 그늘이 졌다.

첫 싸움부터 힘들었다. 마치 앞으로의 여정이 어떠할지를 알려주는 듯했다.

'막 아우… 우리 대주 얼굴을 꼭 봐야 하는데 말이야!'
진산은 조금씩 커지려는 염려를 떨쳐 내며 전력을 다해 뛰기 시작했다.

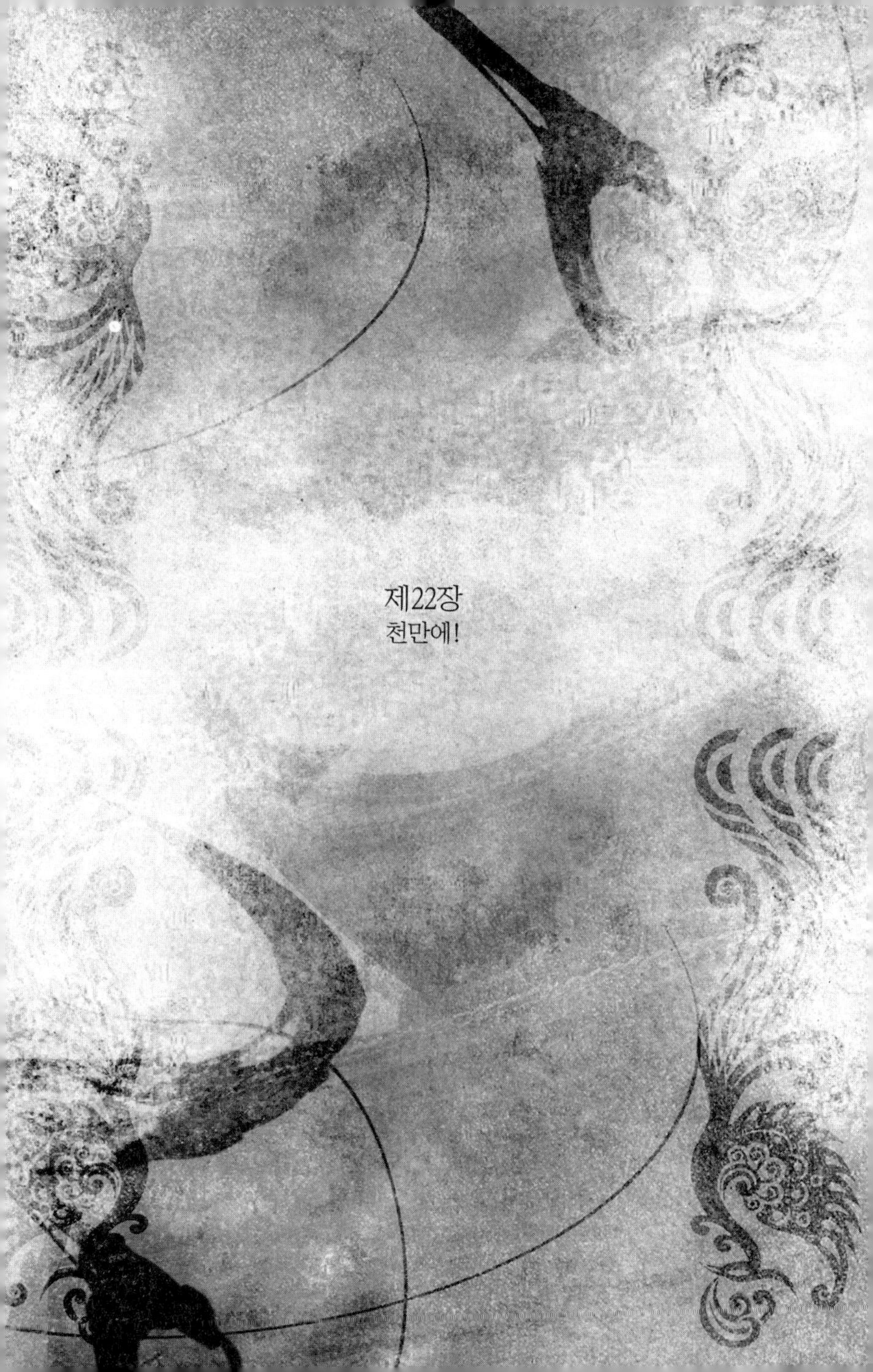

제22장
천만에!

지옥마군 담홍은 난주를 지나 무위(武威)를 빠져나가고 있었다.

그는 자신이 직접 양성한 흑마령의 마인들을 후미에 두고 주천으로 향하는 중이었다. 주천은 막강이 마지막으로 십이 검마단을 제압하고 사라진 곳이었다.

"놈들이 청해(靑海)를 가로질러 북서로 움직이고 있다 하오."

손에 들린 종이를 태우며 담홍이 말했다.

"북서라… 거기에서 북서라면 기련산 쪽이 아니오?"

"그렇소. 하지만 놈들의 최종 목적지가 기련산은 아닐 거요."

"……?"

"놈들은 미끼에 불과하오. 물론 놈들도 막강이란 녀석의 행방을 알고는 있겠지만, 이미 우리에게 발각된 이상 그 녀석에게 곧장 가지는 않을 거요. 실제로 녀석을 찾는 일은 의천맹의 익영단이 맡고 있을 테니까 말이오."

"음……."

빙백마군 음적양(陰的陽)이 낮게 침음하며 고개를 끄덕였다.

담홍과 음적양은 사람들이 다니지 않는 한적한 숲을 택해 빠른 속도로 나아가고 있었다.

그들의 수하들인, 빙마령과 흑마령은 모두 마차를 쫓게 하고 그들 두 사람은 따로 움직여 마차를 앞질렀다.

자신들을 혼란스럽게 하려는 탕마오대의 술책을 뒤늦게 파악한 담홍은 그들을 무시하기로 했다. 전부 무시하는 것이 아니라 그들 두 사람만 무시하기로 것이다. 그의 수하들에게는 나뉘어서 마차를 쫓게 했다.

그들이 마차보다 먼저 방향을 잡고 움직였던 것은, 흑무곡의 위치를 나름대로 추측한 담홍의 의견을 좇았기 때문이다.

처음엔 반신반의하던 음적양도 속속들이 전해지는 소식을 통하여 담홍의 말이 허언이 아님을 서서히 알게 됐다. 다른 자들, 익영단이 따로 움직이고 있다는 소식이 들려왔던 것이다.

"만일 익영단의 놈들이 벌써 녀석을 찾았다면 문제가 아니오?"

음적양의 물음에 담홍은 고개를 저었다.

"보고가 없는 걸로 봐선 놈들도 아직 녀석을 찾지 못했을 거요. 설혹 녀석을 찾았더라도 폭풍마군이 이미 길목들을 지키고 있으니 당장에 어떤 조치를 취하기는 쉽지 않을 거요."

"그건 그렇지만, 사실 그도 걱정이오. 폭풍마군의 성격에 녀석을 보게 되면 혼자 녀석을 상대하려 들 것이 뻔하지 않겠소?"

"폭풍마군이라면 아마도 그럴 거요. 선발대를 자처하고 나선 이유도 내심 그것을 바랐기 때문일 것이오."

"내 말이 그 말이오. 한데 지옥마군은 그것을 알면서도 선발대로 가겠다는 폭풍마군의 뜻에 동의했단 말이오?"

담홍은 옅은 미소를 머금었다.

"빙백마군이 무엇을 염려하는지 알고 있소. 하나 빙백마군이 염려하는 일은 절대 벌어지지 않을 것이오."

"그게 무슨 뜻이오?"

"음살마단(陰殺魔團)이 폭풍마군을 따르고 있소."

"음살마단이……?"

음적양은 전혀 모르고 있었던 듯 눈을 치떴다.

"나도 얼마 전에야 안 일이오. 음살마단주의 이야기에 따르면 마후께서 우리도 모르게 별도로 지시를 내리신 듯하오. 아무튼 그들이 있었기에 폭풍마군의 뜻에 흔쾌히 동의를 했던 거요. 제아무리 녀석의 실력이 뛰어나다고 한들 폭풍마군과 음살마단까지 상대할 수 있다곤 생각지 않소."

"나도 마찬가지 생각이오."

담홍의 확신에 찬 말에 음적양도 동의했다.

현재 멸천교의 모든 조직이 그렇듯, 음살마단도 마후의 손에 의해 만들어졌다. 음살마단은 그 명칭에서도 드러나듯 암살을 목적으로 만들어진 조직이었다. 마후는 천마혈경 속에 수록된 살행(殺行)에 관한 마공들을 추려내어 음살마단을 만들었던 것이다.

음살마단은 멸천교 내에서도 철저히 비밀에 부쳐 있었다. 마군들조차 그 존재 여부만 알고 있을 뿐, 그 조직 체계에 대해서는 아무것도 아는 것이 없었다. 오직 마후와 교주만이 음살마단의 실체를 알았다.

그런 음살마단을 마후가 은밀히 움직였다.

이것은 두 가지를 의미했다.

하나는, 이번만은 반드시 막강을 제거하겠다는 마후의 강력한 의지의 표현이었다. 이미 몇 차례 실패를 맛본 마후였다. 또한 이번에 실패하면 그것은 곧바로 막강과 효운비의 비무로 이어지게 된다. 그것은 중원무림에 대한 넘치는 한을 가진 그녀로신 절대 용납할 수 없는 일이었다.

또 하나는, 음살마단이라면 막강을 확실히 제거할 수 있다는 마후의 군은 신뢰였다. 최후의 방책으로 택한 것이 음살마단이다. 그럴 만한 힘이 있다는 뜻이다. 음살마단주가 먼저 지옥마군을 찾기 전까지는 마군들조차 그들이 따라붙었는지 여부를 알지 못했다. 그 한 가지만으로도 음살마단이 지닌 실력이 어떠한지 짐작할 만했다.

"교주님께서도 음살마단까지 움직인 것을 알고 계실지……?"

"아마 알고 계실 거요. 우리가 떠난 뒤부터 줄곧 마후님과 같이 계시다고 하오."

"으음……. 진정 교주님의 속내가 무엇인지 모르겠소."

이해할 수 없다는 표정이 된 음적양. 그런 그를 보며 담홍이 말했다.

"어려서부터 본래 그 속을 알 수 없는 분이셨소. 하나 그 심기가 매우 불편하신 것만은 확실할 거요. 마후님만 아니었다면 벌써 우리의 목은 달아나고도 남았을 것이오."

두 사람은 잠시 효운비를 떠올렸다.

효운비는 그들의 교주다.

비록 그들이 마후를 등에 업고 뜻을 거스르고 있지만, 효운비가 지금이라도 교주로서 명을 내린다면 그들은 당장 다시 아미산으로 돌아가야 한다. 하지만 효운비는 그러지 않았다.

그 이유가 할머니인 마후의 한을 잘 알고 있기 때문이라 볼 수도 있지만, 그것이 다가 아니라는 생각을 떨쳐 버릴 수 없었다.

그들은 효운비가 꿈꾸는 마도천하가 어떤 것인지 확실히 몰랐다. 하지만 그것이 무엇이든 마후를 비롯한 모든 멸천교도들은 그것을 반대하지 않을 것이다. 단, 그러한 마도천하를 만들어가는 방법에는 전적으로 찬성할 수 없었다.

당장에 중원무림을 장악할 수 있을 만한 힘을 가지고도 한곳에 잠잠히 웅크리고 있는 것이나, 천마대제의 진전을 이은 자신들과는 운명적으로 대립될 수밖에 없는, 수라혈존의 진전을 이은 막강을 친구라 지칭하며 멸천교의 운명을 놓고 비무를 벌인다는 것들은 도무지 따를 수 없는 것들이었다.

그런 태도를 보이는 효운비의 생각을 다 헤아리긴 어렵지만, 그들이 확실히 알고 있는 것들이 있었다. 그들의 교주는 피를 그다지 좋아하지 않는다는 것과, 전날의 일에 대한 중원무림에 대한 복수에도 별로 관심이 없다는 사실이었다.

"어쨌거나 이번에 놈을 없애면 교주께서도 더 이상 고집을 부리시진 못하겠지……."

독백처럼 중얼거리는 음적양을 보며 담홍이 진지하게 말했다.

"지난번과 마찬가지로 이번 역시 교주께선 우리가 막강이란 녀석을 없애려는 것을 아시면서도 아무런 조치를 취하지 않으셨소. 그것이 무엇을 의미하는지는 빙백마군도 짐작하고 있을 거요.”

“놈을 그만큼 높게 평가하고 계신다는 뜻 아니오? 그 정도로 죽을 녀석이 아니라는…….”

“그렇소. 그리고 우린 그런 교주님의 생각을 무시할 수만은 없게 되었소. 왜냐면 지난번 녀석이 그것을 증명해 냈기 때문이오.”

“음… 그래서 우리가 지금 이렇게 서두르는 것 아니오? 그리고 그래봤자 녀석은 혼자요. 음살마단까지 나선 마당에 녀석이 우리 마군 셋을 당해내진 못할 거요.”

음적양은 아까와는 달리 확신에 찬 표정으로 말했다. 음살마단의 존재가 그만큼 컸던 것이다.

하지만 담홍은 시종일관 된 어조와 표정으로 신중함을 유지했다.

“이번은 절대 실수가 용납될 수 없소. 반드시 우린 놈의 명줄을 끊고 마후께 돌아가야만 하오.”

“이를 말이겠소.”

묵묵히 눈빛을 주고받은 두 사람은 곧 달리던 속도를 배가시켰다. 이 정도라면 이틀 후엔 주천에 도착하기 충분할 터였다.

*　　　*　　　*

기련산 제일봉인 단결봉 꼭대기에 태양이 걸렸다.

중천에 떠오른 광명이 구석구석 스며 있던 어둠을 완전히 몰아내기 시작할 무렵, 막강은 얼굴을 간질이는 햇살에 스륵 눈을 떴다.

"으음……."

눈이 부셨다.

꿈틀거리기 시작한 막강은 천천히 팔다리에 힘을 주며 엎어져 있던 몸을 일으켰다. 간신히 자리에 앉아 뒤를 돌아보았다. 칼로 베어놓은 듯한 절벽이 지척에 있었다.

"살았구나!"

말할 수 없는 기쁨에 막강은 활짝 웃었다. 하지만 실제 막강의 얼굴에 떠오른 것은 힘없는 웃음이었다. 그것은 오히려 허탈해 보이기까지 했다.

"배고프다……."

살았다 생각하니 허기가 밀려왔다. 며칠이나 물만 먹고 버텼던가? 도무지 기운이 하나도 없었다.

"얼마나 잔 거지?"

절벽 꼭대기에 손을 뻗쳐 기어올라 온 것이 마지막 기억이었다. 올라오자마자 모든 긴장이 풀리며 바로 정신을 잃었던 것이다.

진기를 이용해 흑무를 걷어내는 것은 과연 효과가 있었다.

또한 이미 파놓은 곳을 이용하여 절벽을 기어올랐던 것도 힘을 아끼는데 큰 도움이 됐다. 그리하여 마침내 흑무곡을 빠져나올 수 있었다. 그야말로 죽기 직전에 살길을 찾은 자의 심정이 이러할는지…….

"이제 가자!"

힘을 내어 벌떡 일어선 막강은 이내 비틀거렸다.

"윽! 어지러워."

꼬르륵!

뒤이어 뱃속에서 아우성치는 소리가 들려왔다.

"휴우, 안 되겠다. 우선 뭘 좀 먹어야겠어."

이대로는 안 될 것 같았다. 힘이 있어야 가든지 말든지 할 것이 아닌가. 당장 뛰기는커녕 걷기도 힘든 상태였다.

막강은 연방 꼬르륵 소리를 내는 자신의 배를 쓰다듬으며 천천히 산 아래로 걸음을 옮기기 시작했다.

"날이 정말 많이 따뜻해졌구나."

이젠 춘절기를 지나 하절기로 들어서고 있었다. 흑무곡에 들어왔던 때가 한 겨울이었으니, 막강은 새삼 시간이 많이 흘렀음을 생각하지 않을 수 없었다.

산길을 따라 조금 내려가니 특이하게도 대나무가 우거진 숲이 보였다. 그외 고지대에 위치하여 뒤늦게 새잎이 돋은 나무들이 많았다.

"잡아먹을 만한 게 있을지도 모르겠군."

스룽!

막강은 지체없이 묵룡을 꺼내 들었다. 평생을 산에서 큰 막강이다. 짐승들이 이런 곳에 자주 다닌다는 것쯤은 누가 가르쳐 주지 않아도 잘 알았다.

"쉬운 놈이 걸려야 할 텐데……."

기력이 없어 큰 놈들은 부담스러웠다.

숲은 능선 쪽으로 계속해서 이어져 있었다. 막강은 오로지 먹잇감을 잡겠다는 일념으로 숲을 서서히 가로질러 갔다. 하지만 거의 일각이 되어가도록 쥐나 토끼를 한 마리도 보질 못했다.

"배고파……."

뭔가 보여야 힘이 날 터인데, 아무것도 보이지가 않으니 더욱 허기가 지고 힘이 빠지는 듯했다.

그런데 바로 그때였다.

부스럭!

'음!'

무언가 겨우내 떨어진 낙엽을 밟는 소리가 귀에 들려왔다.

'저쪽이다! 소릴 들어보니 제법 큰 놈인 걸?'

막강은 소리가 들려온 산 위쪽으로 신속하고도 조심스럽게 걸음을 옮겼다. 그렇게 십 장여를 올라가자 드디어 소리를 낸 녀석의 형체가 보였다.

'엇! 저, 저게 뭐지……?'

처음 보는 짐승이었다. 덩치는 다 큰 곰만 한데, 얼굴은 하
얗고 몸통은 까맣다. 무엇보다 특이한 것은 눈 주위가 뭔가로
칠해놓은 것처럼 시커멓다는 것이다.

'저런 곰도 있었나?

생김새를 보면 분명 곰인데, 이상하게 곰이라고 하기엔 뭔
가 특이했다.

우선 행동부터가 그랬다. 녀석은 지금 바닥에 철퍼덕 주저
앉아 마치 사람처럼 대나무 잎과 줄기를 앞발로 들고 먹어치
우고 있었다. 보통 곰은 저런 식으로 먹지도 않을뿐더러, 정
말로 먹이가 없지 않은 이상 풀 따위를 먹는 일이 드물었다.
하물며 저처럼 맛있게 먹는다는 것은 있을 수 없는 일이었다.

처음 보는 녀석이라 막강은 잠시 주춤했으나, 이내 그러한
잡념들을 떨쳐 냈다. 이미 배가 고파 죽을 지경인데 곰이면
어떻고, 아니면 어떠랴? 그런 것은 일단 잡아서 배를 채운 뒤
에 따져도 늦지 않았다.

'좀 세겠는데……'

덩치를 보고 있자니 녀석을 잡기가 그리 수월하지는 않을
듯싶었다. 그저 토끼 같은 작은 산짐승이 걸렸으면 했는
데…….

'몰라! 몰라! 저 녀석 잡다가 죽으나, 배고파서 죽으나 마찬
가지다!'

내심 세차게 머리를 저은 막강은 조심스럽게 녀석에게 접

근하기 시작했다.

스윽!

산무귀영혼이 펼쳐졌다. 하지만 평소와 달리 신법을 발휘한 효과를 거두지는 못했다.

애앵!

녀석이 눈치를 채고 벌떡 일어섰다. 그 움직임이 곰보다는 느렸다. 또한 울음소리도 그다지 위협적이지 못하고, 오히려 그 생김새처럼 귀엽게 들렸다.

"이크! 역시 진기가 남아 있질 않으니 신법을 펼쳐도 소용이 없구나!"

막강은 그대로 몸을 날렸다. 기왕에 들켰으니 녀석이 움직이기 전에 끝낼 심산이었다.

슉!

묵룡의 검극이 녀석의 목 한가운데를 파고들었다.

푸욱!

꾸이에엑!

'이런!'

막강은 입술을 깨물었다. 실패였다. 묵룡은 녀석의 목을 꿰뚫었지만, 정확히 급소에 꽂히지 못했다. 때문에 녀석은 괴성을 내지르며 고통에 몸부림치기 시작했다.

'마지막까지 힘을 유지시키지 못하다니!'

몸만 정상이었다면 녀석을 단칼에 해치우는 것쯤은 일도

아니었다. 하지만 진기는 물론이고 기력마저 고갈된 막강은 끝까지 묵룡에 온전히 힘을 싣지 못했다. 그 결과 마지막에 미세한 떨림이 있었고, 이것이 녀석의 본능적 감각과 맞물려 그만 급소를 비껴서 꽂혀 버렸던 것이다.

꾸으으! 꾸으으!

고통과 분노로 인해 날뛰던 놈은 앞발을 마구 휘두르며 막강을 향해 돌진해 들어왔다.

이에 크게 놀란 막강은 황급히 고개를 숙여 녀석의 앞발을 피한 뒤, 묵룡을 녀석의 가슴팍에 꽂아 넣었다.

푹!

꾸오오오!

검신이 가슴에 꽂히자마자 피가 튀어 얼굴을 뒤덮었다. 녀석의 뜨거운 피는 순간적으로 시야를 가려 버렸다.

"크읏!"

이번에도 역시 녀석의 심장을 꿰뚫지 못했음을 안 막강은 곧 있을 위험을 직감하고 앞이 안 보이는 상태 그대로 묵룡을 연달아 찔러댔다.

푹! 푸욱! 푹푹!

녀석의 피가 사방으로 튀는 것이 느껴졌다. 그리고 곧 녀석의 입에서 숨이 잦아드는 소리가 들렸다.

끄으으으!

"휴우! 드디어 죽었구나."

막강은 긴 한숨과 함께 실눈을 떴다.

발아래 쓰러진 녀석의 시체가 보였다. 주변은 뿜어져 나온 녀석의 피로 인해 빨갛게 변해 있었다.

소매로 대충 얼굴에 묻은 피를 훔친 막강은 쪼그려 앉아 녀석의 털가죽을 벗기기 시작했다.

"이 정도면 배불리 먹고도 많이 남겠는 걸."

내장을 빼내고 먹을 수 없는 부분을 잘라냈음에도 먹을 만한 부위가 차고도 넘쳤다. 혼자만 먹으면 보름은 족히 먹고도 남을 양이었다.

"내일이면 상해서 먹을 수 없을 테고, 당장 소금도 없으니 건포로 만들지도 못하겠네. 음… 아깝다!"

아깝지만 어쩌겠는가? 이런 산골에서 소금을 얻을 수도 없는 노릇이었다. 막강은 어쩔 수 없이 가장 맛있어 보이는 다리와 가슴 부위를 먹고 나머진 버리기로 했다.

근처에 있는 커다란 바위를 등지고 불을 피운 막강은 잘라낸 다리를 불 위에 올려놓고 굽기 시작했다. 노릇한 고기 냄새에 이젠 배가 고프다 못해 속이 쓰렸다.

꿀꺽!

입 안 한 가득 고인 침을 삼킨 막강은 더 이상 참지 못하겠는지 다 익지도 않은 뒷다리를 덥석 집어 들었다.

"애라! 모르겠다!"

쩝쩝쩝!

몇 번 씹히지도 않은 고기가 쉬지 않고 목구멍으로 넘어갔다. 자기 얼굴보다 큰 고깃덩이를 단숨에 털어 넣은 막강은 이번엔 앞다리를 들고 뜯기 시작했다.

"아암! 지따 마디느거(진짜 맛있는걸)! 우걱우걱!"

녀석의 살코기는 의외로 질기지도 않고 맛이 좋았다. 자주 먹어본 곰 고기와는 다른 색다른 맛이 났다.

쪽! 쪽!

기름이 잔뜩 묻은 손가락을 정성스레 빤 막강은 이내 볼록 튀어나온 배를 매만지며 한숨을 내쉬었다.

"후아! 이제 좀 살 것 같다! 흐흐!"

포만감에 절로 미소가 그려졌다.

"음… 배가 부르니까 조금씩 졸리네."

대나무 잎 사이로 스미는 볕이 낮잠을 재촉하고 있었다. 하지만 막강은 세차게 머리를 흔들며 벌떡 일어섰다.

"이럴 시간이 없어! 빨리 추 단주님을 만나서 멸천교주한 테 비무를 신청해야 해!"

정확한 사정이 무엇인지는 몰라도 분명 천통자는 강호의 상황이 급박하다고 말했다. 그것을 안 이상 하루라도 빨리 돌아가야 했다. 태평스럽게 낮잠이나 잘 수는 없는 것이다.

막강은 불을 끄고 대충 주변을 정리한 뒤 자리에서 일어섰다.

주위를 둘러보니 처음 있던 곳보다 오히려 위쪽으로 올라와 있었다.

"산을 내려가서 왔던 길로 돌아가려면 시간이 많이 걸릴 텐데……."

처음 흑무곡을 찾아왔던 길을 떠올린 막강은 고민에 빠졌다. 그 길로 가면 또다시 굽이굽이 긴 협곡을 돌아가야만 하는 것이다.

"으음……."

가만히 턱을 쓰다듬는 막강의 시선이 위를 향했다. 그리 멀지 않은 곳에 봉우리가 보였고, 거기를 시작으로 길게 능선이 연결되어 있었다. 그것을 본 막강의 눈이 빛났다.

"좋아! 돌아갈 것 없이 그냥 저 능선을 넘어가자!"

능선을 넘으면 산을 내려가 협곡을 따라 빙 둘러가는 것보다 훨씬 시일을 단축시킬 수 있을 터였다. 다만 한 가지 문제가 있었다. 체력이 많이 소모된다는 것이다.

몸 상태가 온전해도 산을 넘는 것은 그리 쉬운 일이 아니다. 게다가 기련산은 보통 산이 아니었다. 능선 부근은 사시사철 만년설로 뒤덮여 있을 정도로 강추위를 자랑했다.

"이대로는 어려워."

막강은 다시 그 자리에 철퍼덕 주저앉았다. 산을 넘으려면 먼저 기력을 회복해야 했다. 가부좌를 틀고 앉은 막강은 서서히 운기 삼매경에 빠져들어 갔다.

위이이!

스사삭!

매서운 한풍을 뚫고 막강의 신형이 이동했다. 그 움직임이 어찌나 가벼운지 마치 날리는 눈발과도 같았다. 산무귀영혼이 드디어 제대로 발휘되고 있었다.

약 두 시진 동안의 운기로 막강은 어느 정도 기력을 회복할 수 있었다. 욕심 같아서는 더 운기에 매진하고 싶었지만 급한 마음에 그만두었다. 하지만 그 정도로도 대략 칠 성 정도의 공력이 회복되었다. 그 정도면 옥청건곤심공을 제대로 운용하기에 충분한 수준이었다.

사실 이 같은 빠른 회복은 예전 같으면 불가능한 일이었다.

막패가 전수해 준 공력뿐만 아니라 소유길이 먹인 백혈독의 도움으로 막강의 내공 수위는 가히 추측 불가의 경지에까지 이르러 있었다. 막강도 흑무곡에서 여러 번 죽을 고비를 넘기며 이러한 사실을 인지하고 있었지만, 자신이 지닌 공력이 정확히 어느 정도인지는 알지 못했다. 그저 '공력이 참 많이 늘었구나' 정도로 치부하고 있는 상태였다.

하지만 실제 막강이 현재 지니고 있는 공력은 그 양으로만 따지면 무려 오 갑자가 넘는 상태였다. 물론 내공의 경지라는 것이 단순히 공력의 양으로만 결정되는 것은 아니지만, 그것만으로도 내공 면으로는 가히 적수를 찾기 어려울 정도다.

'이 정도 빠르기면 해가 지기 전에 산을 넘을 수 있겠어!'

정상이 가까워질수록 더욱 세찬 바람과 강한 한기가 밀려들었지만, 이미 기력이 회복된 막강에겐 더 이상 큰 장애가 되지 않았다.

팟!

순간 막강의 신형이 공중으로 솟구쳐 올랐다. 가벼워진 몸 상태를 시험해 볼 요량으로 일부러 힘껏 땅을 박찬 것이다.

그대로 이십여 장을 치솟아 오르자 서서히 떠오르는 속도가 줄어들었다. 그때였다. 막강의 두 다리가 교차되며 허공에서 움직였다. 마치 계단을 오르듯 자연스런 동작이었다. 그러자 놀라운 일이 벌어졌다.

삭! 삭!

다리가 한 번 움직일 때마다 막강의 몸이 위로 쑥쑥 떠오르고 있었다. 막강의 발이 닿는 곳은 그야말로 허공이었다. 아무것도 밟히는 것이 없었다. 그럼에도 막강은 지면을 박차듯 계속해서 위로 솟구치고 있었던 것이다. 이야기로만 전해지던 허공답보(虛空踏步)라는 게 바로 이런 것일까?

"와!"

막강의 입에서 저도 모르는 큰 탄성이 터져 나왔다.

"하하! 이거 신나는 걸!"

처음부터 의도한 것이 아니었다. 그냥 한번 해본 것인데… 그게 된 거다. 올라가는 속도가 떨어지자 문득 그런 생각이 들었다. '진기를 아래로 발출시키면 몸이 더 위로 떠오르지 않을까?' 하는…….

왠지 될 것만 같았다. 그래서 그런 생각도 든 것이리라.

몸이 말할 수 없이 가벼웠다. 마치 솜털처럼.

그런데 해보니 진짜 몸이 계속해서 위로 솟구쳤다. 진기의 소모가 만만찮았지만 지금 이 순간 그런 것에까지 마음이 쓰이지 않았다. 작은 희열에 잠시 몸을 맡기고 있는 막강이었다.

사라락…….

계속해서 사십여 장을 떠올랐던 막강은 그제야 서서히 하강하기 시작했다. 내려오는 동안에도 또한 빠르지도, 느리지도 않은 일정한 속도를 유지했다.

사뿐히 지면에 착지한 막강은 새삼 자신의 몸을 내려다보며 흡족한 미소를 머금었다.

"정말 생각 이상으로 강해진 것 같아."

충만한 자신감이 온몸을 지배하는 순간이었다.

스스슷!

막강의 신형이 수많은 잔상을 남기며 앞으로 쏘아져 나갔다. 조금 전과는 비교할 수 없는 몸놀림과 빠르기였다.

막강이 지나간 자리.

만년설로 뒤덮인 그곳에는 아무런 흔적도 남아 있질 않았다.

그로부터 정확히 반 각 뒤, 한줄기 인영이 기련산의 거친 능선을 유유히 넘고 있었다.

*　　　*　　　*

펄럭!

거친 모래 바람에 막사가 요동쳤다.

폭풍마군 나곤은 막사 안에 앉아 제 앞에 부복(俯伏)한 풍마령주를 내려다보고 있었다. 그의 장대한 체구로 인해 막사 안이 답답하게만 느껴졌다.

"뭔가 움직임이 잡혔느냐?"

"아직 특별한 움직임은 없습니다."

나곤의 질문에 풍마령주가 답했다. 나곤은 부리부리한 눈에 잔뜩 힘을 주며 중얼거렸다.

"지금까지 아무런 움직임이 없다니… 놈이 흑무곡인가 뭔가 하는 곳에서 빠져나오지 못한 게 아닐까?"

그가 주천으로 향하는 길목인 이곳에 자리를 잡은 게 벌써 육 일 전의 일이었다. 막강이 가장 먼저 주천으로 갈 가능성이 크다는 지옥마군 담홍의 말을 듣고 자원하여 이곳으로 온 그였다.

사막 한가운데 자리 잡은 주천이다. 거기를 조금만 벗어나도 이처럼 거친 사막뿐이었다.

펄럭─!

거센 바람에 막사의 입구에 쳐진 천막이 춤을 췄다. 그 사
이로 황색 모래가 허공을 쓸고 지나가는 모습이 보였다.

"지옥마군과 빙백마군은 언제 도착한다고 했느냐?"

"내일 중에 당도한다는 연락을 받았습니다."

"내일이라……."

나곤은 기분이 별로였다. 살아 있는지도 확실치 않은 애송
이 놈에게 모두가 휘둘리는 듯한 기분이었다. 막강이 과연 그
럴 만한 가치가 있는 놈인지, 그는 여전히 인정하기 어려웠
다.

"이대로 있을 수만은 없다. 두 마군이 오기 전에 결단을 내
야겠어. 풍마령주는 들어라."

"예! 마군!"

"지금 당장 근방에 퍼져 있는 자들을 모두 다시 이곳으로
집결시켜라."

"하오시면……?"

"더 이상 가만히 놈을 기다리고 있지 않을 것이다. 기련산
으로 이동해 그곳을 샅샅이 뒤져야겠다."

"존명!"

즉각 대답한 풍마령주가 막 막사를 빠져나가려는 찰나였
다.

수하 하나가 급히 막사 앞으로 달려왔다. 그자는 오자마자

나곤 앞에 부복하며 외쳤다.

"기련산으로 통하는 길로부터 이곳으로 접근하는 자가 나타났습니다."

"그게 사실이냐?"

풍마령주가 확인하듯 물었다.

"예, 보고된 인상착의로 보아 놈이 확실한 듯싶습니다."

"그래?"

나곤은 자리에서 벌떡 일어섰다.

"놈이 때맞춰 수고를 덜어주는구나."

"어찌할까요, 마군?"

풍마령주의 물음에 나곤은 보고하러 온 자를 향해 입을 열었다.

"놈이 이곳까지 오려면 얼마나 걸리겠느냐?"

"놈은 빠르게 움직이고 있습니다. 한 시진 안에 이곳에 이를 것입니다."

"한 시진? 너무 늦군. 기다리기 지루하니 마중을 나가야겠어."

사실 나곤은 그리 참을성이 많은 사람이 아니었다. 성질이 급한 그가 육 일 동안이나 가만히 앉아 있었던 것은 꽤나 큰 곤욕이었다. 그나마 막강을 자신이 직접 처리하겠다는 일념 하에 간신히 버티고 있던 참이었다. 하지만 이제 그마저 한계에 다다른 이때, 고맙게도 드디어 막강이 모습을 보인 것이다. 이런 마당에 그가 잠자코 한 시진을 기다린다는 것은 지극히 어려운 일이었다.

풍마령주에게 흩어진 수하들을 모아 뒤따라오라는 지시를 내린 나곤은 막사 주변에 남아 있던 수하들을 이끌고 먼저 그 자릴 떠났다.

그들이 떠난 직후, 돌연 다섯 줄기의 바람이 지면을 스치듯 불어왔다. 그리고 그것들은 곧 옅은 모래 먼지를 날리며 나곤이 사라진 방향으로 불어 나갔다.

휙! 휙!

주변 경물이 빠르게 뒤로 사라졌다.

막강은 주위는 전혀 신경을 쓰지 않고 오로지 앞만 보며 달리고 있었다.

"이제 조금만 가면 주천이겠구나."

예상보다 시간이 오래 걸렸다. 능선을 하나만 넘으면 될 줄 알았는데, 능선 너머에 또 다른 능선이 버티고 있었던 탓에 전력을 다해 달리고도 무려 두 시진이나 소진되었다.

"이제 속도를 좀 줄이자."

제아무리 공력이 넘쳐도 한계는 있는 법이다. 지금까지 산을 넘느라 진기의 소모가 컸기에 이제부터라도 아낄 필요가 있었다.

산야를 완전히 벗어나니 메마른 모래 능선이 나타났다. 거기에 오르니 끝 모를 사막이 눈앞에 펼쳐졌다.

막강은 정확히 북쪽으로 방향을 잡았다. 여기서는 보이지 않지만 백 리 정도만 가면 사막의 도시, 주천이 모습을 드러낼 터였다.

"홍이는 잘 지내고 있을까?"

설홍과 함께 걸었던 길을 되걷고 있었다. 비록 짧다면 짧은 시간이었고 나이는 어린 설홍이었지만, 낯선 길을 동행하며 나눈 교감은 제법 컸다. 아무것도 보이지 않는 황량한 사막에서 막강은 새삼 외로움을 느꼈다.

"우리 색시, 어머니, 형산이랑 소소, 공산과 고립, 작은할아버지… 그리고 괴의할아버지까지, 다들 보고 싶다."

형산파에 남겨놓은 식구들의 얼굴이 하나하나 눈앞을 스쳐 갔다. 그렇게 막강이 잠시 상념에 잠겨 있을 때, 멀리서 모래 먼지가 피어올랐다.

'음……?'

막강은 상념에서 벗어났다. 그냥 사풍(砂風)이 아닌 듯했다. 먼지가 피어오르는 높이와 범위가 좁았다. 자연적으로 일어난 먼지가 아니라 뭔가에 의해 먼지가 날리고 있는 것이리라.

"사람들이네? 백 명은 되겠는걸? 게다가 무공도 익힌 것 같고……."

표정이 굳는 막강이다. 왠지 느낌이 좋지 않았다. 막강은 그 자리에서 걸음을 멈췄다.

무리가 가까이 다가올수록 기세가 뚜렷하게 느껴졌다. 그것은 이미 익숙해질 대로 익숙해진 마기였다.

'멸천교구나!'

막강은 크게 놀라지 않았다. 아마도 내심 어느 정도는 예상을 하고 있었을지도 모른다. 다만 자신이 이곳으로 올 줄을 저들이 어찌 알았는지, 그게 조금 궁금하긴 했다.

하나 지금은 그게 중요하지 않았다. 멸천교가 자신을 영접하기 위해 이곳까지 오지는 않았을 터, 저들의 의도에 합당하게 자신도 맞아주어야 했다.

막강이 멈춰선 지 채 반 각이 지나지 않았을 때였다. 모래먼지가 또렷한 사람의 형체들로 바뀌어 눈앞에 나타났다. 나곤을 필두로 먼저 출발한 풍마령의 일부는 막강이 서 있는 곳에서 십 장의 거리를 두고 멈춰 섰다.

그들이 다가오는 동안 막강의 시선은 줄곧 한 사람에게만 고정되어 있었다. 장대한 체구가 워낙에 돋보여 절로 시선을 잡아끄는 자. 나곤이었다.

막강은 그의 정체를 몰랐다. 하지만 그가 위험한 자라는 사실은 누가 말해주지 않아도 충분히 인지했다. 풍기는 기도가 다르다. 마주 보고 있는 것만으로 상대를 압도하는 중압감을 느끼게 하는 자였다.

그것은 다분히 의도적이었다. 하지만 그에게는 그런 모습이 매우 자연스러워 보였다. 자연스럽다는 건 무엇을 의미하는 것일까? 언제나 이런 모습이라는 뜻이다. 그렇다면 언제나 이런 모습을 유지할 수 있다는 것은 또 무얼 말하는 걸까? 그것은 그가 가진 본신지력이 적어도 지금의 수배를 넘어섬을 뜻했다.

"네가 막강이란 놈이냐?"

나곤의 음성이 쩌렁쩌렁하게 울렸다. 마치 바로 옆에서 말하는 듯, 십 장이란 거리가 무색했다.

"그런데… 당신은 누구지?"

막강은 팔짱을 끼며 나곤의 시선을 마주했다. 그런 막강의 태도에 나곤은 앙소를 터뜨렸다.

"크하하하하! 무례한 놈이구나! 그래도 말만 반지르르한 정파 놈들 냄새가 덜 나는 것 같아 마음에 드는군! 나는 폭풍마군이다."

"폭풍마군?"

상대가 멸천교의 사대마군 중 하나임을 알게 된 막강은 긴장하지 않을 수 없었다. 사대마군이라면 교주 바로 아래였다. 지금껏 만나본 멸천교의 마인들과는 분명 뭔가가 다를 것이다.

"여기까지 왜 온 거지? 나를 죽이러?"

"물론이다. 너는 여기서 그만 죽어줘야겠다."

나곤은 마치 목숨을 거두러 온 사신(死神)과도 같이 섬뜩한 표정을 지으며 말했다. 하지만 막강은 눈 하나 깜짝하지 않고 태연하게 입을 열었다.

"곧 당신들 교주한테 비무를 신청할 거야."

"……?"

"그러니까 그때까지만 참아주면 안 될까? 난 아무도 다치게 하고 싶지 않거든."

"뭐, 뭐라고 했느냐 지금? 다치게 하고 싶지가 않다? 내가 지금 잘못 들은 것은 아니겠지?"

"제대로 들었어."

"으하하하하! 감히 내 앞에서 그런 말을 그토록 진지하게 하다니, 웃지 않고는 못 배기겠구나. 하지만 달리 생각하면 내게 그런 말을 내뱉을 정도의 자신감이 네놈에게 있다는 뜻이니, 또한 반가운 일이다. 하지만 말이다."

"……."

"나를 지금껏 네놈을 찾아왔던 본교의 사람들과 같다고 생각하면 큰 코 다칠 게다."

막강은 고개를 저었다.

"같다고 생각하지 않아. 훨씬 강할 거라고 생각해."

"그래? 하면 네놈이 결국 내 손에 죽게 되리란 것도 잘 알고 있을 터인데?"

"아니, 그래도 결과는 마찬가지가 될 거야."

막강은 옅은 미소를 머금었다. 자신의 말이 결코 단순한 배짱이 아님을 드러내고자 했던 것이다.

그러자 나곤도 드디어 험악한 인상이 되었다. 막강은 계속해서 자신을 안중에도 없는 사람처럼 취급했다. 처음엔 어린 놈이 나름 배포가 두둑해 보인다 싶어 잠시 말 상대를 해주었지만, 갈수록 막강은 자신을 무시하는 발언을 일삼고 있었다.

"크으! 네놈을 분근착골(分筋錯骨)하여 서서히 죽여주겠다!"

나곤은 더 이상 참지 못하고 분노를 폭발시켰다. 그러자 본래부터 느껴지던 압도적인 기세가 더욱 커지며 한곳으로 집중되는가 싶더니, 오직 막강 한 사람만을 겨냥하기 시작했다.

'으음… 강해. 하지만… 그 두 녀석보단 못하다.'

막강은 양어깨를 짓누르는 큰 압력에 내심 감탄하면서도 사수진에서 상대했던 양광과 공익을 떠올렸다. 인간이 아닌 것 같았던 두 녀석… 확실히 나곤의 기세는 그들에 비해 모자란 감이 없지 않았다. 물론 나곤이 현재 본신지력을 모두 보인 것은 아닐 터였다. 그러나 그럼에도 막강은 나곤의 실력이 양광과 공익보다 아래라는 것을 확신할 수 있었다.

"전부 다 덤빌 건가?"

막강은 눈짓으로 나곤의 양쪽에 도열해 있는 풍마령의 마인들을 가리키며 물었다.

"크흐흐! 그걸 묻는 걸 보니 슬슬 두려워지는 게로구나. 안심해라. 네놈은 반드시 내 손으로 없앨 터이니."

"그 말은 일대일로 싸우겠다는 뜻? 그럼 다행이군."

"다행? 무엇이 다행이란 말이냐? 나를 만난 순간부터 네놈에겐 다행이란 말 따위는 영영 사라진 것이다."

나곤의 말에 막강은 시큰둥한 표정으로 말했다.

"그런 말이 아니야. 아까도 말했지만 나는 많은 사람들이 다치는 걸 별로 좋아하질 않아. 그런데 만약에 당신들이 다 덤비면 어쩔 수 없이 많은 사람들이 다치게 될 테니까 조금 걱정이었거든. 다행히 당신만 덤빈다고 하니 말 그대로 다행이라는 거야."

"크으!"

나곤은 모멸감을 느꼈다. 막강은 자신을 앞에 두고도 시종 당당했다. 어찌 저럴 수 있을까 싶을 정도였다. 지금 이 자리에 있는 수하들에게 모두 막강을 공격하라 명하고 자신까지 합세한다면 일은 눈 깜짝할 사이에 마무리될 터였다. 나곤은 그에 대하여 추호도 의심하지 않았다. 그럼에도 막강은 모두가 덤비는 일조차 대수롭지 않게 말을 하고 있는 것이다. 막강의 이러한 태도가 자신감에서 나오는 것이라고 생각하지 않았다. 그저 아무것도 모르고 설치는 풋내기의 객기로만 보였다.

"계속해서 헛소리가 흘러나오는 걸 보니 네놈은 분명 둘 중 하나로구나. 겁을 집어먹고 미쳤거나, 죽고 싶어서 환장을 했거나 말이다. 둘 중 뭐든 상관없다. 분근착골에 더하여 살

가죽까지 모조리 벗겨주겠다! 이놈!"

그는 말과 동시에 앞으로 성큼 나섰다. 막강은 나곤이 흥분하여 단숨에 달려들 것이라 생각했다. 그러나 뜻밖에도 다가오는 그의 걸음은 빠르지도 느리지도 않았다.

한 걸음, 한 걸음…….

거리가 가까워질수록 그에게서 느껴지는 기운이 점점 강해졌다.

푸쉬쉬쉬!

광풍마력(狂風魔力).

또 하나의 팔대마공이 모습을 드러냈다. 무겁게 내리누르던 기세가 큰바람으로 돌변하여 미친 듯이 휘몰아쳤다.

'음! 폭풍마군이라더니!'

막강은 그제야 나곤이 왜 폭풍마군으로 불리는지 확실히 알게 되었다. 막강은 옥청건곤심공을 끌어올려 광풍에 맞섰다. 주변의 모래가 모두 사방으로 날아가고 심지어 나곤의 뒤에 있던 수하들까지 그 위력을 견디지 못해 뒤로 물러난 상황에서도 막강은 굳건한 거암처럼 그 자리에서 버텼다. 그러던 어느 순간이다.

'온다!'

드디어 나곤이 손을 쓰지 시작했다. 거침없이 다가서던 나곤은 삼 장 밖에서 막강을 향해 일 장을 쑤욱 내밀었다.

파앙!

공간이 물결치듯 출렁거리더니 막대한 기류가 파도처럼 몰아쳐 왔다.

가만히 그것을 바라보던 막강은 나곤이 그랬던 것처럼 손바닥 하나를 가볍게 앞으로 내밀었다.

펑!

두 기운이 충돌하며 폭음이 터졌다. 광풍이 잦아들며 곧 뿌연 모래가 걷혔다. 두 사람의 중간, 거기엔 큰 구덩이가 파여 있었다. 하지만 막강과 나곤 두 사람은 모두 처음 서 있던 바로 그 자리에서 서로를 노려보고 있었다.

"풍마장(風魔掌)을 한 손으로 막아내는 놈이라? 크하하하! 과연 한 가락은 있는 놈이었구나!"

나곤은 새삼스런 눈으로 막강을 쳐다보았다. 막강에 의해 공격이 완벽하게 막혔지만 그에 대한 실망은 찾아볼 수 없었다. 오히려 그의 표정엔 즐거운 표정이 떠올라 있었다. 그가 또 이어서 말했다.

"지금 것이 네놈의 전부가 아니길 바라마."

"당연하지. 당신도 전력을 다하지 않았잖아? 그런 의미에서 이제부턴 전력을 다하는 게 어때? 나는 시간을 오래 끌고 싶지 않아."

막강의 말투엔 여전히 여유가 배어 나왔다. 나곤의 무위를 한 번 겪었음에도 그 태도엔 아무런 변화가 없었다. 바로 그것이 나곤을 묘하게 자극했다.

"호호호! 네놈이 미쳤든, 환장했든 네놈은 확실히 교주께
서 관심을 가지실 만한 놈이구나."

"교주가 관심을 가져? 나한테? 왜지?"

나곤의 말에 막강은 의문 섞인 눈으로 물었다. 하지만 나곤
이 그에 대한 대답을 해줄 리 만무했다.

"곧 죽을 놈이 그것을 알 필요는 없느니라!"

휙!

그의 손이 다시금 움직였다. 이번엔 양손이었다. 두 손을
가슴께로 들어 올린 나곤은 그대로 막강을 향해 쌍장을 내질
렀다.

쑤우우웅!

역시 바람이 불어 닥쳤다. 바람은 형체가 없지만 그것에 휩
쓸린 모래가 고스란히 그 실체를 드러냈다. 사람 키의 두 배
가 넘는 거대한 황색의 벽이 막강을 집어삼키려 하였다.

그것을 본 막강의 눈에서 청광이 번뜩였다. 그와 동시에 막
강은 오른손을 번개같이 아래에서 위로 쳐올렸다. 그러자 놀
라운 일이 벌어졌다. 곧 막강을 덮칠 것 같던 황색의 벽 한가
운데에 균열이 생긴 것이다. 그리고 균열은 점점 커져 결국
황색의 벽은 반으로 쪼개졌고, 막강의 양옆으로 스치듯 사라
지고 말았다.

"어! 어떻게 이런 일이……!"

이번에는 나곤도 그냥 넘기지 못했다. 그는 얼굴을 경악으

로 일그러뜨린 채 막강을 노려보았다.

구성의 광풍마력을 실은 풍마장이었다. 막강은 그것까지 아무렇지도 않게 막아냈다.

아니다.

그냥 단순히 막아만 냈다면 이렇게 놀라진 않았을 것이다. 막강은 자신이 쏘아낸 기운을 완전히 소멸시켜 버렸다.

발출된 기운이 소멸되고 파괴되었다는 건 무엇을 말하는가?

그건 바로 힘에서 완전히 밀렸음을 뜻했다. 지닌바 기운… 즉, 공력 면에서 현저한 차이가 있다는 것이다.

"말도 안 된다!"

나타난 결과를 보면서도 나곤은 믿지 못했다. 다른 건 몰라도 공력에서 자신이 밀린다는 건 도저히 인정할 수 없었다. 극패(極覇)를 추구하는 광풍마력은 그 특성상 천마혈경에 수록된 팔대마공 중에서 공력의 영향을 가장 많이 받는 마공이었다. 기본적으로 이 갑자의 공력이 받쳐 주지 아니하면 대성할 수 없었다. 때문에 광풍마력을 익히는 데 있어 가장 중점을 둬야 할 부분이 바로 공력 증진이었다.

나곤은 마후의 허락하에 천마혈경에서도 금기시한 마정흡인술(魔精吸引術)을 이용하여 마공을 익힌 다른 멸천교도들의 근원지기를 빨아들였다. 그와 같은 일을 통해 얻은 이 갑자의 공력으로 그는 광풍마력을 대성할 수 있었던 것이다.

그런 그이기에 새파랗게 어린 막강에게 자신이 공력에서 뒤쳐진다는 사실을 인정하기 어려울 수밖에 없었다.

아직까지도 충격에서 벗어나지 못한 그를 보며 막강이 입을 열었다.

"이번에도 전력을 다하지 않은 것 같지만, 이 정도로도 내가 당신보다 강하다는 건 확실히 알 수 있을 거 같아."

막강은 나곤을 처음 보고 가졌던 자신의 생각이 맞았음을 알고 내심 흡족했다. 이젠 확신할 수 있었다. 나곤은 결코 자신의 상대가 아니었다.

한편 나곤은 막강의 말에 분노와 치욕으로 몸을 떨었다. 자신이 언제 누구에게 저따위 말을 들어봤던가?

"크아아아아!"

분기를 이기지 못한 그는 괴성을 내지르며 발을 굴렀다.

쿠웅!

파파파파파팟!

땅이 진동하며 사방으로 모래가 비산했다. 그 위력이 얼마나 큰지, 십 장 밖에 물러서 있던 풍마령의 마인들까지 여파에 휩쓸려 뒤로 날아갈 정도였다.

"노옴! 짓이겨 버리겠다! 크아압!"

모래 먼지로 인해 한 치 앞을 분간키 어려운 가운데 나곤이 재차 공격을 감행했다.

우르릉!

어디선가 뇌성과도 같은 소리가 들려왔다. 그와 동시에 거대한 회오리바람이 허공의 모든 모래를 집어삼키고 막강의 전면으로 불어 닥쳤다.

푸쉬쉬쉬쉬쉬쉿!

막강의 표정이 처음으로 굳었다. 이전의 공격과는 확실히 다른 위력이었다. 막강은 옥청건곤심공을 이용하여 양손에 진기를 배가시켰다.

우우웅!

전신에서 푸른 기운이 뿜어져 나오며 주위를 감쌌다. 이미 막강은 끝까지 장법으로 나곤을 상대하기로 마음먹은 상태였다. 상대가 장법이 특기인 것을 안 이상 장법으로 꺾어버리고 싶었던 것이다.

선풍소음에 실린 장력이 막강의 손을 떠났다.

유유히 쏘아져 나간 장력이 곧 회오리바람과 부딪치며 힘겨루기를 시작했다. 하지만 그 힘겨루기는 그리 오래가지 않았다. 잠시 후 회오리바람이 더 이상 전진하지 못하고 멈춰섰다. 그러더니 조금씩 뒤로 밀리기 시작했다.

이를 본 나곤의 얼굴에 절망의 빛이 떠올랐다.

'설마… 풍마장의 절초인 풍마회선(風魔回旋)마저… 으윽!'

그는 이를 악물고 마지막 한 모금의 진기까지 모조리 끌어올렸다.

쉬쉬쉿!

회오리바람이 다시 힘을 얻고 거칠게 요동치기 시작했다. 하나 그뿐이었다. 잠시 밀리던 것이 주춤했을 뿐, 앞으로 나아가지 못했다.

'이 폭풍마군이 이렇게 허무하게 지다니……!'

나곤은 패배를 직감했다. 아니, 본인은 인정하지 않았지만 애송이라 여기던 막강에게 풍마장의 절초를 쓸 때부터 이미 자신이 질지도 모른다는 생각을 했을 것이다.

그가 만들어낸 거대한 회오리는 어느덧 소멸되고 막강이 발출한 장력이 그를 향해 밀려왔다. 그것이 그의 전신을 덮치는 순간, 그의 뇌리엔 자신의 교주인 효운비가 막강을 제거하려는 마후와 자신들 앞에서 내뱉은 말이 스쳐 지나갔다.

"녀석이 결국 내 앞에 선다면, 그건 내 선택 때문이 아니라 숙명이기 때문일 거야. 녀석을 처음 본 순간부터 그런 생각이 들었어. 내가 녀석을 지금처럼 기다리지 않았더라도 어쩔 수 없이 녀석과 나는 정점에서 만날 수밖에 없었을 거라는……."

'교주님의 생각이 맞을지도 모르겠군. 크크…….'

나곤의 얼굴에 자조 섞인 미소가 언뜻 비치는 순간, 그의 신형이 종잇장처럼 힘없이 뒤로 날아갔다.

오 장여를 날아간 나곤이 더 이상 움직이지 않는 것을 보며 막강은 비로소 내밀었던 손을 거뒀다. 죽진 않았을 것이다. 막강으로선 굳이 나곤을 죽일 까닭이 없었다. 때문에 마지막 순간 진기를 거둬들여 죽음은 면하게 해주었다.

저벅저벅.

막강은 유유히 앞으로 걸어갔다. 뒤에 남은 풍마령의 마인들이 주춤거리며 뒤로 물러섰다.

마군이 졌다!

누구에게 들은 것도 아닌, 자신들이 직접 눈앞에서 목격한 사실에 그들은 충격에서 헤어 나오지 못했다. 그 앞에선 감히 얼굴도 제대로 들지 못했던 존재가 바로 마군이었다. 마군의 명에 죽고 사는 것이 그들이었다. 그들의 눈에 그런 마군을 죽인 막강이 사람으로 보일 리가 없었다. 아무리 마성에 물든 마인들이라지만 그들도 감정이 있는 사람이었다.

막강이 자신들의 곁을 스치고 지나가도록 그들은 굳은 듯 서 있었다. 막강의 뒷모습은 그들의 눈에서 점점 멀어지고 있었다.

나곤과의 싸움을 끝마치고 그 자리를 떠난 막강은 곧장 주천으로 통하는 사막 길을 버리고 동북쪽으로 방향을 잡았다. 나곤과 풍마령이 자신이 가는 길을 알고 찾아왔으니, 멸천교의 다른 마인들이 또다시 찾아와 길을 막지 말란 법이 없었다. 그래서 막강은 조금 돌아가더라도 노출된 사막을 버리고 보다 은밀히 이동할 수 있는 방법을 택한 것이다.

동북쪽에는 주천을 둘러싼 채 솟아 있는 얕은 야산이 있었다. 천지(泉地:오아시스)의 물이 흘러 잠시 사막이 끊긴 이곳은 수풀이 많아 은밀히 움직이기가 수월했다.

"아직 나타나지 않는구나."

반 시진을 달려왔지만 아직 길을 막는 멸천교도는 없었다. 하지만 막강은 안심하지 않았다. 왠지 녀석들이 이대로 물러서지 않을 듯했다. 멸천교도를 만나는 게 두렵진 않았다. 하지만 귀찮았다. 그들이 길을 막으면 그 길을 뚫어야만 하고, 길을 뚫으려면 싸워야 하고, 싸우게 되면 본의 아니게 그들을 다치게 해야 했다. 그리고 무엇보다 큰 문제는 시간이 지체된다는 것이다. 한시가 급한 상황에서 일각이라도 지체할 마음의 여유는 없었다.

넓은 잎을 가진 수목들 사이를 가로지르며 달리던 막강의 눈앞에 너른 밀밭이 나타났다. 줄기가 가슴께까지 자란 밀들을 바라보며 막강은 잠시 걸음을 멈췄다.

'음… 왠지 기분이 이상하네?

막강은 이목을 집중시켜 반경 오십 장 안에 느껴지는 기가 없는지 꼼꼼하게 살폈다. 무언가 숨어 있을 것만 같은 기분이 들었던 것이다. 하지만 잡히는 거라곤 몇몇 작은 들짐승들의 움직임뿐이었다.

‘아무것도 없는 것 같긴 한데…….’

그래도 기분이 찝찝했다. 뭐라 콕 집어 말할 수 없는 그런 기분이었다.

‘일단 가보자.’

막강은 밀밭으로 발을 디뎠다. 아무리 예감이 좋지 않아도 여기서 또 돌아갈 수는 없었다.

한 걸음, 한 걸음 옮기는 막강의 움직임이 지금까지와 달리 느리면서도 조심스러웠다. 막강은 지금 일부러 기를 개방한 채 나아가고 있었다. 만약을 대비하여 전신의 감각을 최고조로 끌어올려 놓기 위해서였다.

사삭… 사삭…….

사위는 고요하고 잎사귀를 스치는 소리만이 계속해서 들려왔다. 해는 어느덧 서편으로 잔뜩 기울어져 갔다. 황혼이 드리운 밀밭은 이젠 사물의 희미한 윤곽만을 확인할 수 있을 정도로 어둑해졌다.

그사이 막강은 넓은 밀밭 한가운데를 가로지르고 있었다. 사방엔 오직 밀밭뿐이었고, 그 외의 것들은 아무것도 보이지 않았다.

챙!

한줄기 빛이 허공을 가른 것은 바로 그때였다.

푸스스스슥!

번개같이 뽑힌 묵룡에 가로막힌 무언가가 나타났던 것보

다도 빠르게 다시 땅속으로 숨어들었다.

'음?!'

막강은 등줄기가 시큼해지는 것을 느끼며 재빨리 반대편으로 묵룡을 쳐냈다.

스으… 채앵!

옆구리를 노리던 무언가가 날카로운 금속성을 흘리며 튕겨져 나갔다.

'역시 누가 숨어 있었어!'

처음부터 기분이 좋지 않았던 이유가 바로 이것이었다. 누군가 암습을 노리고 미리 이곳에 숨어 있었던 것이다.

'하지만 전혀 기를 발견할 수 없었는데……?'

막강은 바짝 긴장하지 않을 수 없었다. 상대는 자신의 이목을 완전히 속인 자들이었다.

'한 명이 아니야!'

그 자리에 우뚝 선 막강은 두 팔을 아래로 길게 늘어뜨렸다. 두 눈은 어느새 감겨 있었고, 오른손에 들린 묵룡은 땅을 향한 채 미동도 하지 않았다.

그 상태로 숨 막힐 듯한 정적이 흘러갔다.

사아아아.

미풍이 불어와 밀밭 전체를 가볍게 흔들고 지나갔다.

순간.

푸슉!

'아래다!'

막강의 발밑에서 새파란 검날이 솟아올랐다. 막강은 가볍게 왼발을 옆으로 젖히며 검날을 향해 묵룡을 가볍게 흔들었다.

까앙!

순간적으로 뿌려진 청색 검기에 솟구친 검날이 그대로 부러져 나갔다.

"윽!"

검날을 잘 막아내는데 성공한 막강의 입에서 돌연 옅은 신음이 흘러나왔다. 막강의 다른 손은 왼쪽 옆구리를 부여잡고 있었다. 아래에서 솟구친 검날을 막는 사이 정체 모를 날카로운 비기(匕機)가 날아와 옆구리를 할퀴고 지나간 것이다. 그것도 미세한 움직임으로 슬쩍 몸을 틀었기에 상처가 그 정도였다. 막강으로선 생각지도 못한 실로 쾌속무비한 암기술이었다.

"누구냐! 다 나와! 숨어 있지 말고!"

막강은 공력을 실어 허공에 대고 외쳤다. 하지만 상대의 대답은 이것이었다.

쉬쉬쉭!

또다시 비수가 날아들었다. 이번엔 등 뒤였다. 막강의 양미간에 깊은 주름이 파였다. 그런데 무슨 일인지 막강은 날아오는 비수를 막을 생각이 없어 보였다. 전혀 묵룡을 움직이지 않는 것이다. 다만 막강은 주먹을 불끈 쥐며 크게 입을 벌렸다.

"하압!"

기합을 내지른 막강의 옷이 터질 듯 부풀어 올랐다. 그리고 곧 전신에서 푸른 기운이 뿜어져 나왔다.

타앙!

그 기운에 부딪친 비수는 막강의 몸에 도달하지 못하고 맥없이 튕겨져 나가고 말았다.

"으음!"

막강은 그 순간 들려온 미약한 소리를 감지했다. 그것은 틀림없는 사람이 내뱉은 신음이었다.

'오 장 뒤다!'

휙!

비수를 날린 자의 위치를 확인한 막강은 곧바로 신형을 날렸다. 막강이 비수를 튕겨내고, 상대의 신음을 듣고, 몸을 날린 것 모두가 숨 한 번 들이쉴 만한 짧은 시간에 벌어진 일이었다. 어느새 예상한 위치에 도달한 막강은 그대로 밀밭 한곳을 향해 묵룡을 내리그었다.

팍! 파박!

폭발하듯 땅이 갈라지며 흙이 튀었다.

"크으윽!"

다시 신음이 들려왔다. 이번엔 전보다 더욱 크고 또렷한 신

음이었다. 막강은 폭발 속에서 빠르게 땅속으로 숨는 인영을
확인할 수 있었다.

'진짜 빠르네!'

막강은 절로 감탄하지 않을 수 없었다. 자신이 비수를 날린
자를 찾아내고 묵룡을 휘두른 것은 그야말로 찰나지간이었
다. 막강이 비수를 튕겨낸 것은 다름 아닌 반탄강기(反彈罡氣)
였다. 반탄강기는 순간적으로 공력을 몸 밖으로 폭발시키듯
뿜어내어 상대의 공격을 튕겨내는 수법 중에서도 가장 높은
수준의 것이었다.

비수를 날린 자는 바로 이 반탄강기로 인해 자신의 공격이
막히는 순간 그 충격으로 내부가 진탕되었을 것이다. 그 때문
에 자신도 모르게 신음을 흘렸을 것이고, 바로 그것을 노린
막강은 즉각 그가 있는 곳을 향해 일검을 날렸던 것이다.

이처럼 모든 것이 막강의 생각대로 되었다. 하지만 결과는
그렇지 못했다. 상대가 완전히 제압당하지 않고 또다시 숨어
버린 것이다. 확실히 지금 상대하고 있는 자들은 막강으로서
도 만만한 자들이 아니었다. 무엇보다 보이지 않는 곳에서 암
습을 하고 있다는 사실이 막강을 꽤나 곤란하게 만들었다.

'조금씩 화가 나는 걸!'

막강은 매우 기분이 상한 상태였다. 오로지 죽이기 위한 암
습을 당하고 있다는 것은 꽤나 불쾌한 일이다. 막강의 생각으
론 정정당당하지 못한 비겁한 행위였다. 그런 일도 서슴지 않

고 행하는 멸천교에 대한 반감이 더욱 커지는 순간이었다.

"나와 싸우겠다면 지금이라도 모습을 보여! 그렇지 않으면 앞으론 사정을 봐주지 않겠어!"

보이지 않는 상대를 향해 막강은 엄포를 놓았다. 막강으로선 최후의 통첩이었다. 상대가 계속해서 암습을 가한다면 어쩔 수 없었다. 죽일 수밖에……

예상외로 상대의 실력은 강했다. 그들의 암습을 아무런 피해 없이 막아내려면 손에 사정을 두는 여유 따위를 부리긴 어려웠다. 그렇기에 마지막 경고를 발한 것이다. 물론 상대가 자신의 말대로 해줄 거라 크게 기대는 하지 않았지만 말이다.

그리고 그건 역시나였다.

쑤욱!

아까하고 동일하게 발밑에서 검이 튀어나왔다. 하지만 막강은 맘 놓고 아래로 묵룡을 휘두를 수 없었다. 앞쪽으로 한 인영이 번개같이 허공으로 솟구쳐 오르는 게 보였던 것이다. 인영의 양손에는 큼지막한 대도가 쥐어져 있었다.

그뿐만이 아니다.

좌우측에서 모두 예의 그 비수가 날아들었다. 얼핏 보면 그냥 단순한 합격술인 것 같지만, 이들의 공격엔 절묘한 조화가 숨겨져 있음을 막강은 알았다. 각각의 공격은 미세한 시차를 두고 있으며, 하나같이 변화를 내재하고 있었다. 막강의 대처에 따라 언제든 공격의 방향을 바꿀 준비가 되어 있다는 뜻이다.

실로 사면초가의 상황.

한쪽을 막으면 다른 쪽에 당할 수밖에 없다. 하나같이 치명적인 공격들이기에 그 어느 쪽의 공격도 허용해선 안 된다. 그러자면 네 군데의 공격을 동시에 막아내는 방법밖에는 없었다.

짧은 순간이지만 막강은 고민했다. 과연 어떻게 모든 공격을 동시에 막아낼 수 있을 것인가?

하지만 막강이 얻은 결론은 이것이었다.

'불가능해!'

둥실!

막강은 그대로 몸을 위로 띄워 아래에서 솟은 검을 피했다. 그와 동시에 전방으로 날아든 인영을 향해 묵룡을 길게 내리그었다.

까앙!

"크악!"

"윽!"

인영은 양팔이 잘린 고통에 비명을 내지르며 뒤로 나가떨어졌다. 그러나 막강도 무사하지 못했다. 날아든 비수에 재차 몸이 긁히고 만 것이다.

찢겨진 상의 사이로 핏기가 비쳤다. 떨어져 나간 살점이 눈에 보일 정도로 작지 않은 상처였다. 하지만 막강은 거기에 신경 쓸 겨를 없이 상대의 다음 암습에 대비했다.

이번 합격술에 모습을 보인 자가 모두 넷이었다. 그중 하나는 회복 불능 상태가 되었으니 이제 남은 것은 셋.

그들은 여전히 모습을 감추고 있다. 어떻게 이런 완벽한 은신술이 있는지 막강은 그저 놀라울 따름이다.

그 순간.

쿵!

돌연 땅이 크게 울리기 시작했다. 울림의 주인공은 다름 아닌 막강이었다.

쿵! 쿵!

막강은 무슨 생각인지 계속해서 일정한 간격으로 발을 구르기 시작했다. 막강이 발을 구를 때마다 밀밭 전체가 요동치며 잎과 줄기 아래 가득 숨겨져 있던 것들이 마치 물고기가 튀어 오르듯 위로 솟구쳐 올랐다.

쿵! 쿵!

횟수가 더해질수록 발을 구르는 강도가 더욱 세졌다. 저 멀리 숲에 있던 새들이 진동에 놀라 일제히 달아나기 시작했으며, 막강이 서 있는 곳을 중심으로 밀밭이 아래로 꺼져 들어가고 있었다. 그럼에도 막강은 행동을 멈추지 않았다. 아직 원하는 바를 이루지 못했기 때문이다.

지금 막강이 보이는 행동은 바로 진각(震脚)이었다. 본래 권법과 함께 펼치는 것이 진각이지만, 막강은 그것을 조금 응용하여 오로지 발에 진기를 가득 실어 땅을 울리는 데에 사용하고 있었다.

사실 이런 식으로 땅을 구르는 것은 진기의 소모가 매우 큰 일이다. 그럼에도 막강이 진각을 멈추지 않는 이유는 밀밭 어딘가에 숨어 있을 그들을 밖으로 끌어내기 위함이었다. 사실 이 정도의 진기 소모는 막강에겐 그리 큰 부담이 아니었다.

'언제까지나 숨어 있을 순 없을 거야!'

막강은 그들이 반드시 모습을 드러내리라고 확신했다. 밀밭 사이에 숨어 있다면 밀밭을 모두 눕혀 버릴 것이고, 땅속에 숨어 있다면 땅을 모두 헤집어놓을 것이다.

그런 막강의 확신은 곧 현실로 나타났다.

푸스스슥!

흙이 튀며 세 인영이 동시에 땅속에서 솟구쳤다. 그들은 허공에 떠오르자마자 막강을 향해 비수를 쏘아냈다.

쐐쇠쉑!

이번엔 하나가 아니다. 세 인영은 양손을 바쁘게 놀리며 연달아 비수를 날렸다.

순식간에 허공을 가득 메운 수십 개의 비수들.

그것들을 바라보는 막강의 두 눈에서 청광이 폭사되었다. 단 한 개의 비수도 시선에서 놓치지 않겠다는 의지가 엿보였다.

손에 쥔 묵룡이 위로 들려진 것도 바로 그때였다. 검극에는 어느새 푸른 꽃송이가 맺혀 있었다. 청화는 곧 허공을 어지럽게 수놓으며 춤을 추기 시작했다. 건곤삼검 제삼식, 만화영이 펼쳐진 것이다.

팅! 팅! 티팅!

청화에 부딪힌 비수들이 맥없이 밖으로 튕겨져 나갔다. 비수를 모두 날려 버린 막강은 묵룡을 차분히 늘어뜨리며 나타난 세 인영을 쓸어보았다.

‘이 사람들……!’

막강의 시선이 작게 흔들렸다. 가만 보니 세 인영의 행색은 너무나 괴이했다. 그들은 실오라기 하나 걸치지 않은 나신이었다. 하나같이 머리카락이 거의 빠진 상태였고, 피부가 온통 고목(古木)의 껍질처럼 딱딱하게 갈라져 있었다. 또한 등이 새우처럼 굽어 키가 작아 보였다.

“대단하구나, 우리 모두를 결국 밖으로 끌어내다니. 교주님과 마후님 외에 음살마단의 실체를 본 자는 하늘 아래 너뿐일 것이다.”

우측에 있던 인영에게서 음성이 들려왔다. 그 생김새만큼이나 괴기스런 목소리였다.

“음살마단?”

막강은 그들이 누구인지보다 그들의 행색에 대한 궁금증이 더 컸다. 이미 싸움은 끝났다. 막강은 그들의 눈빛과 기세 속에서 그것을 알 수 있었다. 그들은 더 이상 자신과 싸울 마음이 없어 보였다. 아마도 조금 전의 공격이 그들로서는 최후의 일격이었으리라.

"그런데 당신들은 왜 그런 모습을 하고 있지?"

막강의 질문을 받고 음성을 발한 인영의 눈에 기광이 서렸다. 막강의 질문이 뜻밖이었기 때문이다.

"크… 기이한 놈이로군. 아까도 삼살을 죽일 수 있었음에도 살려주더니, 이젠 별것을 다 묻는구나. 갈 길이 바쁠 터인데, 쓸 데 없는 짓 하지 말고 어서 우릴 죽여라."

하지만 막강은 그의 말에 어깨를 으쓱거렸다.

"싸울 생각도 없는 사람들을 죽일 마음은 없어."

"……?"

막강은 묵룡을 검집에 다시 돌려 넣으며 다시 그들을 한 사람씩 살폈다.

"음, 확실히 당신들은 다른 멸천교 마인들하곤 다른 것 같네. 뭐랄까… 마기가 별로 안 느껴진다고나 할까?"

음성을 발한 인영, 음살마단주 일살(一殺)이 뜻 모를 미소를 머금었다.

"무엇 때문에 네가 굳이 나와 이런 말을 나누고 싶어하는지는 모르겠지만, 궁금하다면 알려주마. 우리에게서 마기가 느껴지지 않는 건 당연하다. 애초에 우린 마공을 익힌 일이 없기 때문이지."

"마공을 익히지 않았다고?"

"그렇다."

막강의 의문은 더욱 커졌다.

"마공을 익히지 않았는데 어떻게 멸천교에 있는 거지?"

"마공을 익히지 않은 자도 얼마든지 본교에 있을 수 있다. 왜냐면 본교의 근본이라 할 수 있는 천마혈경에는 사람을 마성에 물들이는 마공만 기록되어 있는 것이 아니기 때문이다. 천마혈경에는 우리가 익힌 역천둔잠공(逆天遁潛功)과 같은 마공과는 관계없는 무공들도 많이 기록되어 있지."

"아… 그랬구나."

지금까지 전혀 생각지도 못한 의외의 사실이었다. 천마혈경이면 천마대제가 만든 것인데, 거기에 마공이 아닌 다른 무공도 기록되어 있다니…….

고개를 끄덕인 막강이 다시 입을 열었다.

"그럼 당신들은 마공을 익히지 않았으니 마인이 아니라고 해야 하나?"

막강의 말에 일살은 픽 웃었다.

"우린 마공을 익히지 않았어도 마인이다."

"……?"

"마공을 익혔든 익히지 않았든, 멸천교에 속한 자면 모두 마인이라 여기는 것이 너희 정파 놈들 아니냐?"

"그런가?"

"네가 지닌 형산파의 무공도 본래 수라혈존이 만든 무공이지. 하지만 너는 처음부터 정파에 속했기에 마인이 아니지 않느냐? 그것이 너와 우리가 모두 마공을 익히지는 않았지만 너는 마인이 아니고, 우리는 마인이라 불리는 이유다."

"음……."

막강은 일살의 말을 알 것도 같고, 모를 것도 같았다. 하지만 분명한 건 그의 말에 전적으로 동의할 수 없다는 거였다.

"결국… 어디에 속했냐가 중요하다는 건가?"

혼자 중얼거린 막강은 곧 일살을 직시하며 말했다.

"당신 말이 무슨 뜻인지는 알겠는데, 사실 마인이냐 아니냐는 별로 안 중요하다고 봐. 중요한 건 멸천교가 사람들을 쉽게, 그것도 많이 죽이는 나쁜 일을 하고 있다는 거야. 그리고 처음부터 그러려고 무공을 익힌 거면 그것이 마공이든, 마공이 아니든, 무공을 익힌 그 일 자체가 나쁜 거야. 한마디로 당신들은 진짜 나쁜 사람들이라는 거지."

"네가 우리를 어떻게 생각하든 그건 네 자유다. 설마 네 생각으로 우리를 납득시키려는 건 아니겠지? 후후… 이 정도로 하고 그만 우릴 죽이고 네 갈 길이나 가라."

하지만 막강은 그에 대한 대답 없이 오히려 아직까지 일살에게 듣지 못한 대답을 들으려 했다.

"당신들은 왜 그런 모습인 거야? 혹시 당신들이 익혔다는 그 무공 때문에……?"

일살은 부인하지 않았다.

"그렇다. 하루 열두 시진을 땅속에서 지내려면 반드시 이런 모습이 필요하지. 이런 모습이 되기 위해 익힌 것이 바로 역천둔잠공이다."

"하루 열두 시진을 땅속에서 지낸다고? 사람이 어떻게 그럴 수 있지?"

"물론 사람은 그럴 수 없지. 그래서 역천둔잠공을 익히는 것이다. 땅속에서는 음식도 먹을 수 없고 물도 마실 수 없다. 하지만 사람이 식음을 폐하고 살 수는 없는 노릇, 역천둔잠공은 바로 극히 미량의 음식과 물로도 목숨을 연명할 수 있게끔 만들어주지."

"그럼, 지금 그 모습이……?"

"그렇다. 이것이 최소한의 기력으로 운신하기에 가장 적합한 몸 상태다. 물은 사흘에 한 모금이면 족하며, 음식은 열흘에 한 번 건량 하나를 먹는 것으로 해결되지."

막강은 양미간을 잔뜩 찌푸렸다.

"왜 그래야 하지? 그렇게까지 해서 땅속에서 지내는 이유가 뭐야? 그건 사람이라고 할 수 없잖아?"

"……?"

"그것도 사람을 죽이기 위해서인가? 나한테 한 것처럼 몰래 숨어 기습을 하려고?"

조금씩 격앙되어 가는 막강의 어조에 일살과 나머지 두 사람의 눈에 약간의 의혹이 떠올랐다.

"네놈… 우릴 동정하는 거냐?"

"천만에! 사람을 죽이기 위해서 사람다운 삶까지 포기하게 만드는 너희 멸천교에 대하여 화가 나서 그러는 거야! 정말 멸천교는 알면 알수록 기분 나쁜 곳이네!"

정말 막강으로서는 음살마단을 이해할 수 없었다. 사람이 먹지도 않고 하루 종일 땅속에서만 지낸다니, 그건 하늘의 법칙을 거스르는 일이었다. 과연 그들에게 사는 게 어떤 의미가 있을까?

하지만 막강이 그들을 이해할 수 없듯, 음살마단의 살수들도 막강의 지금 심정을 다 이해하기 어렵긴 마찬가지. 일살은 관조(觀照)하듯 막강을 바라보며 입을 열었다.

"기분이 나쁘면 죽이면 되는 것이다."

"아니, 난 너희를 죽이지 않을 거야. 난 처음부터 사람을 죽이기 위해 무공을 배우지 않았거든."

막강의 단호한 음성에 일살은 낮게 웃었다.

"후후… 힘있는 자가 약자의 운명을 좌우하는 것이 또한 강호의 이치지. 하나, 네 뜻대로 모든 것을 결정할 수 있다고 생각하지는 말거라. 네가 죽이지 않더라도 우린 곧 숨이 끊어질 테니까."

"곧 숨이 끊어지다니? 그게 무슨 말이지?"

"역천둔잠공을 익힌 자는 일정 시간 외엔 절대 몸을 밖으로 노출해서는 안 된다. 노출이 허락된 시간은 고작 반 각이다. 그러나 우린 네놈 때문에 이미 반 각이 넘도록 몸이 밖에 노출되어 있었으니, 곧 온몸이 부패되어 죽게 될 것이다.”

“뭐라고?”

생각지도 못한 말에 할 말을 잃은 막강이다.

역천둔잠공은 그야말로 오로지 최적의 암살 조건을 위해 만들어진 무공이다. 암살의 제일 요건은 은신. 완벽한 은신은 곧 완벽한 임무의 성공을 뜻한다.

그 완벽한 은신을 위하여 역천둔잠공은 땅속을 택했다. 암살의 대상은 언제나 사람이고, 사람인 이상 누구나 땅을 밟고 산다. 땅속에서 움직이지 않고 오래 몸을 숨길 수만 있다면, 상대를 완벽하게 속일 수 있는 것이다. 역천둔잠공은 그런 완벽한 은신을 위한 조건인 호흡을 죽이고, 식음을 요하지 아니하며, 나아가 생기(生氣)마저 지우는 몸으로 사람을 변화시킨다. 즉, 완전한 지하(地下)에서의 삶을 살게끔 만들어준다는 것이다.

사실 이렇게 되면 더 이상 하늘이 부여한 사람의 삶이라 볼 수가 없게 된다. 그래서 역천이다. 그리고 역천의 대가는 바로 지상에서 살 수가 없게 된다는 것이다. 몸이 공기 중에 노출되면 곧 썩어지고 만다.

‘어?’

막강의 눈이 갑자기 커졌다.

툭!

일살의 나뭇가지와 같은 팔 하나가 몸에서 분리되며 그대로 땅에 떨어졌다. 일살이 언급한 것이 곧 현실로 나타나고 있었다. 팔이 떨어져 나갔음에도 일살은 전혀 고통을 느끼지 못하는 듯했다. 이미 몸의 모든 기능은 마비된 상태였다.

푸스스!

그것이 시작이었다. 일살을 비롯한 나머지 둘의 몸도 서서히 무너져 내리기 시작했다. 먼저 다리가 꺾였고, 그다음 몸통도 장작이 패이듯 떨어져 나갔다.

침울한 눈으로 그와 같은 장면을 바라보고 있는 막강.

마지막 심장이 부서져 나가기 직전, 일살이 그런 막강을 향해 입을 열었다.

"이제 네가 교주님 앞으로 가는 길을 막을 자는 없을 거다. 그러나 네가 가고자 하는 길은 거기서 막힐 것이다. 교주께선 극마를 이루셨기 때문이다. 너는 시마를 이루었느냐?"

털썩.

그것을 끝으로 일살은 동료들과 함께 고혼으로 화했다. 하지만 방금 일살이 던지고 간 질문은 아직도 막강의 머릿속에 생생했다.

"너는 시마를 이루었느냐?"

'시마를 이루었냐고······?

시마.

한동안 잊고 있었던 말이다.

추심언이 자신의 무공 내력에 대하여 설명해 줄 때 들었던 말이었다. 천마대제의 마공이 극마라면, 수라혈존의 마공은 시마라는. 그와 동시에 수라혈존이 천마대제의 무공과 자신의 무공을 비교했던 부분의 내용도 떠올랐다.

…마에 있어 극마는 순리(順理)이나, 시마는 역리(逆理)다. 강함에 있어 순리를 따른 극마가 역리를 취한 시마보다 나을 수밖에 없는 것은 당연지사. 이미 아래로 구르기 시작한 눈덩이를 멈춰 세워 다시 정상으로 올려놓는 일은 결코 쉬운 일이 아니기 때문이다. 아니, 거의 불가능에 가깝다고 해야 하는 것이 맞다. 그 불가능을 가능케 하고자 했던 것이 바로 내가 걸어온 길이었다. 그러나 나는 눈덩이를 다시 정상에 되돌려 놓지 못했다. 간신히 정상을 눈앞에 둘 수 있었을 뿐이다. 고로 나의 마공은 천마대제의 것을 뛰어넘을 수 없다. 그러나 만일 누군가 그 눈덩이를 정상에 되돌려 놓을 수만 있다면… 진정한 시마를 이룰 수만 있다면, 그자야말로 마중지존(魔中至尊)이요, 모든 무공의 조종(祖宗)이라 할 것이다.

그러면서 수라혈존은 시마를 이룰 수 있는 길을 남겨놓았다. 그것이 바로 음양신공, 즉, 지금의 옥청건곤심공이었다. 그리고 막강은 그것을 익히고 있다.

극마로 가는 길인 천마혈경.

거기에 적혀 있는 마공은 멸천교주가 익히고 있다. 그리고 그는 극마를 이뤘다고 한다.

'그럼 나는……?

일살의 질문은 이제 스스로에 대한 질문으로 바뀌었다.

'나는 시마를 이뤘나?'

막강은 그 질문에 대답할 수 없었다. 건곤삼검이나 여타 무공은 그 성취가 어느 정도인지 뚜렷이 인지할 수 있었다. 하지만 그 모든 무공의 근간이 되는 옥청건곤심공만은 그 성취가 어느 정도인지 확실히 알지 못했다. 그 기준을 알 수 없기 때문이다. 처음부터 옥청건곤심공엔 성취를 나누는 기준 따위 없었던 것이다.

'분명 공력은 훨씬 높아졌어. 흑무곡에서 그 두 녀석과 싸우면서 실력도 많이 향상됐고. 하지만 시마를 이룬 것인지는 모르겠는걸.'

수라혈존이 남긴 말에 따르면 시마는 곧 도달할 수 있는 최고 경지를 의미하는 것이다. 따라서 시마를 이루면 더 이상 향상될 실력은 없다고 봐야 했다. 그런데 자신은 분명 전보다 공력도 증진되고 실력도 향상되었다. 그리고…….

'아직 더 실력이 향상될 수 있을 것 같은데……?'

그런 생각이 드는 막강이다. 아직 더 실력이 늘 수 있을 것만 같았다.

‘그렇다면……?’

막강은 슬쩍 시선을 자신의 몸으로 돌렸다. 피가 흥건한 옆구리와 너덜거리는 살점이 보였다. 이미 급하게 지혈하여 피는 멎었지만 얼핏 보더라도 작지 않은 상처였다.

‘나는 아직 시마를 이루지 못한 것 같다.’

비로소 질문에 대한 답을 찾은 막강.

시마를 이뤘다면 그 정도의 암습에도 능히 대처할 수 있어야 할 것 같았다. 이런 상처 따윈 입지 말아야 한다는 생각도 든다. 그래서 내린 결론이, 아직 시마를 이루지 못했다는 것이다.

스윽.

몸을 곧게 편 막강은 눈을 들어 황혼의 끝머리를 바라봤다. 하늘과 땅의 경계가 마치 불이 붙은 듯 붉었다.

“시마라는 건 어떤 경지일까?”

문득 막강이 중얼거렸다.

상상이 잘 안 갔다.

막강은 지금 충만한 자신감을 품고 있었다. 가만히 있어도 몸은 날 듯 가볍고, 전신의 모든 감각은 티끌 하나까지 감지할 수 있을 정도로 깨어 있었다.

자신의 생각대로 지금 자신이 시마를 이루지 못했고, 더 실력이 향상될 여지가 남아 있다면 과연 그때의 느낌은 어떨지 상상이 가질 않았다.

“지지 않을 것 같은데…….”

막강은 또 한 번 중얼거렸다.

진다는 생각은 단 한 번도 해본 적이 없다. 그리고 그건 지금도 마찬가지다. 지금의 자신이라면 누구에게도 지지 않을 자신이 있었다.

그러면서 재차 옆구리의 상처를 힐끔거리는 막강.

"음… 그래도 조금은 조심하는 것도 나쁘지 않을 거야."

그것을 끝으로 막강은 생각을 접었다.

음살마단까지 만나고 난 지금, 멸천교를 반드시 막아야겠다는 생각이 그 어느 때보다 확고해졌다. 만일 멸천교가 의천맹을 누르고 중원무림을 평정한다면, 그 과정에서 여러 사람이 목숨을 잃는 것은 물론이고, 더욱 많은 사람들이 불행해질 터였다.

설혹 정말로 자신이 멸천교주에게 패한다고 하더라도 관계없었다. 지금 중요한 것은 자신이 멸천교주를 만나는 것이며, 만나서 의천맹과 멸천교의 물러섬을 놓고 그와 비무를 벌이는 것이었다.

"이크! 시간을 너무 많이 낭비했잖아!"

살짝 몸을 띄운 막강은 전속력으로 주천을 향해 달리기 시작했다.

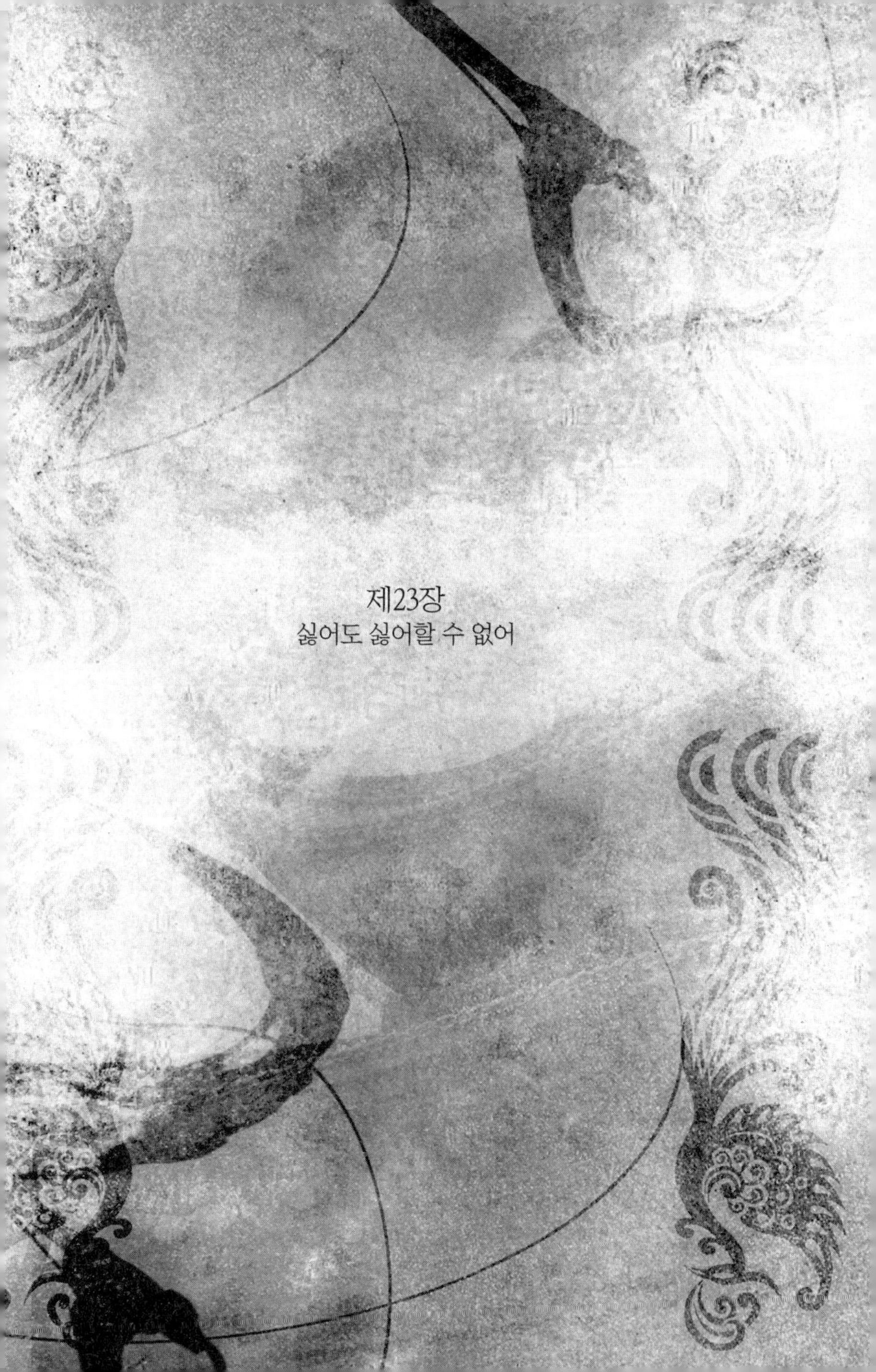

제23장
싫어도 싫어할 수 없어

멸천교 마인들의 추적을 피해 청해성으로 건너갔던 진산 등은 협곡을 가로질러, 나흘 뒤 다시 감숙성으로 들어섰다. 추적을 피하는 일도 일이지만 그보다 중요한 것은 이제 목숨을 부지하는 일이었다.

다행히 사비영이 근방에서 임무를 수행하고 있던 익영단원들과 연락을 취해 추적을 하고 있는 자들의 규모와 움직임을 어느 정도 파악할 수가 있었기에 지금껏 별일없이 이동할 수 있었다.

게다가 어제부터는 쫓는 자들의 규모가 절반 이하로 감소하고 그 움직임 또한 소극적으로 변한 탓에 거의 아무런 어려움 없이 운신하고 있는 그들이었다.

하지만 이렇게 된 것을 마냥 좋아할 수는 없었다. 갑자기 자신들에게 신경을 쓰지 않는다는 것은 곧, 상황이 급변했다는 것을 뜻했다. 그리고 상황이 급변했다는 것은 놈들이 막강의 종적을 찾아냈을 가능성이 크다는 의미였다.

"이거 이러다가 우리도 죽고, 형님도 죽도, 다 죽는 거 아니야?"

구공산이 잔뜩 인상을 쓰며 말했다. 그는 지금 단고립의 등에 매달려 움직이는 중이었다. 그제까지 의식이 없다가 어제야 비로소 정신을 차린 그였다. 쉬는 짬짬이 운기를 취하여 조금씩 내상을 회복시키는 중이었지만 여전히 스스로 몸을 가누지는 못하는 상태였다. 그래도 예전처럼 입을 놀리는 것엔 큰 어려움이 없을 정도는 되었다.

"저놈의 주둥이!"

염장팔이 구공산을 향해 핀잔을 줬다. 그 또한 남궁현의 등에 업혀 있기는 마찬가지. 하지만 음성이 작고 힘이 없는 것이, 구공산보다는 상태가 더욱 안 좋아 보였다.

그때 앞장 서 가던 진산에게서 다급한 음성이 들려왔다.

"모두 멈춰!"

뒤따르던 자들이 즉각 걸음을 멈췄다.

"음… 누군가 빠르게 다가오고 있군요."

남궁현도 뭔가를 느낀 듯 말했다. 그렇게 모두가 긴장하고 있던 차에 조금 뒤 사비영이 입을 열었다.

"안심하십시오. 저희 단원입니다."

그의 말이 끝나자 곧 회의경장 차림을 한 인영이 그들 앞에 당도했다.

"무슨 일이지?"

사비영이 급히 묻자 한차례 고개를 숙인 인영이 즉각 대답했다.

"오대주를 찾았다는 소식입니다."

"……!"

순간 모두의 시선이 인영에게로 쏠렸다.

"그래? 오대주를 어디에서 찾았다고 하느냐?"

"역시 예상대로 주천이었습니다."

"음……."

사비영은 고개를 끄덕이며 진산을 바라봤다. 그의 시선을 받은 진산 역시 고개를 끄덕이더니 나타난 인영에게 물었다.

"오대주는 무사하시냐?"

"다른 보고가 없는 걸로 봐선 무사하신 듯합니다."

"음… 그럼 멸천교에선 아직 대주를 찾지 못한 것인가?"

진산이 중얼거리자 사비영이 고개를 젓는다.

"그렇진 않을 겁니다. 오대주를 발견하지 못했다면 우리에 대한 추적을 늦췄을 리가 없습니다."

"그렇다면 놈들과 이미 부딪혔음에도 무사히 주천까지 당도했다는 말이군."

"아마도 그럴 겁니다."

"흐흐, 그럼 뭐야? 우리 장문 사형이 벌써 마군들을 다 때려잡았다는 말이네?"

"헤… 그, 그런가 봐."

구공산과 단고립이 뿌듯한 표정으로 서로 말하자 염장팔이 아니꼬운 말투로 한마디했다.

"쳇! 아주 소설을 쓰는구먼! 지들 장문 사형이 무슨 진짜 신이라도 되는 것처럼 말하네!"

"흐! 저 자식 괜히 부러우니까. 크큭."

"뭐야! 이……!"

"장팔, 너 진짜 말 곱게 안 할래? 막 장문인이 대주라는 걸 잊은 거야?"

구공산을 향해 뭐라 더 쏘아붙이려던 염장팔은 진소천의 싸늘한 음성에 그만 입을 꾹 닫았다.

그때 사비영과 이런저런 말을 주고받던 익영단원의 입에서 모두의 귀를 쫑긋하게 만드는 이야기가 흘러나왔다.

"오대주께서는 기련산 부근의 사막에서 폭풍마군과 부딪치셨습니다. 폭풍마군은 단 삼 합만에 제압당했다고 합니다."

"역시!"

구공산과 단고립은 자신들의 예상이 적중하자 호들갑을

떨었다.

"삼 합이라……."

한편 진산을 비롯한 나머지는 놀라움을 금치 못했다.

멸천교의 마군들이면 교주 다음 서열이었다. 비록 실제 마군들의 실력을 경험해 본 바는 없지만, 그 강함은 능히 짐작하고도 남음이었다. 이미 사천대혈겁 때 사천삼세 각각을 무너뜨렸던 마군들이 아닌가? 그런 마군들 중 하나를 단 삼 합만에 꺾었다니!

'진정한 강호제일인이 되어 나타난 것인가!'

모두의 머릿속에 동시에 떠오른 생각이었다.

"오대주를 가로막은 그 외 다른 자들은 없었는가?"

"주천을 지척에 두고 네 명의 괴인과 다시 한 번 싸움을 벌이시긴 했지만 그들이 누구인지는 알아내지 못했습니다."

"그렇군. 단주님께 보고는?"

"이미 했습니다."

"단원들도 주지시킨 대로 모두 움직였는가?"

"예, 각자 지정된 곳으로 흩어져 임무를 수행하고 있을 겁니다."

"좋아. 진 소협, 탕마오대와 저의 임무도 사실상 여기서 끝인 듯합니다. 이제 무사히 돌아가는 일만 남았습니다."

곁에서 모든 사정을 함께 들은 진산은 사비영의 말에 수긍하며 물었다.

"우리는 그렇지만, 대주는 어찌 움직이는 거요? 우리와 함께 형산파로 돌아가는 거요?"

"오대주께서는 형산파로 돌아가시지 않습니다. 저희 익영 단원들과 함께 곧바로 아미산으로 향할 것입니다."

"곧장 멸천교주를 찾아간다는 말이오?"

"그렇습니다. 이미 중원 전역으로 흩어진 저희 단원들이 오대주와 멸천교주의 비무 소식이 담긴 방을 곳곳에 붙이고 있을 겁니다. 멸천교주에게도 비무첩이 보내진 상태지요."

그 말을 들은 구공산이 돌연 단고립의 등을 후려치며 화를 냈다.

"이런! 그럼 이 고생을 하고도 장문 사형 얼굴 한번 못보고 돌아가야 한단 말이야!"

이에 단고립은 맞은 부위가 하나도 아프지 않은 듯 그저 구공산의 말에 장단을 맞출 뿐이었다.

"나… 자, 장문 사형 보고 싶다."

그런 둘의 모습을 지켜보는 다른 이들의 심정도 그들과 크게 다르지 않았다. 그중 잠자코 있던 남궁현이 나섰다.

"대주를 만났다고 해도 멸천교의 추적이 아직 끝났다고 보긴 어렵지 않습니까?"

"그건 그렇습니다만, 지금부터는 저희 익영단으로도 충분합니다. 이제 오대주를 지키는 일에만 집중할 수 있으니까요."

“흐음……”

사비영이 염려 안 해도 된다는 투로 대답했지만, 모두의 분위기는 그쪽으로 흘러가지 않았다. 잠시 그런 분위기를 살피던 진산이 곧 피식거렸다.

“우리도 아미산으로 가겠소.”

사비영이 놀란 눈으로 그를 쳐다봤다.

“하지만 부상자도 있는데다, 모두 기력이 쇠진한 상태인데……”

“부상이야 치료하면 되는 거고, 기력이야 다시 채우면 되는 것이니 별 상관은 없을 거요. 안 그런가? 모두?”

“당연한 말씀! 그냥 가면 완전 헛고생이죠!”

“마, 맞아요.”

구공산과 단고립이 고함을 내지르며 동조했다. 남궁현과 진소천도 옅은 미소로써 자신들의 뜻을 내비쳤다. 오로지 한 사람, 남궁현의 등에 업힌 염장팔만이 잔뜩 튀어나온 입술로 투덜거릴 뿐이었다.

“걷지도 못하는 사람 데리고 대체 어딜 가겠다는 거야! 에휴!”

하지만 그것뿐, 대놓고 싫다 말하지 않는 그였다.

염장팔 역시 막강이 궁금했다. 보고 싶다는 것은 절대(?) 아니다. 그저 마군까지 제압했다는 막강의 실력이 얼마나 늘었는지 궁금할 뿐이었다. 그리고 무엇보다 막강과 함께 아미산으로 가야 만하는 이유가 있었다. 강호인으로서 강호 역사의 한 획을 그을지 모르는 대결을 놓친다는 건 큰 불행이기 때문이었다.

모두의 확고한 뜻을 확인한 사비영도 더 이상 다른 말을 하지 않고 고개를 끄덕였다.

"좋습니다. 그럼 모두 서둘러 무위로 이동하시지요. 오대주께서 내일 그곳에 당도하실 겁니다."

그의 말이 끝남과 동시에 또다시 모두의 발이 분주히 움직이기 시작했다. 이제는 도망을 가기 위함이 아니라, 보고 싶은 사람을 만나러 가기 위함이었다. 물론 보고 싶은 이유는 각자 다르지만 말이다.

*　　　*　　　*

쉭! 쉭!

일비영은 곁에서 달리는 막강을 힐끗거리며 속으로 감탄을 연발했다.

정보 수집이 주임무인 익영단원에게 있어 빠른 몸놀림은 생명과도 같다. 그런 익영단원 중에서도 특출난 다섯이 바로 오비영이다. 그리고 그는 그 다섯 중에서도 첫째였다. 그런 그이기에 지금껏 경공이라면 누구에게도 뒤지지 않을 자신이 있었다. 하지만 그런 자신감이 오늘 완벽하게 무너지고 있었다.

'가까이에서도 기식(氣息)이 느껴지지 않다니!'

주천에서 만난 두 사람은 말 등 다른 수단을 이용하지 않고 신법을 발휘하여 무위까지 이동하기로 했다. 그것이 가장 빠르기 때문이다.

주천에서 무위까지는 근 오백 리 길이다. 일비영은 애초에 한나절을 예상했다. 중간에 쉬는 것을 감안하여도 자신이 달리는 속도로 그 시간이면 충분히 도달할 수 있을 거라 여겼던 것이다.

그러나 그 예상은 곧 수정되어야만 했다. 출발한 지 반나절이 지난 지금 무위를 겨우 백여 리 남겨두고 있었던 것이다.

"후욱! 후욱!"

일비영의 숨이 점점 거칠어졌다.

그럴 수밖에 없었다. 막강의 속도에 맞추다 보니 자신의 한계 이상으로 쉬지도 않고 달렸던 것이다.

막강은 그제야 일비영이 지친 것을 눈치 채고 황급히 속도를 죽였다.

"아! 미안해요. 빨리 가겠다는 생각만 하다 보니 신경을 못 썼어요."

하지만 일비영은 오히려 자신이 더 미안한 태도로 말했다.

"아닙니다. 괜스레 저 때문에 지체가 되어 죄송할 따름입니다."

그는 막강을 깍듯하게 대했다. 흑무곡에서 돌아온 막강을 그가 발견한 순간부터 이미 막강은 모든 사람에게 인정받은 강호제일인이었다. 나이뿐만 아닌 모든 것을 떠나서, 강호제일인에게 취해야 할 기본적인 태도가 있는 것이다.

"아니에요! 이제 얼마 남지도 않았는데요, 뭘. 그러지 말고 여기서 잠깐 쉬었다가 가기로 하죠."

일비영을 향해 한차례 손사래를 친 막강이 곧 신형을 멈추며 한적한 곳을 찾기 시작했다. 일비영은 거듭 괜찮다고 했으나 막강은 막무가내로 지친 일비영을 이끌고 나무 그늘 밑에 앉혔다.

"여기서 쉬면서 운기 좀 하고 있어요. 나는 잠시 어디 좀 다녀올 테니까."

"어디를……?"

일비영이 당황하며 묻자 막강은 그를 돌아보며 씩 웃는다.

"뒤가 좀 급해서. 헤헤."

"……."

일비영을 남겨두고 자리를 뜬 막강은 볼 일은 보지 않고 다시 왔던 길을 돌아가기 시작했다.

그렇게 되짚어간 지 얼마 안 되어서 막강은 빠르게 이쪽으로 다가오는 두 인물을 만날 수 있었다. 그들은 막강을 보자마자 눈을 부릅뜨며 그 자리에 멈춰 섰다. 두 사람은 모두 중년을 훌쩍 넘긴 자들이었다. 좌측의 인물은 묵포를 걸쳤고, 우측의 인물은 백색 장포를 걸쳤다. 둘의 공통점이라면 둘 다 얼핏 보아도 범인의 경지를 벗어난 듯한 기도를 보인다는 것이고, 차이점이라면 묵포중년인은 무거운 분위기를, 백포중년인은 깡마른 인상만큼이나 냉랭한 분위기를 풍기고 있다는 것이었다.

“본 마군들을 기다리고 있었던 것이냐?”

묵포중년인, 지옥마군 담홍이 뜻밖이란 표정으로 입을 열었다.

“사실 처음엔 귀찮아서 그냥 무시하고 도망갈 생각이었는데, 어쩔 수 없이 그렇게 됐어.”

“귀찮아서 도망을 간다? 후후, 확실히 네놈은 우리 앞에서 그런 말을 할 자격이 있지. 하나 그런 광오함이 지속될 수 있을지는 의문이구나.”

스릉!

막강은 담홍의 말에 돌연 묵룡을 뽑아 들었다.

“알고 있겠지만, 난 빨리 너희 교주를 만나러 가야 하기 때문에 시간이 별로 없어. 말로 하지 말고 그냥 빨리 끝내자고.”

막강의 음성에선 두 마군을 향한 좋지 않은 감정이 여과없이 묻어났다. 음살마단과의 싸움 이후 멸천교를 보는 눈이 더욱 부정적이 된 탓이었다.

사실 막강은 두 사람이 자신을 뒤쫓고 있음을 벌써 인지하고 있었다. 그리고 그들과의 거리도 점점 좁혀지고 있었다는 것도 알고 있었다. 하지만 함께 있던 일비영은 그 사실을 전혀 알아채지 못했다.

막강은 굳이 일비영에게 그 사실을 말하지 않고 그냥 내달리기만 했다. 왜냐면 싸움을 피할 수 있으면 피하고 싶어서였다. 시간도 없을뿐더러, 이젠 멸천교주가 아닌 다른 멸천교의 마인들은 별로 맞닥뜨리고 싶지 않아서였다. 그러나 일비영이 지쳐 버릴 줄은 미처 생각지 못했다. 그래서 어쩔 수 없이 일비영을 떼어놓고 두 사람을 상대하기 위해 마중 나갈 수밖에 없었던 것이다.

한편, 담홍과 음적양은 그러한 막강의 태도를 비웃었다. 막강이 제아무리 폭풍마군을 제압하고 음살마단마저 쓰러뜨렸더라도, 그들에겐 여전히 막강이 애송이로밖엔 보이지 않았다.

"성격 하나는 화끈하군. 네놈이 계속 그렇게 나오니, 우리도 어서 네놈의 실력을 구경하고 싶어지는구나. 후후… 빙백마군, 준비하시오."

담홍은 곁에 있던 음적양을 재촉하며 자신도 싸울 태세를 갖추려 했다. 하지만 그때 음적양이 그를 제지했다.

"나 혼자 하겠소."

음적양의 건조하고도 싸늘한 음성에 담홍은 고개를 저었다.

"하지만 이번만은 반드시 실수가 없어야 하오. 그러기 위해서는 함께 놈을 상대하는 것이……."

"저 어린놈을 상대로 협공이라니… 생각만 해도 마군이란 자리가 부끄러워지려 하오. 나는 혼자 놈을 해치우겠소."

단호한 음적양의 말에 담홍은 고민스런 시선으로 잠시 그를 응시했다.

"으음… 물론 방심했을 수도 있으나, 폭풍마군도 결국 놈에게 당하고 말았소."

그러나 음적양은 물러서지 않았다.

"나는 폭풍마군과는 다르오."

"……."

그 말에 담홍도 더는 그를 제지하지 못했다.

확실히 음적양은 나곤과는 달랐다. 이름 그대로 나곤이 폭풍이라면, 그는 얼음이었다. 거침없고 물불을 안 가리는 나곤과는 달리, 그는 냉철하고 잔혹하기까지 했다. 그런 그가 나곤과 같이 막강 앞에서 방심 따위를 할 리는 없었다.

'방심만 하지 않는다면…….'

마군인 자신들이 막강에게 진다고는 생각지 않는 담홍이었다. 비록 신중한 성격 탓에 보다 확실하게 막강을 제거하기 위하여 협공을 생각했었지만, 음적양이라면 특별히 더욱 신뢰가 갔다. 사실 같은 마군이지만 음적양은 그로서도 상대하기가 껄끄러운 존재였다. 둘이 승부를 가린다고 해도 음적양을 이긴다고 자신할 수 없었다. 특히 음적양의 빙혈마공(氷血魔功)은 팔대마공 중에서도 교주만 익힐 수 있는 천마뇌격신공 다음으로 위력이 있는 마공이었다.

"정 뜻이 그러하다면……. 하나 명심하시오. 처음부터 전력을 다해야 하오."

"걱정 마시오."

음적양은 짧게 대답하며 앞으로 나섰다.

그들을 지켜보고 있던 막강이 묵룡을 아래로 늘어뜨리며 말했다.

"그러지 말고 둘 다 덤벼."

"……?"

"길게 끌지 않을 거야. 혼자서는 절대 나를 못 이길 걸? 둘이 같이 덤빈다면 해볼 만하겠지만."

그 말에 음적양의 눈썹이 꿈틀댔다.

"흐흐, 네놈의 말은 들어줄 만한 것이 하나도 없구나."

그의 말이 끝남과 동시에 주변 공기가 급격하게 냉각되기 시작했다.

스으으!

음적양의 몸 주위로 한기가 스며 나왔다. 얼음장보다 더 차가운 기운이다.

그러나 그 색은 놀랍게도 핏빛이었다. 몸속에 흐르는 피의 일부가 얼어 한기와 함께 몸 밖으로 뿜어져 나오고 있었다.

빙혈마공이 모습을 드러낸 것이다.

　차앙!

　검이 뽑혔다. 음적양의 검도 검집을 빠져나오자마자 핏빛으로 물들었다. 온몸이 붉은 한기에 둘러싸여 있는 모습은 가히 혈귀를 방불케 했다.

　'저건 또 무슨 무공이지……?'

　막강은 음적양의 모습을 보며 눈살을 찌푸렸다. 분명히 저것은 피였다. 피내음이 진동하여 역겹기까지 했다.

　"한번으로 끝내겠어!"

　다짐하듯 입술을 연 막강.

　옥청건곤심공을 끌어올리자 전처럼 푸른 기운이 뿜어져나왔다. 하지만 이전 폭풍마군이나 음살마단을 상대할 때보다 더욱 그 색이 짙고 퍼지는 범위가 넓었다.

　동시에 묵룡의 검극에서도 투명한 옥석과도 같은 것이 형성되기 시작했다. 강기였다.

　그것을 본 빙백마군은 물론이고 뒤에 있던 지옥마군도 놀라는 기색이 역력했다. 단순히 검강을 일으켜서가 아니다. 그들이 놀란 것은 검강의 길이 때문이었다. 묵룡의 끝엔 어느새 삼 장이 넘는 검강이 맺혀 있었다.

　'저, 저 정도의 검강이면 적어도 삼 갑자 이상의 공력이 필요할 터인데……!'

　빙백마군의 두 눈이 매우 커졌다. 막강의 넘치는 공력을 겪어본 사람들이 모두 그랬듯, 그 역시 믿을 수가 없는 것이다.
이제 고작 약관이 넘은 막강이 삼 갑자가 넘는 공력이라니,
말이 되질 않았다. 하지만 그의 눈에 똑똑히 보이는 그것은
그에게 믿을 것을 강요하고 있었다.

"그렇게 서 있을 거면 내가 먼저 공격하겠어! 한번 막아보
라고!"

"……!"

음적양은 막강의 음성에 정신을 차리고 검을 앞으로 들어
올렸다. 그 순간이었다.

우웅!

묵룡이 길게 울며 허공을 갈라왔다. 건곤삼검 중 붕천악의
초식이 전개된 것이다.

삼 장이 넘게 솟은 강기가 그대로 자신의 정수리를 향해
떨어져 내리는 모습은 보고만 있어도 무시무시한 광경이었
다.

"크읏!"

음적양의 입에서 절로 신음이 흘러나왔다.

거대한 압력에 다리가 후들거릴 지경이었다.

그러나 그는 물러서지 않고 꿋꿋하게 버티며 강기를 향해
자신의 검을 내리그었다.

쉐엥!

피가 안개가 되어 허공에 뿌려졌다.

그리고 그 안개는 곧 차갑게 얼어붙어 마치 단단한 쇳가루와 같이 변해 버렸다.

타당! 탕! 탕! 타앙!

묵룡의 강기가 무수한 빙편(氷片)에 부딪히며 요란한 소음이 터져 나왔다.

꽈앙!

"윽!"

이윽고 폭음과 함께 누군가의 신음이 들렸다.

푸른 강기도 사라지고, 붉은 안개도 걷혔다. 막강은 여전히 그 자리에 서 있었지만 음적양의 모습은 보이지 않았다. 단지 오 장 뒤까지 길게 미끄러진 흔적만이 보일 뿐이었다.

"우욱!"

음적양은 핏물을 뱉어내며 허리를 접었다. 그의 백포는 갈가리 찢기고, 뼈만 앙상한 상체가 훤히 드러나 있었다. 안 그래도 하얀 그의 얼굴이 더없이 창백했다.

그는 핏기 가득한 두 눈을 부릅뜨며 막강을 올려다봤다.

"이! 이럴 수가……!"

"또 그 말이군. 폭풍마군도 나한테 당하고 그 말을 했었어."

"으으……!"

입술을 깨문 음적양은 너무도 멀쩡한 막강의 모습에 전신을 부들부들 떨었다. 큰 충격에 고통마저 느끼지 못할 정도었다.

'이처럼 허무하게 무너지다니!'

빙혈마공과 어우러진 혈상마검(血霜魔劍)이 무참히 깨지는 순간이었다. 그는 첫 수이자 단 일 수였던 이번 공격에 말 그대로 전력을 다했다. 담홍의 당부 때문이 아니었다. 그저 위협을 느낀 몸이 절로 그렇게 반응을 한 것이다.

하지만 결과는 막강의 단언대로였다. 단 한 번으로 끝난 것이다. 음적양은 허무함에 치가 떨렸다.

한편 곁에서 방금 전의 상황을 모두 지켜본 담홍의 심정도 그와 별반 다르지 않았다. 담홍은 벌린 입을 다물지 못한 채 막강과 음적양을 번갈아 쳐다볼 뿐이었다.

"그럼 난 이만 가도 되겠지?"

막강은 묵룡을 거두고 그들을 향해 등을 보였다. 담홍과 음적양으로서는 치욕적인 순간이었다. 하지만 그들은 멀어지는 막강을 가만히 지켜볼 수밖엔 없었다.

"놀랍군!"

담홍의 입에서 드디어 한마디가 튀어나왔다. 그는 재빨리 음적양에게 다가가 상세를 살폈다.

"움직일 수 있겠소?"

음적양은 고개를 저었다.

"다, 당장은 어려울 것 같… 쿨럭!"

기어들어 가는 목소리로 말하던 그는 말을 하는 와중에도 기침을 하며 피를 토했다.

"내가 지켜보고 있을 터이니 말을 그치고 상세를 돌보도록 하시오."

고개를 끄덕인 음적양은 막강이 사라진 곳을 응시하며 입을 열었다.

"순간적이나마 두, 두려운 생각이 들었소."

"……?"

"우리가 바라는 세상이 오지 않을 수도 있겠다는……."

담홍은 음적양을 이해할 수 있을 듯했다. 곁에서 지켜보기만 했던 자신도 그와 비슷한 생각을 했는데, 직접 막강의 일검을 받아낸 음적양으로선 그런 생각을 갖고도 남음이 있다 여겨졌다.

"음… 이제 막강이란 아이에 관한 일은 우리의 손을 떠났소. 결국은 모든 일이 교주님의 뜻대로 되었구려."

"크음……."

두 사람은 그렇게 잠시 말이 없었다.

충격과 자괴감이 그들의 입을 막아버렸다.

교주의 뜻을 따르지 않은 민망함, 반드시 없애 버리겠다 단언한 애송이에게 당한 자괴감이 그들의 가슴을 내리눌렀다.

그러나 그들은 자신들의 교주가 막강에게 패할 거란 생각 따위는 하지 않았다. 그랬다면 막강을 이대로 보내지는 않았을 것이다.

담홍은 후일을 생각하며 더는 막강을 막아서지 않았다. 자신들의 교주와 막강과의 비무가 끝난 그 이후의 일을 감안한다면 단 한 사람이라도 몸이 성한 것이 바람직하기 때문이었다.

일다경 후에 나무 그늘 아래로 돌아온 막강은 당황한 표정으로 서 있는 일비영을 대했다.

"어라? 운기라도 하시지 왜 이렇게 서 있어요?"

그러자 일비영은 막강을 위아래로 살피더니 곧 안심하며 말했다.

"무사하셨군요. 금방 오실 분이 한참이 지나도 오지 않으셔서 걱정하고 있던 참이었습니다. 대체 어딜 다녀오신 겁니까?"

막강은 오랜만에 활짝 웃으며 대답했다.

"뒷일을 보는데 갑자기 호랑이가 나타나는 바람에 그 호랑이 좀 잡느라…… 하하!"

"호, 호랑이요……?"

뜬금없는 말에 일비영은 당혹스런 얼굴이 되었다. 그가 알기론 이 일대에 호랑이는 살지 않았다.

하지만 그런 그의 심정에는 전혀 관심이 없는 막강은 하늘을 올려보더니만 돌연 심각한 어조로 말했다.

"흐음, 비도 올 것 같고… 아무래도 계속 여기서 쉬기는 좀 그런 거 같네요. 제가 몸을 부축할 테니까 그냥 무위까지 달리기로 하죠, 우리!"

"아… 그, 그렇게 하시지요."

"하하! 고맙습니다! 자, 그럼!"

일비영에게 다가온 막강은 대뜸 그를 번쩍 들더니 한쪽 어깨에 들쳐 멨다. 순식간에 짐짝 신세가 된 일비영은 눈이 휘둥그레져서는 떠듬거리며 말했다.

"그냥 부, 부축을 한다고 하셔놓고선……?"

그러나 그의 말은 귀에 들리지도 않는 막강이다.

"자! 그럼 갑니다! 꽉 잡으세요!"

"저, 저기! 헉……!"

막강의 신형이 돌연 지면 위로 둥실 떠올랐다. 그러더니 미끄러지듯 앞으로 나아가기 시작했다.

'어, 어찌 이런 신법을……!'

현기증이 날 정도로 빠르게 움직이는 막강의 어깨 위에 몸을 맡긴 그는 자기도 모르게 하늘을 쳐다봤다. 그리고 곧 그의 얼굴이 살짝 일그러졌다. 비는커녕 구름 한 점 없는 맑은 하늘이 그를 맞이하고 있었다.

*   *   *

효운비는 아침 일찍 마후의 거처로 향했다. 근래 들어 자주 마후의 거처를 찾는 그였다. 그런데 오늘은 그의 마음가짐이 조금은 조심스러웠다. 왜냐면 어젯밤 색혈대주 구옥환에게서 막강에 대한 소식을 전해 들었기 때문이다. 분명 마후의 기분이 좋을 리가 없을 것이기에 다른 때보다 언행을 조심할 필요가 있었다.

"할머님, 운비입니다."

"들어오시오."

의외로 마후의 음성은 다른 날과 동일하게 차분했다. 곧 안으로 들어간 효운비가 확인한 마후의 안색도 평소와 크게 다르지 않아 보였다. 오히려 마후는 효운비를 보더니 옅은 웃음을 머금었다. 물론 약간은 씁쓸함이 느껴지는 웃음이었다.

"어찌 교주의 표정이 그와 같소? 좋아서 입이 귀에 걸려 있을 줄 알았건만?"

"제 기분이 그래야 할 까닭이 없잖아요."

"허! 이 할미 기분을 생각해서 억지로 참아주다니, 참으로 기특하오 교주. 그래 이제 뜻대로 되었으니 후련하시겠소."

"그게 아니잖아요. 처음부터 할머님 속을 상하게 할 생각은 없었다는 건 할머님도 잘 알고 계시잖아요. 지금도 이렇게 심려하고 계실 할머님을 위로해 드리러 아침부터 달려온 것 아닙니까?"

"입에 침이나 바르고 말하시오!"

마후는 효운비의 시선을 슬쩍 외면했다. 오늘따라 어릴 적

자신을 대하던 흉내를 내는 효운비가 더욱 못마땅하게 여겨
졌다.

그런 조모의 마음을 아는 효운비는 미소와 함께 말했다.

"제가 이미 말씀드렸잖아요. 녀석은 제게 필연과도 같은
놈이라고. 어차피 녀석과 저는 한번은 맞닥뜨릴 수밖에 없는
운명이니까요."

"……."

마후는 묵묵히 효운비의 말을 듣고 있었다.

"할머님이 무엇을 염려하시는지 잘 알고 있어요. 하지만
할머님이 염려하시는 일 같은 건 일어나지 않을 겁니다. 녀석
이 제 앞에 오더라도 달라지는 것은 없어요. 하나뿐인 손자에
다가 명색이 교주인데, 그 정도는 믿어주셔야죠?"

"달라지는 것이 없는데, 굳이 그 아이와 비무를 하고자 한
까닭이 무엇이냐?"

마후의 물음에 효운비는 역시 미소로 대답했다.

"그것도 말씀드렸잖아요. 친구니까 그랬다고."

"어리석은 녀석. 누가 너를 가리켜 천마대제의 후예라 하
겠느냐? 하나, 너와 같은 자가 천마뇌격신공을 대성하여 극마
지경에 이른 것을 보면 이 또한 천의(天意)라 할 것이다."

효운비는 마후의 이야기를 들으며 이제 그녀가 완전히 이
번 일에 대한 마음을 접었음을 알았다.

"죄송해요, 할머님."

"시끄럽다. 죄송하단 말 따위로 그냥 넘어가려 들다니……!"

짐짓 성을 내려던 마후는 효운비의 여전한 미소를 보며 못 이긴 척 입을 열었다.

"비무첩이 당도했다고 들었소."

"예. 새벽에 당도했다더군요."

"놈들이 내놓은 조건이 무엇이오?"

"제가 이기면 의천맹을 해체하고 본교의 행사에 전혀 간섭하지 않겠다 하고, 녀석이 이기면 이대로 본교는…….'"

"됐소. 그것은 들을 필요도 없소. 명심하시오 교주. 놈들이 내놓은 조건 정도로는 안 되오."

"그럼 어찌……?"

"향후 오십 년간의 봉문을 조건으로 내거시오."

"……!"

효운비는 조금 놀란 표정으로 말했다.

"으음… 오십 년간의 봉문이면 저들이 얻는 피해가 막대할 겁니다. 의천맹에서 그것을 받아들이지 않을 수도 있습니다."

봉문은 말 그대로 문파의 문을 봉한다는 뜻이다. 나갈 수도 없고, 들어갈 수도 없다. 돈이 드나들 수도 없고, 사람이 드나들 수도 없다는 말이다. 돈이 드나들 수 없으니 뭐든지 자급해야 하고, 사람이 드나들 수 없으니 제자를 받아 후진을 양성할 수도 없게 된다.

실제로 무림 문파가 봉문을 하게 될 때 가장 큰 타격이 되는 것이 바로 이 후진을 양성할 수 없다는 점이었다. 후진을 양성하지 못한 문파는 결국 몰락할 수밖에 없는 것이다.

그런데 그 기간이 십 년, 이십 년도 아닌, 오십 년이라면 그 정도가 막대해진다. 그야말로 집안으로 말하자면 대가 완전히 끊어져 버리는 상황이 올 수도 있었다. 그런 위험한 조건을 흔쾌히 받아들이기란 효운비의 말대로 쉽지 않았다.

하지만 마후의 태도는 완강했다.

"놈들은 거절하지 못할 거요. 만일 우리의 요구를 거절하고 전면전을 벌이다가는 오십 년의 봉문보다 더 큰 대가를 치르게 될 것임을 놈들도 모르지 않을 것이기 때문이오. 본교에서야 교주의 뜻을 좇아 비무를 하는 것이지만 놈들의 입장에선 이번 비무에 모든 것이 달렸다고 해도 과언이 아니오."

"듣고 보니 할머님 말씀이 맞는 것 같군요. 그럼 그렇게 통보하도록 하겠습니다."

"비무 장소는 어디로 할 생각이오?"

"태자평이 어떨까 합니다."

"음… 알았으니 교주는 그만 물러가 보시오."

마후는 할 이야기가 모두 끝났다는 듯 시선을 거뒀다.

"죄송합니다, 할머님."

효운비는 다시 한 번 고개를 숙이며 말했다. 이번엔 얼굴에 떠오른 미소도 지운 채였다.

"……."

마후는 아무런 말도 하지 않았다. 그저 다른 곳을 가만히 응시할 따름이었다. 하나 그녀가 효운비의 마음을 모를 리 없었다. 효운비는 그녀가 품었던 한과 복수를 향한 염원을 어려서부터 듣고 보면서 자랐다. 그것을 뻔히 알면서도 할머님의 뜻을 거역하는 것이 죄송하다는 것이리라.

"혹시라도 놈을 상대하면서 손속에 사정을 두거나 한다면 이 할미가 가만히 있지 않을 것이오."

"하하, 제 머릿속에 들어갔다 나오셨나 보군요. 역시 할머님이십니다."

능청스럽게 대꾸하는 효운비를 보며 마후도 그만 실소를 머금었다.

"할미를 놀리다니!"

그렇게 두 사람은 서로를 바라보며 웃었다.

그로부터 사흘 후, 막강과 탕마오대의 대원들이 반가운 해후를 나누고 있을 즈음, 의천맹과 멸천교 두 곳에서부터 막강과 효운비의 비무 소식을 담은 서신이 각지에 퍼져 있는 방파들로 동시에 날아들었다.

*　　　*　　　*

아미산 금정봉을 내려오다 보면 얼마 안 있어 넓게 펼쳐진 초지(草地)가 나타난다. 이곳이 바로 태자평(太子坪)이다.

태자평의 북쪽 끝은 깎아지른 절벽으로 이루어져 있었다. 오시가 되면 태양이 태자평 전체를 환하게 비추기 시작한다. 절벽 아래 끝없이 펼쳐진 운해의 장관이 그 어느 때보다 선명하게 들어오는 때라 할 것이다.

바로 그 시각, 태자평 남쪽 아래 수십 명의 무리가 운집했다. 그들은 의천맹으로 대표되는 칠파일방과 삼대세가를 이끄는 강호의 명숙들, 그리고 마후를 비롯한 멸천교의 핵심 인물들이었다.

그들의 시선은 모두 태자평 한가운데 마주선 두 청년을 향하고 있었다.

막강과 효운비.

이곳에 모인 까닭이 바로 이 두 사람의 대결을 지켜보기 위함이었다.

그런데 이상하게도 두 사람은 꽤 오랜 시간이 지나도록 대결을 시작하지 않고 서로 이야기만 나누고 있었다. 마후를 비롯한 멸천교 측에서는 그 이유를 짐작할 수 있었다. 하지만 의천맹 측에서는 갈수록 의구심만 커질 뿐이었다.

"멸천교주가 운비 너였다니……."

자신 앞에 서 있는 효운비를 보며 막강은 놀란 듯 중얼거렸다. 마치 효운비가 자신에게 장난을 치고 있는 것 같았다. 하지만 눈앞에 있는 사람은 분명 자신의 비무 상대자인 멸천교주의 자격으로 이 자리에 나온 효운비였다.

그런 막강을 보고 효운비는 담담하게 말했다.

"기대보다 놀란 표정이 아니네? 실망인 걸 이거. 훗……."

하지만 지금 막강에게 효운비의 장난 섞인 말을 귀에 담고 있을 만한 여지가 없었다.

"처음부터 속이고 나한테 접근한 거야?"

"아니, 그런 건 아니야. 너도 알잖아? 그저 멧돼지를 잡다가 우연히 만났을 뿐이라는 걸. 또 먼저 친구하자고 한 것도 너였다고."

"음……."

막강은 잠시 옛일들을 떠올리더니 고개를 끄덕였다. 효운비의 말대로였던 것이다. 하지만 그렇다고 해서 막강의 상한 기분이 풀어지진 않았다.

"처음부터가 아니라고 해도, 어쨌든 속인 건 나쁜 거야!"

"그래 뭐, 네가 그렇게 말한다면 딱히 할 말은 없군. 이봐 친구, 미안하게 됐어. 하지만 말이야. 속일 마음은 없었어. 그저 드러내지 않았을 뿐이지."

"그게 그거잖아?"

"그렇지 않아. 난 거짓말을 한 적은 없거든. 단지 내 정체를 드러내지 않았던 거야. 안 그래?"

"흐음……."

다시 턱을 쓰다듬으며 생각에 잠긴 막강.

그런 막강을 보며 픽 웃은 효운비가 말을 잇는다.

"나는 왠지 강이 네가 처음부터 마음에 들었어. 그래서 밝히지 않은 거야. 만일 내가 내 정체를 밝혔다면 우리가 친구가 될 수 있었을까?"

막강은 가만히 효운비를 쳐다봤다.

효운비가 정체를 밝혔다면 아마도 친구가 되진 못했을 터였다. 자신과 멸천교주는 여러 가지 이유로 그렇게 되기 매우 어려운 사이였다.

"그럼 나와 친구로 지내고 싶어서 계속 멸천교주인 걸 밝히지 않았다는 말이야?"

"그것도 그렇지만 다른 이유도 있지. 너와 제대로 한번 붙어보고 싶었거든."

"나랑?"

"그래. 넌 수라혈존의 무공을 익히고 있으니까."

"……."

막강은 말없이 두 눈에 이채를 띠었다.

'저 녀석도 역시 나랑 같은 생각을 가지고 있었어!'

천마대제의 무공을 익힌 자와 수라혈존의 무공을 익힌 자.

그 두 사람이 서로에 대해 호승심을 느끼지 못한다면 오히려 그게 더 이상한 일이었다. 그러나 막강은 여전히 의문이 있었다.

"나랑 붙고 싶었다면 차라리 정체를 밝히는 게 더 나았잖아?"

"그랬다면 넌 그 즉시 나한테 덤벼들었을 거야."

"당연하지!"

"그래서 밝히지 않은 거지."

"뭐?"

"그랬으면 별로 흥미가 없었을 테니까. 아까도 말했지만 난 너와 '제대로' 한번 붙고 싶었거든."

"무슨 소리야? 그때는 그럼 제대로 붙는 게 아니었다는 거야?"

효운비는 마치 그 질문을 기다렸다는 듯 짐짓 우쭐거리는 표정을 지으며 말했다.

"물론! 싸움이 싱겁게 끝날 게 뻔했으니까."

"싱겁게 끝나다니?"

"힘 한번 못 써보고 나한테 당했을 거란 뜻."

"뭐야? 하하! 정말 내 실력이 그렇게 형편없어 보였어?"

"아니, 형편없진 않았어. 그랬다면 이 자리에 오지도 못했겠지. 다만 나를 상대하기엔 턱없이 부족했다는 말이야."

"흐음… 그런가? 그랬을 수도 있겠어……."

막강은 고개를 끄덕이며 그 말에 수긍을 표했다. 분명 그때보다 자신의 실력이 월등히 높아졌기 때문이다.

그 모습에 효운비는 실소를 머금었다. 자신의 실력을 깎아내리는 상대의 말에 동의하는 건 오직 막강만이 가능할 듯싶었다.

"그럼 지금은 어때? 지금도 싱겁게 끝날 거라 생각해?"

"……."

효운비는 즉각 대답하지 않고 잠시 막강을 응시하더니 오히려 질문을 던졌다.

"시마를 이룬 거냐?"

막강은 움찔했다. 음살마단주가 한 질문과 같은 질문을 효운비는 하고 있었다.

"운비 너도 그걸 묻는구나. 음… 사실 잘 모르겠어. 시마가 뭔지……."

그 말에 효운비의 얼굴엔 미소가 떠올랐다. 아쉬움이 짙게 묻어나는 미소였다.

"이루지 못했군."

그 표정을 읽은 막강이 즉각 입을 열었다.

"넌 극마를 이뤘다고 들었어. 그게 정확히 뭔지 모르지만, 더 이상 강해질 수 없는 상태라는 것 정도는 알겠어. 그래서 더 기대가 돼. 얼마나 강할지."

생글생글 웃는 막강. 효운비는 또다시 실소를 터뜨렸다.

"기대가 된다고? 하하… 너답구나. 강호의 운명을 어깨에 짊어지고 나와 비무를 하는 이 마당에 대놓고 호승심을 부리다니. 하지만 그게 네 매력이긴 하지. 후후……."

"난 내가 질 거라 생각하고 여기 오지 않았어."

"당연히 그랬겠지. 그랬다면 너와 비무 따위를 하지도 않았을 거다."

"……."

"……."

두 사람 사이에 잠시 침묵이 이어졌다. 그리고 그것을 먼저 깬 사람은 막강이었다.

"나는 멸천교가 싫어."

"왜지?"

의외로 담담하게 묻는 효운비.

"사람을 죽이기 위해 마공을 익히고, 마공을 익히기 위해 사람을 죽이니까."

효운비는 고개를 저었다.

"틀렸어. 우린 우리가 바라는 것을 얻기 위해 마공을 익힌 거야."

"너희가 바라는 것? 그게 마도천하냐?"

"그래. 마공을 익힌 자들이 마음 놓고 거리를 활보하고 다니는 세상……."

"하지만 그러자고 사람들을 죽이는 건 나쁜 거야."

"그렇겠지. 너희들 입장에선……."

"그럼 운비 넌 사람들을 죽이는 게 나쁘지 않다고 생각하는 거야?”

“아니, 나도 나쁘다고 생각해.”

“근데 왜……?”

“하지만 우리 멸천교도들은 그렇게 생각하지 않거든.”

“그게 무슨 말이야? 네가 교주잖아? 교주가 나쁘게 생각하면 모두 하지 못하게 하면 되잖아?”

막강의 말에 효운비는 웃었다.

“물론 그럴 수도 있겠지. 하지만 난 그렇게 하지 못해. 난 멸천교에서 태어나서 멸천교에서 자랐거든.”

“……?”

막강은 그의 말을 쉽게 이해하지 못하고 다음 말을 기다렸다.

“사실 난 어려서부터 본교에 대해 불만이 많았어. 그래서 줄곧 밖으로 다니길 좋아했지. 그러다가 우연히 사람들을 괴롭히는 자들을 보게 됐는데, 도와도 줄 겸, 몸도 풀 겸해서 그 자들을 다 정리한 적이 있었어. 야율녕이라고 했지, 아마?”

“야율녕……? 그럼 네가 무명기협이라는 거야?”

“무명기협? 맞아. 그때 사람들이 나를 그렇게 부른다는 걸 들은 적이 있는 것 같아.”

막강으로선 놀라운 일이었다. 정체를 알 수 없던 칠신룡의 한 사람, 무명기협이 바로 효운비였다니!

그 와중에도 효운비의 말은 계속 이어졌다.

"아무튼 그때 난 많은 사람들을 죽였지만, 아무도 나를 비방하지 않고 오히려 칭송을 하더군. 더러운 이민족을 죽인 협객이라고. 그 일을 통해 나는 모르던 것을 알게 됐어. 결국 사람들은 자신이 속한 틀 안에서 정의의 기준을 세운다는 것을. 사람을 많이 죽였다는 것은 그들에게 별로 중요한 일이 아니었지."

"음… 대충 무슨 말인지는 알겠어. 하지만 그거랑 너희 멸천교가 마도천하를 위해서 사람들을 죽이는 거랑은 다르잖아."

"아니, 다르지 않아. 나는 지금 어떤 정의의 기준이 옳은지, 아닌지를 따지는 게 아니야. 그저 사람은 누구나 자신이 속한 곳을 벗어날 수 없다는 걸 말하고 있는 거야. 한 가지만 묻겠다."

"……?"

"너는 왜 형산파의 무공을 익혔지? 너는 왜 형산파를 다시 세운 거야? 수라혈존의 음양신공을 익힌 것은 네 뜻이었나?"

"그거야……."

속히 대답을 못하는 막강.

하지만 효운비는 처음부터 대답을 들으려고 물은 것이 아니었다.

"예전에 내가 형산으로 널 찾아갔을 때 네가 나한테 했던 말 기억하냐? 누구든지 형산을 건드리면 가만있지 않겠다는……."

"……?"

막강은 그날의 일을 머릿속에 떠올려 보았다.

"난 형산이 정말 좋아. 버려진 날 길러준 곳도 형산이고, 나랑
놀아주고 날 지켜준 곳도 형산이거든."

"그래서 아들 이름도 형산이라고 지었냐?"

"하하! 맞아. 아무리 생각해도 형산밖엔 떠오르지 않더라고. 아
무튼 그래서 누구든지 우리 형산이를 건드리면 가만있지 않을 거
야. 내 아들 형산이든, 이곳 형산이든."

가만히 고개를 끄덕이는 막강.

"그래… 기억나."

"그럼 그때 내가 했던 말도 기억하겠군."

"지금 네가 나한테 한 말, 잘 기억해 두어야겠어. 나중에 나도
똑같은 말을 너한테 해줄 날이 있을 것 같으니까."

"그럼?"

"그래. 그날이 바로 오늘이다. 나 역시 누구든지 멸천교를
건드리면 가만있지 않을 거야. 싫든 좋든, 내가 태어나고 자
란 곳이 바로 멸천교니까."

“……!”

막강은 그만 할 말을 잃고 입을 닫았다.

자신이 효운비였더라도 그럴 것 같았다. 동고동락하는 식구가 누군가에게 죽게 생겼다면 가만히 있을 사람은 아무도 없을 터였다. 죽게 생긴 이유가 무엇이었든지 말이다.

효운비는 지금 자신에게 멸천교의 행태가 나쁘지 않다고 말하는 게 아니었다. 그저 그의 처지를 자신이 이해해 주길 원하고 있었다. 친구로서…….

침묵하는 막강을 보며 효운비는 활짝 웃었다. 막강이 자신을 이해했다는 걸 알 수 있었기 때문이다.

“이번에 중원에 발을 디디면서도 난 최대한 희생을 줄이고 싶었어. 그래서 우리 교도들에게 약간의 억지를 좀 부리기도 했지. 그런 의미에서 강이 네가 나한테 이처럼 비무로 결판을 내자고 한 것은 무척이나 고마운 일이야.”

“그랬군. 그래도 멸천교는 싫어.”

막강은 짐짓 인상을 찌푸리며 말했다.

“후후, 설마 나도 싫은 건 아니겠지?”

“운비 너는 싫어도 싫어할 수 없어. 내 친구니까.”

“…….”

둘은 그렇게 말없이 서로를 마주보며 웃었다. 그러다가 문득 효운비가 말을 꺼냈다.

“난 봐주지 않을 거다. 네 녀석을 친구로 둬서 지금껏 할머님이나 마군들한테 시달린 걸 생각하면 더 이상 봐줄 게 없거든.”

“하! 완전 나를 이길 것처럼 말하는 걸?”

“넌 나를 이길 수 없어.”

“왜? 시마를 못 이뤄서?”

“그래. 내심 시마를 이루길 바랐는데… 뭐 꼭 그걸 원해서 너와 비무를 하려고 했던 것은 아니지만 말이다. 자, 그럼 입은 이만 됐으니, 이제부터 몸을 풀어볼까?”

“좋아! 그 전에 운비 너한테 직접 듣고 싶다. 네가 지면 이대로 물러가서 다시는 쳐들어오지 않는 거다?”

“훗… 그럴 일은 없겠지만, 이미 약속한 것이니 당연히 지켜야 하지 않겠어? 오히려 나는 저 의천맹의 떨거지들이 걱정이야. 워낙에 꽉 막힌 자들이라 네가 져도 약속을 지키지 않을 것 같거든.”

막강은 고개를 저었다.

“그렇지 않을 거야. 네가 저 사람들을 먼저 건들지만 않는다면.”

“그래, 친구 말이니까 믿어보도록 하지.”

스스슥!

효운비는 말이 끝남과 동시에 마정도를 꺼내 들었다.

거무튀튀한 도신에 윤기가 흘렀다. 도신에 반사된 태양빛이 막강의 눈을 파고들 무렵, 드디어 묵룡도 모습을 드러냈다.

　사위가 쥐 죽은 듯 고요해졌다. 두 사람을 지켜보는 군중들이 있는 곳엔 더한 적막이 찾아들었다. 멀리서도 두 사람의 일변한 기도가 느껴지고 있었던 것이다.

　"천마도법이다. 막기 어려울 거야."

　"난 일단 건곤삼검으로 간다."

　타앗!

　두 사람은 누가 뭐랄 것도 없이 서로를 향해 동시에 몸을 날렸다.

　까앙! 팅! 팅! 팅!

　요란한 금속성이 태자평 전체에 울려 퍼지기 시작했다.

　초반 공격을 주도하는 쪽은 막강이었다.

　막강은 건곤삼검의 세 초식을 연달아 펼치며 효운비를 압박해 갔다. 단 세 초식에 불과하지만 그 어떤 자세에서도 그에 따른 변초가 튀어나왔다. 때론 강하게, 때론 쾌속하게, 또 때론 변화막측한 검초가 어지럽게 전개됐다.

　반면에 효운비는 별다른 공격을 펼치지 않고 구석구석으로 찔러오는 묵룡을 마정도로 침착하게 막아갔다.

　마정도는 도파가 칠 촌, 도신이 다섯 자에 이르는 대도였다. 본래 쌍수로 펼쳐야 함이 맞지만, 지금 효운비는 마치 장난감을 다루듯 쌍수와 편수(便手)를 때에 따라 번갈아 취하며 묵룡을 막아내고 있었다.

두 사람은 그렇게 한참을 쉬지 않고 공방을 주고받았는데, 얼핏 보면 마치 약속 대련이라도 하는 듯 누구 하나 상대에게 상처를 입지도, 입히지 않고 있었다.

'기본기는 정말 끝내주는군! 나한테도 전혀 밀리지가 않아!'

효운비는 내심 감탄과 함께 작은 희열을 토해냈다. 한 치도 밀리지 않는 막강의 모습에 조금씩 몸이 달아오르기 시작한 것이다.

"합!"

분주하게 마정도를 휘두르던 그가 돌연 기합과 함께 달려드는 막강의 몸을 슬쩍 밀어냈다. 그러자 막강도 그에 맞춰 공격을 거두며 뒤로 살짝 물러섰다.

"이제 본격적으로 해보자."

"좋아!"

파아!

두 사람의 몸에서 갑자기 폭발하듯 기류가 뿜어져 나왔다. 그 충격에 땅이 울리고, 초목이 다 한쪽으로 쓰러지고 말았다.

이윽고 연이어 터지는 굉음과 폭음들.

꽝! 쉬시식! 우릉!

앞을 분간할 수 없는 가운데 범인의 눈으로는 도무지 따라잡을 수 없는 빠르기로 두 사람은 움직이기 시작했다. 간혹 빛이 번쩍였고, 온갖 사물의 파편들이 비산하는 장면만이 또

렷하게 눈에 들어올 뿐이었다.

그렇게 둘은 일각이 지나도록 싸움을 멈추지 않았다.

두 사람의 계속된 충돌의 여파로 태자평은 폐허가 되어갔다. 땅은 파이고, 초목들은 모두 뽑혀 나갔다. 이대로 가다간 태자평 전체가 무너져 내릴까 염려가 될 정도였다.

다시 일각이란 시간이 가고, 이제는 커다란 충격과 소음마저 지루해지는 듯한 기분이 들 때쯤, 드디어 두 사람의 움직임이 멈췄다.

둘의 움직임이 멈추자 소음이 멎었고, 뒤이어 두 사람의 모습이 눈에 들어왔다.

먼지를 뒤집어쓴 둘의 몰골은 엉망이었다. 머리는 풀어졌고, 옷은 너덜거렸다.

하지만 둘 중 누구도 다친 사람은 없었다. 게다가 그 치열한 격전을 치르고도 전혀 지치지 않은 듯했다. 여전한 눈빛과 안정된 호흡이 그런 두 사람의 상태를 말해주고 있었다.

"정말 무지막지한 내공이다. 괴물 녀석."

"너 역시 마찬가지야. 공력은 진짜 누구한테도 자신 있었는데……."

둘은 다시 마주보고 웃었다.

하지만 둘의 웃음은 이전과는 조금 달랐다. 효운비의 웃음에선 여유와 함께 약간의 만족감이 느껴지는 반면, 막강의 웃음에선 옅은 쓸쓸함이 묻어 나왔다.

‘못 이길 수도 있겠어…….’

처음으로 든 생각이다. 앞에서 웃고 있는 효운비를 보고 있노라니 그런 생각이 더욱 강하게 다가왔다.

직접 부딪쳐 보니 효운비의 실력은 지금까지 자신이 상대했던 마군들과는 확실히 차원이 달랐다. 초식이면 초식, 기본기면 기본기, 공력 면에서까지 자신에게 뒤떨어지는 것이 하나도 없었다. 그렇다고 자신이 확실하게 밀린다고 보이진 않았지만 막강은 조금씩 느끼고 있었다. 무엇인지 콕 집어낼 수 없는 미세한 실력의 차이를…….

그리고 막강이 느낀 것을 효운비가 느끼지 못할 리가 없었다.

“난 널 해치기 싫다.”

“훗…….”

“왜 웃지?”

“이상하게 내가 진다는 생각이 들질 않아서.”

“……?”

“분명히 운비 네 말대로 내 실력이 좀 모자라다는 걸 알겠는데 말이야.”

“인정하기 싫은 거겠지. 하지만 빨리 인정했으면 해. 난 여기서 그만두고 싶으니까.”

막강은 습관처럼 아래턱을 매만지며 잠시 생각에 잠겼다. 그러더니 곧 입맛을 다시며 말했다.

"쩝, 그래도 끝까지 한번 해볼래. 아직 전력을 다하진 않았으니까. 전력을 다해도 안 되면… 뭐 그땐 하는 수 없이 졌다고 해야지."

"전력을 다한 뒤엔 졌다고 말할 기회가 없을 수도 있어. 잘 생각해. 기회는 이번뿐이 아니야. 네가 시마를 이루면 언제든지 다시 상대해 줄 수 있어."

"오! 너 지금 그 말 진심이지? 나중에 딴소리하기 없기다!"

"훗, 걱정 마라. 그럼 패배를 시인하는 거지?"

"아니."

"……?"

"그땐 그때고, 지금은 지금이잖아. 헤헤……."

"이 녀석. 훗……."

효운비는 더 이상 항복을 권해봐야 소용없다는 걸 알고 짧은 한숨을 내쉬었다. 하긴 자신이라고 지금 상황에서 패배를 시인했을까 싶었다. 그나 막강이나 자신보다 강한 자에 대한 두려움 때문에 비무를 포기할 만한 인물이 아니었던 것이다. 오히려 더 달려들면 달려들었지.

하지만 한편으론 안타까운 생각이 들었다. 아무리 자신의 실력이 막강보다 위라고 하더라도 그것은 극히 미세한 차이일 뿐, 막강이 전력을 다한다면 자신도 전력을 다해야 했기 때문이다. 그리고 전력을 다한 승부에선 막강의 목숨을 온전히 보전해 줄 자신이 없었다. 아무리 생각해도 그럴 만한 여유는 없을 것 같았다.

처억!

막강이 먼저 묵룡을 중단으로 들어 올렸다.

"대정무의검이야."

"천마멸세(天魔滅世)다."

처음으로 실전에서 펼치는 대정무의검이다. 그것도 전력을 다하여 펼치는 것은 대정무의검을 익힌 이후로 이번이 처음이었다.

건곤삼검의 삼 초식에 담긴 중과 쾌, 환을 하나로 담은 대정무의검.

그것을 익히는 것은 지난한 일이었다. 또한 엄밀히 말해 대정무의검은 아직 완성된 검법이라 말할 수 없었다. 왜냐면 지금껏 형산파 내에서 그 누구도 실제로 대정무의검을 대성한 일이 없기 때문이다. 그만큼 익히기가 어려웠다. 대성에 가깝게 익힌 자라도 있어야 대정무의검의 완성 여부를 가늠할 수 있을 터인데, 그럴 수가 없었던 것이다. 그 때문에 막패는 막강에게 대정무의검을 가르치며 성취가 육성만 되어도 적수를 찾기 어려울 거라고 확언했었다.

지금 막강이 스스로 이뤘다 생각하는 성취가 육성이었다. 막강은 할아버지 막패의 말을 믿어보기로 했다.

"하압!"

짧은 기합과 함께 묵룡의 검신이 푸르게 물들며 강기가 앞으로 쭈욱 뻗어나갔다. 강기의 길이는 무려 오 장에 달했다. 그 모습에 태자평 아래 있던 군중들에게 탄성이 터져 나왔다.

효운비 또한 내심 감탄하며 천마뇌격신공을 극성으로 끌어올렸다. 폭발하듯 팽창하던 공기가 어느 한 지점에서 멈췄다. 막강이 내뿜는 기운과 부딪친 것이다.

그그그그으!

공기뿐만 아니라 땅도 요동쳤다. 절벽 가까이 있는 작은 돌들과 흙이 진동을 견디지 못하고 아래로 떨어질 정도였다.

두 사람의 검과 도가 동시에 움직인 것은 바로 그때였다.

빠직!

무언가 깨지는 듯도 하고, 부서지는 듯도 한 굉음이 천지를 울렸다.

쿠구구구구!

뒤이어 지축이 흔들리더니 허공에 섬광이 번뜩였다.

쩌엉!

"크악!"

지켜보던 군중들이 비명과 함께 하나같이 손을 들어 앞을 가렸다.

콰광! 꽝!

마지막 폭음이 터지고 상황이 종료되었다.

군중들은 조심스럽게 손을 거두며 안력을 돋웠다. 참혹한 광경이 그들의 눈에 들어왔다. 일대가 완전히 황폐해진 것은 물론이며, 태자평 끝단 절벽의 일부가 온데간데없이 무너져 내렸다.

그리고 이윽고 두 사람의 행방을 찾던 모두의 눈이 크게 흔들렸다.

조금 전까지 두 사람이 서 있던 그곳엔 오직 한 사람의 모습만이 보였다. 창백한 얼굴로 반대편 절벽 끝단에서 검은 도를 들고 몸을 세우고 있는 자, 효운비였다. 그가 서 있는 곳은 본래 있던 곳에서 뒤로 오 장 정도 떨어진 곳이었다.

군중들 중 일부의 표정이 급격히 굳었다. 의천맹에 속한 자들이었다. 막강의 패배였던 것이다.

한편 무너져 내린 절벽 쪽을 응시하고 있는 효운비의 두 눈에 떠오른 것은 승리에 대한 기쁨도 아니고, 막강에 대한 안타까움도 아닌, 무언가에 대한 의문이었다.

"누구지……?"

알 수 없는 말을 중얼거린 그는 멸천교의 인물들이 그를 향해 달려올 때까지 그렇게 굳은 듯 그 자리에 서 있었다.

쉬쉬쉭!

양광은 험한 절곡을 바람처럼 내달리고 있었다. 그의 한쪽 어깨엔 너덜거리는 시신 한 구가 매달려 있었다.

그는 달리는 와중에도 시신을 힐끗 쳐다보며 내심 혀를 내둘렀다.

'이 지경이 되고도 숨이 붙어 있다니! 확실히 지독한 놈이야!'

그가 메고 있는 자는 아직 다름 아닌 막강이었다. 효운비에게 당한 막강이 정신을 잃고 절벽 아래로 떨어지는 순간 몸을 날려 건져낸 것이 바로 그였다.

그는 막강이 흑무곡을 빠져나갈 때부터 줄곧 막강을 따라다녔다. 그 이유는 천통자의 공갈에 가까운 부탁 때문이었다. 막강의 문제로 자신을 찾아온 그에게 천통자가 부탁했던 것이 바로 이것이었다. 멸천교주에게 패배한 막강을 꼭 살려서 돌아오라는…….

'도대체 질 줄 알았으면서도 이 녀석을 내보낸 이유가 뭐야? 나 참!'

이해할 수 없는 천통자의 처사에 속으로 연방 투덜거리는 양광.

그때였다.

후둑!

막강의 입에서 시커먼 핏물이 왈칵 쏟아졌다.

'이크! 이러다가 진짜 가다가 송장 치르겠네!'

기혈은 온통 뒤틀리고, 곳곳의 심맥이 끊어진 상태였다. 게다가 계속해서 코와 입으로 피를 흘리고 있었다. 그야말로 거반 죽은 거나 마찬가지. 살아 있는 것이 정말 신기할 정도였다.

　이런 상태는 양광으로서도 당장 어찌해 볼 수 없는 상태였다. 급한 대로 자신의 진기를 밀어 넣어 뒤틀린 기혈을 간신히 그 상태로 묶어두긴 했지만, 막강은 또다시 피를 토하고 있었던 것이다.

　이젠 별수 없었다. 막강을 살리려면 빨리 그곳에 당도해야 했다. 오직 그곳, 천문에서만이 막강을 살려낼 수 있을 것이기 때문이다.

　'서둘러야겠어!'

　타앗!

　양광의 신형이 돌연 허공을 격하기 시작했다. 눈 깜짝할 사이에 절곡을 벗어난 그는 어느새 아미산 자락을 뒤로 하고 북쪽으로 사라지고 있었다.

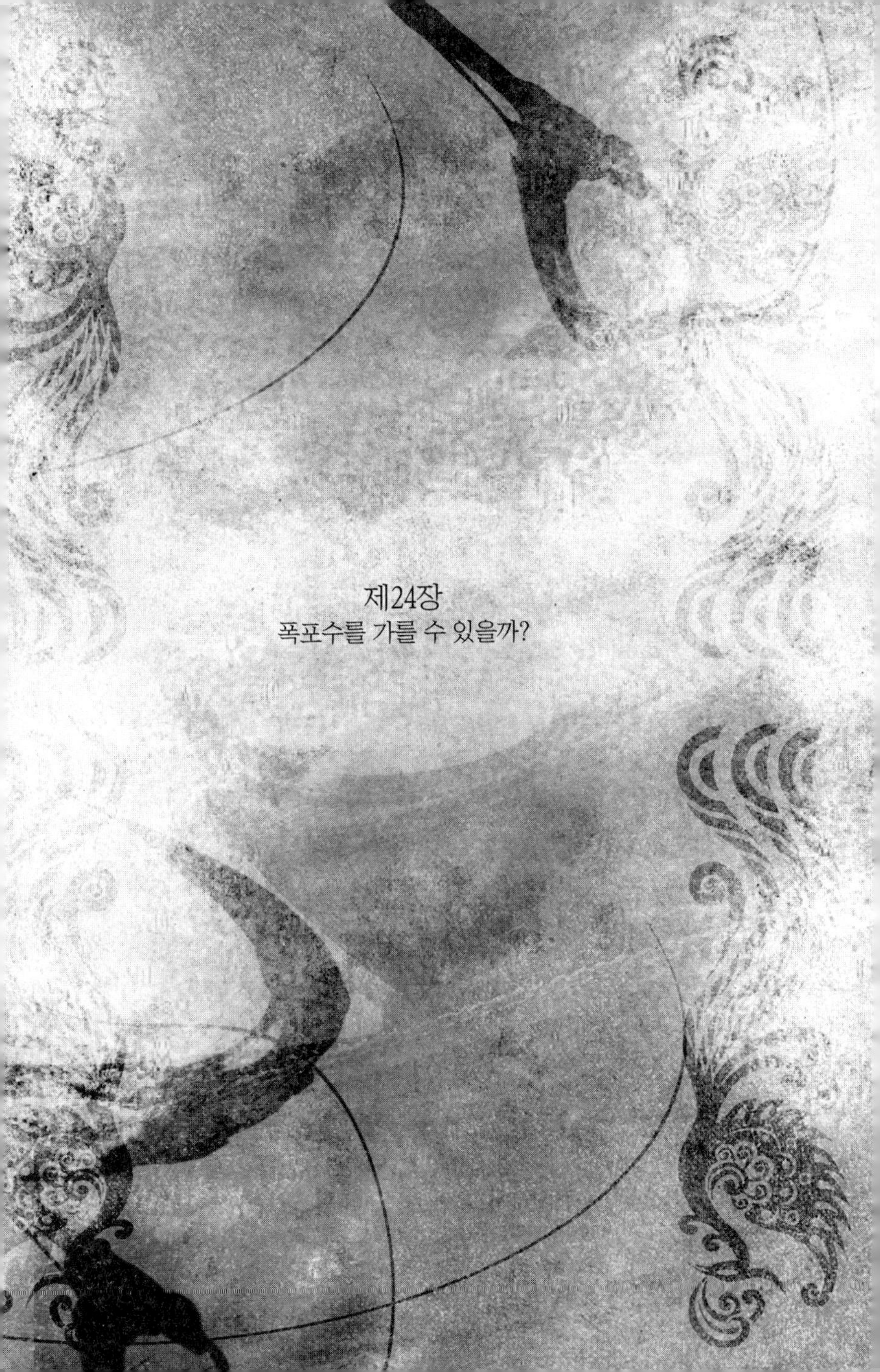

제24장
폭포수를 가를 수 있을까?

아미산 태자평에서 강호의 운명을 놓고 건곤일척의 승부가 벌어진 날로부터 사흘 후, 강호는 대격변을 맞이했다.

의천맹의 해체!

소림을 비롯한 각대문파의 오십 년간의 봉문 선언!

멸천교의 공식 개파 선언!

전 강호인은 물론이고 세인들에게조차 이보다 경악할 일은 근래 들어 없었다.

막강의 패배를 인정한 의천맹은 맹주 유평의 주도하에 곧바로 맹을 해체하고, 이미 맹에 속한 모든 문파로부터 얻은 동의에 의거하여 맹을 주도했던 칠파일방과 삼대세가의 봉문을 명했다.

봉문당한 문파는 향후 오십 년 동안은 강호 활동을 전혀 할 수 없으며, 멸천교가 무엇을 하든 그 일에 간섭해선 안 된다. 마찬가지로 멸천교 또한 봉문을 선언한 이들 문파에 대해선 더 이상 그 어떤 제재도 할 수가 없게 되었다. 사실상 멸천교의 세상, 마도천하가 도래한 것이다.

하지만 그 과정은 이전의 마도 세력과는 달리 비교적 평화적이었다. 실질적인 인명의 희생도 적었으며, 그로 인한 파장도 얼마 되지 않았다.

그리고 더욱 그런 생각을 갖게 하는 것은 마도천하를 이루고 난 뒤 멸천교주가 보인 행태로 인해서였다.

멸천교주는 이미 멸천교의 근거지가 된 아미산에서 봉문을 당하지 않은 문파와 전 강호인을 상대로 성대한 개파식을 여는 한편, 두려움에 떠는 참석자들을 향해 자신은 더 이상 아무도 해치지 않을 것이며, 어느 곳도 해코지하지 않겠다고 못 박았던 것이다. 다만 그는 누구든지 멸천교도 중 단 일인이라도 해하려는 자가 있으면 결단코 용서치 않을 거라고 했다.

이러한 태도는 모든 사람의 예상을 완전히 뒤집는 일이었다. 마도인이라면 어떻게든 정파인들을 못 잡아먹어서 안달이어야 할 터인데, 큰 방해꾼들마저 사라진 마당에 오히려 스스로 족쇄를 채우고 있었던 것이다.

단서로 달았던 말도 위협이 아니라 어찌 보면 강호 도리상 지극히 당연한 것을 단순히 언급한 것뿐이었다. 먼저 나를 해치려는 자를 보고 가만히 있을 자가 누가 있겠는가? 즉, 멸천교주의 말은 자신들을 그저 강호의 한 문파로 보고 지금까지와 같이 지내면 된다는 뜻이었던 것이다.

그리고 실제 강호는 멸천교주의 말대로 이전과 별반 다를 바 없이 유유히 흘러갔다. 그 안에서 크고 작은 일들과 다툼도 있었지만, 모든 일은 멸천교의 존재 여부와는 무관한 강호에서 늘상 있어 왔던 일들이었다.

＊　　　＊　　　＊

짙은 녹음(綠陰)을 자랑하던 형산도 어느새 그 모습을 잃고 서늘한 바람이 산곡 곳곳에서 불기 시작했다. 바야흐로 가을이었다.

막강이 죽은 지도 어느덧 다섯 달.

적막할 것 같던 형산파는 아침부터 연무장에서 열심히 땀을 쏟는 달달달 삼형제로 인해 활기차 보였다.

"사부님은 죽지 않았어!"

잠시 쉬는 중이었던 우맹달이 돌연 큰소리로 동생들을 향해 외쳤다. 둘째 우영달이 하늘을 쳐다보며 '사부님이 돌아가신 지 벌써 다섯 달이나 지났네?' 라고 중얼거리는 것을 들었기 때문이다.

"사모님이 안 죽었다고 하면 안 죽은 거야! 그러니까 사부님이 오셨을 때 혼나지 않으려면 우린 열심히 수련하고 있어야 돼!"

"아! 죄송해요 형님. 저도 모르게 그만. 휴우……."

우영달은 고개를 푸욱 숙이며 한숨을 내쉬었다.

그 한숨의 의미를 우맹달이 모를 리 없었다. 말은 그렇게 했지만 자신이라고 마음이 무겁지 않겠는가? 멋진 사부님을 만났음에도 사부라 몇 번 부르지도 못하고 졸지에 사부를 잃고 말았으니 착잡하기론 두 아우들보다 형인 그가 더했다.

"형님, 정말 우리 사부님은 살아 있는 걸까요?"

막내 우봉달이 그렁그렁한 눈으로 그를 보며 물었다. 이에 우맹달은 우봉달의 좁은 어깨에 손을 올리며 타이르듯 말했다.

"사부님은 살아 계셔. 누가 뭐래도 우리가 살아 계신다고 믿으면 살아 계신 거야. 봉달이 넌 사부님이 살아 있는 게 좋아, 죽은 게 좋아?"

"살아 있는 거!"

"그래, 이 형도 그래. 그러니까 우리 그렇게 믿고 앞으로도 열심히 수련하는 거야! 알았지?"

"웅! 알았어요, 형!"

그렇게 세 사람이 활짝 웃고 있는 그때 연무장 저편에서 소란스런 소리들이 들려왔다.

"응애애! 응애애!"

"아이고! 형수님! 제발 이러지 마세요!"

그 소리를 들은 세 사람의 표정이 다시 한 번 우울하게 변했다.

"사모님이 또 가시려나 봐요."

"휴우……."

이번엔 우맹달도 절로 한숨을 내쉬었다. 그러더니 곧 그는 마음을 다잡으며 동생들을 재촉했다.

"자, 우리도 가보자. 가서 사모님을 말려야지."

"네."

고개를 끄덕인 우영달과 우봉달이 형의 뒤를 쫓아 달려간 곳은 바로 정문 앞이었다.

거기엔 지금 사모와 두 사숙 간에 한바탕 실랑이가 벌어지고 있었다. 작은 보따리를 들쳐 멘 사모는 정문 밖으로 나가려고 하고, 울고 있는 쌍둥이를 하나씩 안아 든 두 사숙은 그 앞을 막아서고 있는, 참으로 이상한 광경이었다. 하지만 달달달 형제로선 이미 여러 번 목격한 광경이라 그리 놀랍지는 않았다.

"비켜요!"

언년은 자신의 앞을 가로막고 선 구공산과 단고립을 향해 낮게 말했다. 앞에 선 두 사람은 그 모습을 보며 흠칫했다. 이렇게 침착하게 말할 때가 오히려 더 무서웠다. 차라리 고래고 래 소리를 지르며 발버둥칠 때가 나았다.

"한동안 잠잠하시더니 왜 또 이러는 겁니까! 제발 애들 좀 생각하시라고요! 애들 우는 거 안 보입니까!"

구공산은 자신들이 안고 있는 형산과 소소를 언년 앞에 보 이며 애걸하듯 말했다. 하지만 두 아이를 본 언년은 한차례 입술을 깨물더니만 시선을 외면했다.

"당분간만 좀 맡아줘요. 그이를 찾으면 금방 돌아올 테니 까요."

그러면서 두 사람 사이를 파고드는 그녀.

"혁! 형수님! 정말 이러실 거예요! 그래요! 살았다고 칩시 다! 살았으면 알아서 집 찾아올 텐데, 뭐 하러 찾으러 갑니 까!"

그러자 언년은 고개를 획 돌리며 구공산을 노려봤다.

"살았다고 치다뇨! 그이는 살아 있어요! 절대 죽지 않았다 고요!"

"아… 형수……."

언년의 두 눈과 마주친 구공산은 더 이상 뭐라 말을 잇지 못했다. 슬픔과 안타까움이 한꺼번에 북받쳐 올라왔기 때문 이다. 그리고 그것은 곁에 버티고 서 있던 단고립도 마찬가지 였다. 그의 눈은 벌써 물기로 축축해져 있었다.

그들이라고 왜 그렇게 믿고 싶지 않겠는가? 실제로 두 사

람은 이미 몇 번이나 함께 태자평 아래 절곡 일대로 샅샅이
뒤진 바 있었다. 하지만 막강은 보이지 않았다. 시신이라도
찾으면 좋으련만 그마저 없었다. 완전한 실종이었다.

하지만 좋게 말해서 실종이지 사실상 죽었다고 봐야 했다.
태자평에서 절곡까지는 천 길이 넘는다. 제아무리 막강이라
도 치명상을 입은 상태로 그 아래 떨어져 살아날 가망은 없었
다. 게다가 마지막에 절벽의 바위까지 함께 무너져 내려 그
아래 깔렸을 가능성이 매우 컸다. 아마도 시신이 발견되지 않
는 것은 그 때문이라고 여기는 것이 그날 그곳에 함께 있었던
모든 사람들이 내린 결론이었다.

그럼에도 언년은 그 사실을 받아들이지 않았다. 시간이 조
금 지나면 받아들이겠지 했지만, 다섯 달이 지나도록 요지부
동이었다. 심지어 막강의 소식을 듣고도 그녀는 마치 아무런
일도 없었다는 듯 꿋꿋하게 일상생활을 이어나갈 정도였다.
물론 그러다가도 지금처럼 어느 순간이 되면 막강을 찾으러
아미산으로 가겠다고 고집을 부리긴 했지만 말이다.

그런데 오늘은 조금 다른 날들과 달랐다. 울지도 않고, 소
리를 지르지도 않고, 오히려 무서울 정도로 냉정했던 것이다.
다른 때는 발버둥을 치다가도 결국 녹초가 되어 쓰러져 상황
이 마무리되곤 했었는데, 오늘은 그렇지가 않았다. 마치 죽을
각오로 전장에 나가는 자와 같은 분위기가 물씬 풍겼던 것이
다.

“비켜줘요, 모두.”

“…….”

구공산과 단고립은 입을 열지 못했다. 더불어 그녀를 더 이상 제지하지도 못했다. 더 막았다가는 뭔가 큰 일을 치를 것 같은 예감이 들었기 때문이다.

언년은 그런 그들을 지나 정문으로 향했다. 그때 마치 무엇을 알기라도 하듯 두 아이가 더욱 크게 울어젖히기 시작했다.

“으아아앙! 흐아아앙!”

좀처럼 울지 않던 소소마저 형산과 합세하여 그 어느 때보다 크게 울었다.

언년의 발걸음이 절로 멈췄다. 그녀의 가녀린 어깨가 심하게 떨렸다. 하지만 그것도 잠시, 그녀는 그대로 재차 걸음을 옮겼다.

그렇게 언년이 정문 밖으로 발을 막 내디딜 때였다.

그녀가 다시 멈춰 섰다.

언년은 자신을 막아선 그림자를 올려다보았다. 한 여인이 자신을 향해 미소 짓고 있었다.

“언니…….”

그 여인, 진소천은 말없이 다가가 언년을 꼬옥 끌어안았다.

“임매, 아이들이 울잖아.”

“흐윽!”

언년은 진소천의 품에 안겨 오열하기 시작했다. 꾹꾹 눌러

됐던 감정이 결국 폭발하고 만 것이다.

자신의 가슴에 얼굴을 파묻고 들썩이는 언년의 등을 부드럽게 쓰다듬어 주며 진소천은 작게 말했다.

"막 장문인은 정말 나쁜 사람이야. 이토록 임 매의 마음을 아프게 하다니."

"으흑흑흑흑! 죽지 않았어요. 나한테 약속했단 말이에요. 나보다 먼저 죽지 않는다고. 내 허락 없이는 절대로……! 흑흑흑!"

"그래, 막 장문인은 죽지 않았어. 절대……."

"으허허허어어엉!"

언년은 그대로 주저앉아 목놓아 울었다. 부둥켜안은 진소천의 두 눈에도 어느새 이슬이 맺혀 있었다. 그렇게 모두는 함께 울며 한동안 움직일 줄을 몰랐다.

*   *   *

사천성 북쪽 끝에 긴 물길을 따라 장족(藏族)들이 모여 사는 마을 아홉이 있다. 사람들은 그래서 그곳을 구채구(九寨溝)라 했다.

구채구는 기본적으로 천 장 높이의 준봉들이 즐비하고, 산세 또한 빼어났다.

하지만 이곳은 다른 산들과는 달랐다. 산 위에 떡하니 호수가 있었다. 그것도 한두 개가 아닌 무려 백여 개나 되는 크고 작은 호수들이 곳곳에 자리를 잡고 있었다.

한순간에 사람을 초라하게 만드는 장대한 폭포하며, 긴 협곡을 따라 흐르는 오색 영롱한 물의 빛깔이 절로 황홀경을 노래하게 했다. 그러나 아쉽게도 이곳을 아는 자와 찾는 자는 거의 없었다. 그 어느 곳보다 험준한 지세가 사람의 발길을 막고 있었기 때문이다.

탁!

"장입니다."

작은 호숫가 옆에 장기 한판이 벌어지고 있었다. 잎이 발갛게 변해가는 나무 아래 마주 앉은 두 노인의 장기판을 내려다보는 눈빛이 심상치 않았다.

"외통이군 그래."

통짜로 짠 백의를 입은 노인이 배꼽까지 내려오는 탐스런 백염을 쓰다듬으며 혀를 찼다.

"장기 실력은 여전하십니다."

백의노인 앞에 앉은 작고 왜소한 노인이 연방 등을 긁으며 한마디했다. 그는 뜻밖에도 흑무곡에 있어야 할 천통자였다.

천통자의 말에 백의노인이 살짝 인상을 찌푸리며 말했다.

"자네 실력이 많이 는 게지."

"제 실력이야 수 년 전과 다를 바가 없습니다. 형님 실력이 퇴보하신 게지요."

꿈틀!

"바둑이나 두세."

"지루합니다."

"치사하군."

"……."

"그럼 낚시라도……."

"역시 지루해서……."

"어째 아우님은 나이가 들수록 약아지시는가?"

"잊으셨습니까? 젊을 때부터 제가 좀 약았지요."

"으음……!"

백의노인은 기다렸다는 듯이 자신의 말을 계속해서 되받아치는 천통자를 잠시 못마땅한 눈으로 쳐다보더니 다시 입을 열었다.

"이번엔 또 이 우형(愚兄)에게 무슨 잔소리를 하려고 찾아오신 게요?"

"천문을 없애시지요."

"어허… 한동안 잠잠하더니 왜 또 이러시는가, 아우님."

"죽을 때까지 이럴 겁니다."

"크음, 못된 아우님……."

나이와 어울리지 않게 입술을 빼쭉 앞으로 내미는 백의노인.

그 모습을 보면서도 무뚝뚝한 천통자의 표정은 전혀 바뀌지 않았다.

"하긴 절이 싫어 떠난 중 주제에 이러쿵저러쿵 하는 것도 좀 우습군요."

"다시 들어오게. 언제든 환영이니."

"사실 나이가 드니 조금씩 허전한 생각이 들더군요. 제가 다시 들어가면 천문을 없애시는 겁니까?"

"크음……!"

"흐흐……."

"웃지 마시게. 늙은 형을 가지고 놀다니."

"누가 있어 감히 천문주어신 형님을 가지고 놀 수 있단 말입니까?"

"그게 바로 아우님 아닌가?"

"고맙습니다."

이 두 노인이 친형제지간이란 사실을 과연 쉽게 믿을 사람이 있을까? 그 정도로 둘은 닮은 구석이 전혀 보이지 않았다.

잠시 미소로 서로를 응시하던 두 사람.

문득 백의노인, 천문주가 입을 열었다.

"그 아이도 아우님을 닮았는지 고집을 부리더군."

"무슨 말씀입니까?"

"본문의 절기는 절대 배우지 않겠다고 하네."

"참으로 기특한 녀석이로군요."

"자네에겐 그렇겠지."

"형님께서는 아니시고요?"

"크음······."

천문주는 슬쩍 시선을 돌려 호수를 바라본다. 청옥 가루를 뿌려 놓은 듯, 비취 빛을 띤 물이 맑다 못해 투명했다.

천문주의 마음을 단번에 간파한 천통자가 눈을 가늘게 떴다.

"행여나 그 아이를 이리로 끌어들일 생각이시라면 그만두시지요."

"걱정 마시게. 이미 퇴짜를 맞았으니. 생각할 것도 없이 싫다고 하더군."

"기특한 녀석이로군요."

"그런 아이니까 아우님이 이리로 보낸 거겠지."

"아니라곤 못하겠습니다."

"그래도 아직 포기한 건 아니네. 그 아이도 늙으면 생각이 바뀔 수도 있으니."

"저런! 천문주께서 그리도 보는 눈이 없으십니까? 그 아이는 나이가 들었다고 해서 이런 따분한 곳에 붙어 있을 녀석이 아니지요."

"흐음, 그런가? 아우님이 그렇게 말씀하시니 김이 확 식어 버리는구면. 송 형제의 말에 따르면 그 멸천교주란 아이도 꽤나 특출나다던데, 그럼 그 아이나 한 번······?"

"괜찮은 생각이십니다."

"호오? 아우님이 웬일이신가? 내 말에 동조를 다하고?"

"그 아이라면 장차 문주가 되어서 천문을 없애 버릴 수 있는 아이니까요."

"그러면 그렇지. 크음… 좌우지간 그 아이가 실패하면 그땐 어쩔 수 없이 본문이 나설 수밖에 없으니 아우님도 그리 아시게."

천문주의 말에 천통자의 표정이 진지해졌다.

"지금의 멸천교는 강호에 별다른 해악을 끼치고 있지 않는데도 굳이 나서야 합니까?"

"그것이 본문이 존재하는 이유이지 않나? 그리고 멸천교는 이미 강호에 상당한 해악을 끼쳤네. 소림을 비롯한 강호의 영향력 있는 문파들을 무려 오십 년 동안이나 봉문토록 한 것이 바로 그것이지."

"억지 해석입니다. 그건 합의하에 결정된 것 아닙니까?"

"힘에 굴복한 합의였지."

"그게 강호지요. 그냥 두면 새로운 봄이 찾아와 겨울을 몰아내듯 순리대로 움직일 겁니다. 천문이 개입하는 것은 억지로 겨울을 몰아내고 이전의 봄으로 되돌리는 일과 같으니, 그것이야말로 역리지요. 그럼에도 어찌 하늘의 이름을 들먹이며 그것을 순리라고 말할 수 있단 말입니까?"

"하늘이 본문을 남겨두고 지금껏 존재케 하는 것이 곧 하늘의 뜻이네. 고로 본문이 하는 일을 역리라 할 수 없지."

"흘흘… 십 년 전의 말씀과 한 글자도 다르지 않군요."

"그건 오히려 아우님에게 하고 싶은 말이네. 허허."

"천문의 해체… 절대 안 되겠습니까?"

"미안하네, 아우님."

"……."

천문주의 눈가에 주름이 깊어졌다. 그의 웃음 속에서 진한 아쉬움이 묻어났다. 그 모습을 가만히 바라보던 천통자도 곧 씁쓸한 미소를 지어 보였다.

"이제 그만 이곳에 발길을 끊어야 할 듯싶군요."

"그러지 말게."

"그래야 형님께서 제게 미안해하지 않으실 것 아닙니까."

"허허… 아우님의 속은 너무 깊어서 탈이야."

"잊으셨습니까? 항상 말뿐이라는 것을. 흘흘……."

서로를 향해 웃는 두 노형제(老兄弟) 사이에 훈기가 감돌았다. 이심전심을 경험한 자들만이 지금 이들의 마음을 알리라.

그때였다.

"천문주 할아버지! 여기 계셨군요? 앗! 천통자 할… 아니, 곡주님! 어떻게 여기에……?"

낭랑한 음성이 들리며 분위기가 완전히 뒤바뀌어 버렸다. 음성의 주인공은 다름 아닌 막강.

막강에게 시선을 준 두 노인의 얼굴에서 빠르게 웃음기가 사라졌다.

"많이 다쳤다더니 이젠 다 나았나 보구나."

천통자는 대답 대신 예의 그 무뚝뚝한 목소리로 말했다.

"아! 네, 여기 천문에 있는 분들이 도와주셔서요."

막강이 말을 마치자 이번엔 천문주가 물었다.

"한데 나는 왜 찾아온 것이냐?"

그의 물음에 막강은 천통자에 대한 궁금증은 머릿속에서 완전히 지워 버린 채 실실 웃으며 대답했다.

"아! 그게… 혼자 무공에 대해 이것저것 생각하다 보니까 조금 답답한 것들이 생겨났는데, 천문주 할아버지한테 여쭤 보면 알 수 있을 것 같아서요. 헤헤."

하지만 천문주는 짐짓 무시하는 투로 대꾸했다.

"본 문의 무공을 익히는 건 죽어도 싫다고 하더니, 이제 와서 내게 가르침을 청하는 건 무슨 경우란 말이냐? 크험!"

그러나 막강이 그 정도에 의기소침해질 리 만무했다.

"에이, 그러지 마시고 조금만 가르쳐 주세요. 운비 그 녀석을 이기려면 꼭 시마를 이루어야 하는데, 그게 도무지 감이 잡히질 않네요. 천문주 할아버지는 이미 그런 경지도 훨씬 넘으셨으니까 제가 어떻게 하면 좋은지 알고 계시잖아요. 네?"

"허허, 참으로 뻔뻔스러운지고. 아우님도 보았는가? 이게 지금 완전히 날로 먹겠다는 심보가 아니고 무엇이겠는가?"

기가 막힌다는 듯이 말하는 천문주.

“얼굴에 웃음기나 지우고 말씀하시지요.”

“티가 났는가?”

“완전 티납니다.”

“늙을수록 표정 관리가 어려워지는군. 허허…….”

“도와주시는 거죠?”

막강이 재촉하자 슬쩍 시선을 막강에게 고정시킨 천문주가 옅은 미소와 함께 말을 꺼냈다.

“내가 도와준다면 너는 내게 무엇을 해줄 수 있느냐?”

“예? 제가 뭘 해드려야 하나요?”

“당연하지 않느냐? 목숨까지 거저 살려준 마당인데, 또 공짜로 무언가를 얻길 바라는 것이냐?”

“음… 그러고 보니 그건 좀 그렇네요. 그럼 제가 뭘 해드리면 되죠?”

“본문의 절기를 배워라.”

“아… 그건 좀…….”

막강은 즉각 곤란한 표정을 지어 보였다.

“왜, 싫으냐?”

“저번에도 말씀드렸지만, 저는 제 친구에게 꼭 지금 제가 익히고 있는 무공으로 다시 싸워서 이기고 싶어요. 다른 무공으로 강해지고 싶지는 않아요.”

“그래서 싫다는 말이냐?”

“네, 죄송해요.”

"내게 도움을 받지 못한다고 해도?"

"네, 저기 혹시 다른 걸 해드리면 안 될까요?"

"안 된다면?"

"으음… 그럼 어쩔 수 없죠. 저 혼자 열심히 찾아내는 수밖에……."

아쉬운 표정으로 단념하려는 막강을 보며 천문주는 살짝 미간을 찌푸렸다.

"참으로 독한 녀석이로다! 좋다! 그럼 앞으로 이곳을 나가더라도 매년 한 번씩 나를 찾아오는 것으로 하자꾸나. 그건 상관없겠지?"

그 말에 금세 희색으로 돌아온 막강의 얼굴.

"정말이요? 정말 그렇게만 하면 도와주시는 거예요?"

그 모습을 보며 속으로 웃고 있는 천문주다. 막강으로 하여금 매년 자신을 찾아오게 함으로써, 장차 막강을 천문으로 끌어들이기 위한 설득의 초석을 착실히 깔아놓으려는 그의 내심을 막강은 알 리 없었다.

"오늘은 오랜만에 아우를 만났으니, 내일 내 처소로 찾아오도록 하여라."

"알겠습니다! 고맙습니다! 천문주 할아버지! 하하!"

그렇게 신이 나서 곧바로 돌아가려던 막강은 문득 무슨 생각이 들었는지 뒷머리를 매만지며 천통자를 바라본다.

"아우라면… 곡주님이 천문주 할아버지의 동생……?"

“그렇다.”

“와! 두 분이 형제라니! 의형제세요?”

“친형제다.”

“친형제? 와! 신기하네요. 하나도 안 닮았는데……?”

“……!”

하나도 안 닮았다는 말에 살짝 표정이 굳는 두 노인이다. 얼핏 들으면 둘 중 하나를 흉보는 것 같았기 때문이다. 물론 막강에게 그럴 의도가 전혀 없다는 것 정도는 알고 있는 그들이다.

“크험험!”

약속이나 한 듯 헛기침을 하는 두 노인.

그런 그들의 반응은 신경도 쓰지 않고 막강은 계속 말을 이었다.

“아 참! 홍이는 잘 지내고 있나요? 벌써 못 본 지 여섯 달이나 넘었네요.”

“네 녀석이 있을 때보다 더 잘 지내고 있으니 걱정하지 말거라.”

천통자의 말에 막강은 기쁜 듯 활짝 웃으며 고개를 끄덕였다.

“정말 다행이네요. 앞으로도 우리 홍이 잘 부탁드립니다! 그럼 저 이만 가볼게요!”

막강은 두 노인을 향해 꾸벅 인사를 하고 왔던 때보다도 더 빠르게 사라져 버렸다. 막강이 사라지자 천통자가 천문주를 향해 다시 시선을 던졌다.

"그런 식으로 어린 아해를 꾀려 하시다니."

그 말에 천문주가 희미한 미소를 머금었다.

"역시 아우님은 눈치가 빠르다니까."

"그 녀석이 멍청한 것이지요."

"그런가? 허허……."

천문주는 뭐가 그리 좋은지 연방 수염을 쓸어내리며 웃었다.

"너무 좋아하진 마시지요. 아까도 말씀 드렸지만, 그런다고 마음이 바뀔 아이가 아닙니다."

"거야 뭐… 일단 가능성은 조금 더 높아졌지 않는가? 그걸로 위안을 삼아야지."

"고작 그런 작은 일들로 위안을 삼으시다니, 확실히 많이 늙긴 늙으셨습니다."

"크흠! 왜 자꾸 나이 가지고 놀리는가? 아우님도 같이 늙어가는 처지에……."

"뭐, 어쨌든 좋으시겠습니다. 가만히 있어도 찾아가서 도와줬을 터인데, 녀석이 먼저 찾아와 부탁을 하고, 스스로 코까지 꿰이고 갔으니 말입니다."

천문주는 천통자의 말을 굳이 부인하지 않았다.

"허허… 그만큼 급했던 거겠지."

"얼마나 걸리겠습니까?"

"금세 끝날 걸세. 아우님도 알고 있겠지만, 사실 저 아이는 이미 거의 시마에 근접한 경지일세. 단지 천성이 워낙에 낙천적이고, 현재에 만족하는 성향이 강하여 지금까지 시마라는 경지에 전혀 신경을 쓰지 않았을 뿐이지. 이제 그것에 집중하기 시작했으니, 시마를 이루는 것은 시간문제에 불과하네."

"드디어 시마의 경지를 직접 목도하게 되겠군요."

"그렇겠지."

"극마를 능히 제압하며, 모든 무공의 조종이 될 거라 열변을 토했던 수라혈존의 말이 사실일지 기대가 됩니다."

"나 역시 그러네."

천통자는 천천히 몸을 일으켰다.

"벌써 가시려는가?"

"가야지요."

"장기나 한판 더 두고 가시게."

"만날 지시는 장기, 또 두려 하십니까?"

"이번엔 자리를 옮겨 구름 속에서 두는 것이 어떤가? 나는 어쩐지 그곳에서 해야 뭐든지 잘되는 것 같거든."

"신선놀음에 이골이 나신 게지요."

"허허… 그럴지도 모르지. 자, 가세, 아우님."

그렇게 두 노인은 장기판과 장기알을 각각 나눠 들고 유유히 산 위로 올라가기 시작했다. 그러던 어느 순간 천통자가 슬쩍 말을 꺼냈다.

"재미를 위해 내기 하나 하시지요?"

"그거 좋지. 무슨 내기?"

"천문의 존폐를 놓고 한판 어떠십니까?"

"크허험!"

"흘흘흘."

두 노인의 모습은 어느새 봉우리를 짙게 덮은 운무 속으로 사라져 보이지 않았다.

*　　　*　　　*

번쩍!

마정도에서 뿜어져 나온 섬광이 막강이 뿌려놓은 거대한 청색 막을 뚫고 들어왔다. 이윽고 거대한 압력이 막강의 온몸을 내리눌렀다.

'크윽!'

퍼엉!

폭음과 함께 내부가 진탕되는 고통을 느끼며 막강의 신형은 힘없이 뒤로 날아갔다.

서 있던 태자평의 절벽 끝 부분도 잘려 나가 함께 아래로 추락하기 시작했다.

'죽는 건가?'

떨어지는 상태에서 문득 스친 생각이었다. 의식은 점점 가물가물해져 가고 몸은 전혀 움직여지질 않았다. 순간적으로 느꼈던 극심한 고통도 이젠 더 이상 느껴지지 않았다.

'이게 죽는 거구나. 죽는 거야.'

막강은 힘들게 뜨고 있던 눈을 스르륵 감았다. 마지막 의식의 끈을 물고, 소중했던 것들이 하나하나 떠오르기 시작했다. 할아버지와 아버지의 얼굴, 정든 형산의 풍광들, 예쁜 색시와 쌍둥이들, 보고픈 아우들의 모습, 그리고 그 외 마음에 담고 있던 모든 이들과 모든 것들이 꼬리를 물고 의식을 끈을 따라 한쪽으로 스쳐 지나갔다. 그런데 그 순간이었다.

'잠깐……!'

의식의 끈이 갑자기 빠르게 되돌아가기 시작했다. 그러더니 너무나도 보고 싶고 만지고 싶은 한 사람의 얼굴이 있는 곳에서 멈춰 섰다.

"…한 가지만 약속해요."

"응? 뭔데?"

"엄마보다 먼저 돌아가신 우리 아버지처럼, 나보다 절대 먼저 죽지 않겠다고."

"내가 죽긴 왜 죽어? 아직 젊고 이렇게 팔팔한데?"

"아무튼! 약속하란 말이에욧!"

"아, 알았어. 약속할게."

"정말이죠? 진짜 나보다 먼저 죽으면 가만 안 둘 거예요!"

"훗, 그게 색시의 뜻이라 이거지? 하하… 그럼 절대 난 안 죽을 거야. 색시가 죽어도 된다고 하기 전에는."

"…됐어요. 이제."

꿈틀!

감겼던 마음의 눈이 번쩍 눈을 뜨는 순간이었다.

그리곤 한 가지 음성이 계속해서 뇌리를 울리기 시작했다.

'하하… 그럼 절대 난 안 죽을 거야. 색시가 죽어도 된다고 하기 전에는… 절대 난 안 죽을 거야… 난 안 죽을 거야… 안 죽을 거야… 안 죽을……'

마치 환청처럼 들리는 음성에 결국 의식은 세뇌되어 버렸다.

'난 죽을 수 없어!'

그와 동시에 의식이 온몸에 지령을 내렸다. 죽지 말라고. 끈을 놓지 말라고. 죽어선 안 된다고!

'안 돼… 안 돼……!'

"안 돼!"

막강은 고성과 함께 잠에서 깼다.

"허억! 허억! 꿈이었네."

꿈치고는 너무도 생생하다. 그만치 그때 새겨진 의식에 대한 기억이 매우 강렬했다는 뜻이리라.

섶을 엮어 만든 침상에서 일어난 막강은 창문을 열고 밖을 바라봤다. 봉우리 저편에서부터 날이 밝아오고 있었다.

"색시가 내 걱정 많이 하고 있겠다."

잠시 언년의 청초한 얼굴을 떠올린 막강은 곧 의복을 갖춰 입고 묵룡을 챙겼다.

"빨리 이곳에서 나가려면 어서 시마를 이뤄야 해!"

스스로 의욕을 북돋은 막강의 신형은 어느새 자신의 거처를 나서고 있었다. 지금 막강이 향하는 곳은 바로 구채구 내에서도 풍광이 수려하기로는 수위에 꼽히는 거대한 폭포가 있는 곳이었다.

쏴아아아아아아!

콰콰콰콰콰콰아!

막강이 폭포 앞에 도착한 것은 약 일다경쯤이 지나서였다.

높이는 십 장, 폭은 무려 백 장에 달하는 이 거대한 폭포의 이름은 낙일랑(諾日朗)이었다. 하늘빛보다 더 푸르고 맑은 물줄기가 주렴처럼 아래로 떨어지는 광경은 마치 한 폭의 그림을 보는 듯했다.

하지만 막강은 폭포의 광경에 취해 있을 여유가 없었다. 서둘러 천문주를 만나야 했기 때문이다. 폭포 가장 위편 절곡 한쪽에 세워진 허름한 모옥이 바로 천문주의 거처였다.

폭포 위에 오르자 처소 밖에 나와 있는 천문주의 모습이 보였다.

"왔구나."

"아! 저 기다리고 계셨던 거예요?"

"그렇지."

"그럴 줄 알았으면 더 빨리올 걸 그랬네요. 그런데 그건 뭐예요?"

"이것 말이냐?"

천문주의 손엔 그간 보이지 않던 긴 목장(木杖)이 쥐어져 있었다. 그는 목장을 슬쩍 들어 올리며 말했다.

"널 가르칠 선생이다."

"선생이요? 그 지팡이가요?"

"그래."

"음… 설마 그걸로 저를 때리시겠다는 건 아니죠?"

"왜 아니겠느냐? 가르침 중에서 가르치는 자나 가르침을 받는 자 모두에게 가장 효과적인 방법은 바로 몸으로 가르치고 배우는 것이지."

"헉! 정말 그걸로 절 때리시겠다고요?"

천문주는 대답 대신 목장의 끝으로 막강을 겨눴다.

"검을 뽑거라."

"휴우."

막강은 어쩔 수 없다는 표정으로 묵룡을 꺼내 들었다.

"너무 세게 때리시면 안 돼요."

“아마 죽진 않을 게다.”

“흐윽!”

“준비하거라.”

“알겠습니다.”

곧 천문주가 움직일 것으로 생각한 막강은 서둘러 자세를 잡았다.

“잘 보거라.”

“……!”

그것을 마지막으로 시간이 정지되었다. 주변의 모든 것이 움직임을 멈추었다.

‘꿀꺽!’

마른침을 삼켰다.

쿵쾅쿵쾅! 쿵쾅!

터질 듯한 심장의 요동이 뇌리를 울렸다.

‘…다, 답답해! 움직여라!’

막강의 마음속엔 저절로 이와 같은 열망이 솟구쳤다.

그때, 드디어 숨통이 트였다. 천문주가 움직인 것이다.

아니다. 천문주는 움직이지 않았다. 그의 목장만이 눈앞에서 사라졌을 뿐이었다.

하지만 그것만으로도 일시에 답답함이 풀어지는 듯했다.

사라진 목장 대신 천문주의 얼굴로 눈길이 갔다.

‘아……!’

너무나도 평온한 얼굴.

그의 눈빛의 맑음은 마음속의 모든 더러움을 씻어주었다.

그의 미소에 담긴 온기는 온몸을 따뜻하게 품어주었다.

스아아.

천문주의 전신으로부터 희다 못해 투명한 광채가 스며 나와 사방을 가득 밝히기 시작했다.

'아름답다!'

저것이 과연 인세(人世)에 존재하는 빛이란 말인가!

가슴을 채우는 희열에 막강의 얼굴에 저절로 미소가 떠올랐다.

그리고 바로 그 순간이었다.

피융!

'커헉!'

유성보다 빠르게 쏘아져 날아온 빛줄기 하나가 목을 꿰뚫고 지나갔다.

부릅떠진 두 눈.

하지만 그것은 지옥과도 같은 고통의 시작에 불과했다.

이어서 하늘을 가득 메운 수천, 수만의 빛살들이 사정없이 전신 요혈을 관통시키며 지나갔던 것이다.

퍼버버버벅!

그때부터였다, 수많은 빛줄기에 전신이 난자당하기 시작한 것은.

‘끄아악!’

그것은 실로 처음 겪어보는 끔찍한 고통이었다.

온몸이 고깃덩이처럼 잘려 나가며, 사방으로 검붉은 피와 살이 튀어 올랐다.

숨이 끊어져도 벌써 끊어졌어야 할 상황.

그러나 이상하게도 그럴수록 의식만은 더욱 또렷해졌다.

그 어느 때보다 또렷한 의식은 사지가 분해되는 자신의 모습을 두 눈으로 똑똑히 목도하게 만들고 있었다.

‘으으으!’

처음으로 느껴보는 극렬한 떨림.

그것은 공포였다.

그러나 그 와중에서도 막강의 두 눈만은 끝없이 천문주의 얼굴을 찾고 있었다.

무엇을 확인하고 싶었던 것일까?

천문주의 얼굴은 처음과 조금도 변함이 없었다.

여전히 평온하고 따뜻한 천문주의 눈빛과 미소를 확인한 순간이었다.

팟!

다시 허공에 한줄기 청백색의 광채가 번뜩였다.

그 광채는 정수리부터 회음혈(會陰穴)까지 그대로 반을 깨끗이 가르고 지나갔다.

서걱!

“으아악!”

막강은 비명을 내지르며 그 자리에서 쓰러졌다.

그리고 곧이어 알 수 없는 천문주의 나직한 음성이 그의 귀에 들려왔다.

“끝까지 검을 놓지 않았구나.”

온몸이 땀으로 범벅된 채 경악에 가득 찬 표정으로 거친 숨을 몰아쉬던 막강은 곧 눈을 감으며 축 늘어져 버렸다.

“으음…….”

막강은 낮은 신음과 함께 눈을 떴다. 요 근래 들어 정신을 잃는 일이 참 많아졌다. 흑무곡에서도 그렇고, 효운비와의 비무에서도 그렇고, 또 지금도 그렇고…….

“일어났구나.”

“네……. 윽! 머리가 띵해요. 너무 세게 때리셨어요.”

짐짓 투정부리듯 말하는 막강.

하지만 천문주는 모르는 척 대꾸했다.

“너무 오래 자서 그런 게지.”

“하하… 그런가요? 제가 얼마나 잤는데요?”

“이틀.”

“허! 그렇게나 오래 자다니!”

입을 쩌억 벌리는 막강을 보며 천문주가 묻는다.

“잘 보았느냐?”

“네.”

“어땠느냐?”

“어떻긴요. 죽는 줄 알았죠, 뭐.”

“허허… 녀석. 이제 시마가 뭔지 좀 알겠느냐?”

“그냥… 어느 정도는요.”

천문주의 눈에 이채가 떠올랐다.

“그래? 그럼 시마가 무엇인지 한번 말해보겠느냐?”

막강은 잠시 생각하더니 이내 대답했다.

“으음, 마음대로 몸이 움직이는 것? 헤헤, 맞나요?”

“마음대로 몸이 움직이는 것이라… 허허! 그거 참 쉽구나, 쉬워.”

천문주는 뭐가 그리 즐거운지 연방 웃음을 흘렸다.

마음대로 몸이 움직이는 것.

지금껏 이보다 명쾌하고도 명료한 답을 들어본 적이 있었던가?

시마의 경지. 즉, 깨달음의 경지란 무엇을 말하는가?

무엇을 깨달아야 그와 같은 경지에 이를 수 있을까?

사실 깨달음이란 것은 개념이 광범하여 무(武)에만 한정시키기 곤란한 점이 있다. 하지만 굳이 무에 한정시킨다면, 한계의 극복이라 할 것이다.

힘도 한계가 있고, 뛰는 것도 한계가 있으며, 내공도 한계가 있다. 이렇듯 무공을 배우고 행하는데 있어 모든 것이 처음부터 한계를 가지고 시작하는 것이다.

그리고 이 한계를 어떻게든 극복해 보고자 만들어진 것이 바로 무공인 것이다.

한계를 극복하고자 한다면 먼저 해야 할 일은 무엇일까?

그것은 바로 자신의 한계를 아는 일이다.

자신의 한계가 무엇인지 정확히 알아야 그것을 극복할 수도 있는 것이다.

하지만 자신의 진정한 한계를 깨닫는 일은 지난한 일이다. 그렇게 때문에 장구한 강호의 역사를 통틀어서도 극히 적은 수의 인물들만이 자신의 한계를 깨달을 수 있었다.

한계를 깨닫는 일은 수련을 통해서만 가능하다. 수련의 방법과 수련의 기간 등은 제각각일지 모르지만, 반드시 꾸준한 무공 연마를 거쳐야만 한다. 그것이 바로 진정한 자신의 한계에 도달하는 길이기 때문이다.

물론 타고난 재질과 후천적인 여러 요인들이 맞아떨어져야만 그 한계를 깨달을 수 있다. 그것은 하늘이 정한, 누구도 원망할 수 없는 운명과도 같은 것이다.

어찌 됐든, 천운(天運)과 천시(天時)와 노력이 합해져 자신의 진정한 한계에 도달하는 자가 있다면, 그때 그는 비로소 알게 될 것이다. 단순히 지식으로 안다는 것이 아니다. 치열한 경험으로 알게 된다는 것이다. 인간의 한계가 무엇인지, 자신의 한계가 어떤 것인지.

그것은 의사와 육신의 괴리다. 육신은 처음부터 마음의 뜻을 모두 담아낼 수 없게끔 되어 있다. 뜻은 무한하지만 육신은 유한하다. 이것이 한계인 것이다. 그리고 바로 이 한계를 극복하는 것이 깨달음이었다.

천문주는 막강의 대답을 통해 이미 막강이 그 한계를 깨달았으며, 또한 그것을 극복하는 법도 인지했음을 알 수 있었다.

막강은 내 마음대로 몸이 움직이지 않는다는 것을 깨달았고, 또한 마음대로 몸을 움직이는 것이 바로 시마의 경지임을 인지한 것이다.

한참을 웃던 천문주가 막강을 향해 다시 물었다.

"무엇으로 그것을 깨닫게 되었느냐?"

"그때 보여주셨잖아요. 지팡이 하나로 검기, 검강, 또 다른 여러 가지를 마음대로 펼치셨어요. 지팡이는 분명히 가만히 있었는데 말이죠. 근데 그건 절대 불가능한 일이거든요. 그래서 알게 됐죠. 모든 걸 마음대로 할 수 있는 것이 바로 시마의 경지라는 걸요."

"그것뿐이냐?"

"아뇨. 또 있어요."

"무엇이냐?"

"제 몸을 갈기갈기 찢어놓으시면서도 천문주 할아버지는 웃고 계셨어요. 살기는 전혀 없었고, 오히려 포근한 기운마저 느껴질 정도였죠. 그리고 결국 제 몸은 이렇게 멀쩡하고요. 거기서 또 알게 됐죠. 시마는 없는 것도 있는 것처럼 만들 수 있는 경지라는 걸요."

막강의 대답을 듣는 내내 천문주의 얼굴엔 흐뭇함이 가득했다. 막강은 그가 알려주고자 했던 것을 거의 모두 깨달았다. 한 가지만 빼고 말이다. 그것은 바로 상대의 마음을 읽고, 그 마음을 이용하여 상대를 공격하는 것이었다. 막강이 보고, 듣고, 당한 모든 것은 막강 자신의 마음이 만들어낸 허상이었던 것이다. 막강이 멀쩡한 것은 바로 그 때문이었다.

하지만 천문주는 그것을 지적하지 않았다. 지금은 이 정도로도 넘쳤다. 그것은 때가 되면 저절로 알게 될 일이었다.

"좋구나! 좋아! 그래, 그럼 너는 지금 어디에 이르러 있느냐?"

그의 질문에 막강은 잠시 고민하더니 대답했다.

"직접 해봐야 확실하겠지만 아직은 보여주신 것만큼은 못할 것 같아요.

"으음……."

천문주는 고개를 끄덕이며 말했다.

"깨달음을 얻었다고 하여 그것이 끝이라고 생각해서는 안 된다."

"네, 그런 것 같아요. 깨닫기 전에는 시마를 이루면 더 이상 실력이 높아질 것이 없다고 생각했는데, 지금은 그게 아니라는 걸 알 것 같아요.”

“옳게 분변하였구나. 지금까지는 몸을 단련하는데 치중했다면, 이제는 마음을 단련하는데 힘을 쏟아야 한다. 그것이 곧 진정한 시마를 이루는 길이지.”

“마음을 단련한다……? 그럼 전 아직 시마를 이룬 것이 아니군요?”

“시마라는 두 글자에 너무 연연하진 말거라. 그것이 네 목표가 될 수는 있을지언정, 궁극은 될 수 없다. 어쩌면 수라혈존이 언급한 진정한 시마란 정(正)도 없고, 사(邪)도 없고, 마(魔)도 없는, 그러한 것일 수도 있겠지.”

“정도 없고, 사도 없고, 마도 없다……?”

막강은 천문주가 뱉은 말을 가만히 되뇌며 생각에 잠겼다. 무언가 알 듯하면서도 확실히 잡히지가 않았다.

‘운비가 이룬 극마도 나와 같은 것일까?

문득 그것이 궁금해지는 막강이다. 태자평에서의 대결에서 효운비가 자신에게 보여준 실력은 대단한 것이었지만, 그것이 지금 막강이 알게 된 경지라고 하기엔 부족했다.

‘녀석이 날 배려해 준 것일까?

그랬을 수도 있다.

아니다. 효운비라면 그러고도 남았다. 아마도 흥미를 위해 일부러 자신과 동등한 조건에서 싸우고 싶었을 터였다.

‘뭐, 곧 확인해 보면 알 수 있겠지!

막강은 상념을 접고 천문주를 향해 허리를 숙여 인사했다.

"천문주 할아버지! 정말 고맙습니다! 도와주신 덕분에 저도 드디어 깨달음이란 걸 얻었네요! 하하!"

"허허, 그렇게 고마우냐? 고마우면 본문의 절기를 한번 익혀보겠느냐? 아마도 마음을 단련하는데 큰 도움이 될 터인데……?"

"하하… 그래도 그건 좀……. 죄송해요."

뒷머리를 긁으며 어색하게 웃는 막강.

"독한 녀석. 마음을 단련해야 한다고 강조했는데도 여전하다니. 쯧쯧……."

"헤헤, 정말 죄송해요. 그래도 약속대로 매년 이곳에 찾아올 테니 좀 봐주세요."

"크흠!"

헛기침을 하며 막강의 말을 외면하는 척했던 천문주는 곧 넌지시 물었다.

"언제 떠날 생각이냐?"

"이제 가야죠. 몸도 다 나았고, 깨달음도 얻었으니."

"너무 서둘진 말거라. 충분한 준비가 되었을 때, 그때 떠나도록 해라. 너도 이제 본문이 어떤 곳인지 알고 있을 게다. 만일 이번에도 네가 그 아이를 이기지 못하면, 그땐 본문이 나설 수밖에 없다."

막강은 천문주의 말을 진지하게 받아들였다. 그럴 수밖에 없는 것이, 천문이 나서면 멸천교는 단숨에 무너져 버릴 것이기 때문이다. 자신이 살펴본 천문은 능히 그러고도 남을 만한 힘이 있었다.

아울러 멸천교가 무너진다는 것은, 교주인 효운비를 비롯하여 거기에 속한 사람들 모두가 무사할 수 없다는 뜻이었다. 그것은 막강이 원하는 바가 아니었다. 막강은 아무도 다치는 것을 원치 않았다. 그러자면 이번엔 반드시 효운비를 이겨서 멸천교를 스스로 물러가게 해야만 했다.

"으음, 잘 알겠습니다. 명심할게요."

그것을 끝으로 천문주에게 인사를 하고 밖으로 나온 막강은, 곧 폭포가로 다가가 아래를 굽어봤다.

"일 년에 한번 이곳에 오는 건 나한테도 좋은 일인데, 왜 그걸 조건으로 내거셨을까? 아무튼, 다음에 올 때는 우리 색시도 데리고 올 수 있는지 물어봐야지."

언년의 얼굴을 떠올리며 미소를 그린 막강은 계속해서 폭포를 바라보다가 문득 한 가지 생각이 떠올렸다.

'폭포수를 가를 수 있을까?

스릉!

막강은 묵룡을 꺼내 들었다. 묵룡의 끝이 폭포수를 겨누는 순간.

촤악!

백 장 넓이로 떨어져 내리던 폭포수가 가로로 길게 갈라졌다.

마치 시간이 정지한 듯 중간에서 멈칫했던 폭포수는 잠시 뒤 다시 수면으로 낙하하기 시작했다.

콰콰콰콰아아아!

"정말 되네! 하하!"

신이 난 막강은 그대로 몸을 띄웠다. 폭포를 가로지른 막강의 신형은 곧 자신의 거처 쪽으로 유유히 사라져 갔다.

＊　　　＊　　　＊

사박사박.

효운비는 낙엽을 밟으며 아미산 자락을 거닐었다.

정말 골치 아픈 일 하나 없이 평온하기 그지없는 나날이 계속 되고 있었다.

이따금씩 교도 중 누군가가 어느 문파의 누구에게 맞았다는 이야기와 곳곳에서 멸천교에 입적하겠다고 찾아온 사람들이 있다는 등의 보고가 올라왔지만 그런 것들은 별로 신경 쓸 필요가 없는 지극히 소소한 일에 불과했다.

"슬슬 따분해지는군."

울긋불긋한 나무들을 보며 효운비가 중얼거렸다.

"녀석은 언제나 찾아올까?"

막강의 얼굴이 떠올랐다. 그리고 마지막 절곡 아래로 떨어지는 막강의 모습도 떠올랐다. 그때 낙하하는 막강의 신형을 잡아챈 누군가의 모습도…….

"몸놀림이 예사롭지 않았는데……. 혹시, 그 천문의 사람일까?"

천문.

효운비는 전에 자신을 찾아왔던 중년인의 얼굴을 기억했다.

"이름이 송문이라 했었지. 이젠 다시 날 찾아올 때가 되었을 텐데."

자신은 마도천하를 이뤘다. 정도와 마도를 불문하고 모두가 공존하는, 그가 바라던 진정한 마도천하를 말이다. 물론 아직은 완전하진 않았지만 작은 문제들 또한 시간이 가면 서서히 해결될 것들이었다.

그들도 이 모든 사실들을 알고 있을 것이다. 그렇다면 분명히 자신을 찾아와야만 하는데, 아직까지 아무런 움직임이 없었다.

이런저런 생각을 하며 계속해서 걸음을 옮기던 효운비가 당도한 곳은 다름 아닌 태자평이었다.

태자평은 황폐해진 모습 그대로였다. 잘려 나간 절벽 끝 부분에 절로 시선이 갔다.

그 끝자락에 다가가 선 효운비는 끝없이 펼쳐진 운해를 바라보며 중얼거렸다.

"나도 무공이나 하나 만들어볼까? 천마대제도, 수라혈존도

자신의 무공을 만들었으니, 나도 하나 만들어보는 것도 나쁘
진 않겠어. 으음, 뭐가 좋을까?"

고민하는 효운비.

그의 등 뒤에서 매우 친숙한 음성이 들려온 것은 바로 그때
였다.

"여기 있었구나?"

"……!"

흠칫한 효운비가 놀란 눈으로 음성을 주인공을 돌아봤다.
그러더니 곧 옅은 미소를 머금는다.

"너… 드디어 오셨군. 후후."

음성의 주인공은 바로 막강이었다. 천문주와 헤어지고 난
뒤 열흘 후 구채구를 나선 막강은 곧바로 아미산을 찾았던 것
이다.

혹시나 하여 효운비와 비무를 벌였던 이곳을 먼저 들른 것
인데, 역시나 효운비는 이곳에 와 있었다.

"잘 있었어?"

"물론! 언제나 승자는 잘 있는 법이거든."

"그래? 하하… 승자라……."

웃고 있는 막강을 한차례 쓰윽 훑어본 효운비가 입을 열었다.

"너도 절벽에서 떨어진 사람치곤 좋아 보이는데? 무슨 기
연이라도 얻은 거야?"

"하하! 기연까진 아니고, 그냥 도움을 좀 받았어."

“도움을 준 곳은 천문이겠지?”

“엇! 천문을 알고 있었네?”

“역시 그랬군……..”

막강은 의외라는 표정을 지었다. 천문에서 이미 효운비를 찾아갔던 사실을 몰랐기 때문이다.

반면 효운비는 막강이 천문의 도움을 받았다는 사실을 별로 중요하게 생각지 않았다. 지금 그에게 중요한 것은 바로 이것이었다.

“시마를 이룬 거냐?”

“응.”

“훗, 결국 너와 난 처음부터 이렇게 될 운명이었어.”

“나도 그렇게 생각해.”

“시작할까?”

막강은 고개를 끄덕이며 말했다.

“우리 내기는 아직 유효한 거지?”

“무슨 내기?”

“내가 이기면 중원을 떠나겠다는 조건.”

효운비는 피식거렸다.

“천문에서 그래야 한다고 시켰어?”

“아니, 그냥 내가 그러고 싶어서. 저번이랑 똑같은 조건을 걸고 널 이기고 싶거든.”

“하! 어련하겠어? 좋아, 그럼 넌 무엇을 걸 거지?”

“응? 나?”

막강은 어리둥절한 표정으로 물었다.

“그래, 난 이미 전에 원하는 것을 얻었으니, 내가 이기면 나도 다른 무언가를 얻는 것이 있어야 할 것 아니냐? 설마 나만 조건을 내걸라는 거였냐?”

“아! 그렇구나. 그것까진 생각 못했는걸. 헤헤…….”

효운비는 잠시 어이없어 하더니 곧 무슨 생각이 들었는지 넌지시 물었다.

“그럼 이건 어때?”

“……?”

“네가 지면 여기서 나랑 같이 지내는 거야.”

“여기서 너랑 같이? 그럼 나더러 멸천교에 들어오라는 거야?”

“그래. 나도 모든 것을 포기하는 조건이니까, 너도 모든 걸 포기해야만 공평하지 않겠어?”

“흐음, 그건 그렇군.”

짧게 고민한 막강은 곧 입맛을 다시며 고개를 끄덕였다.

“쩝! 그래, 알았어. 그렇게 하지 뭐. 근데 만약에 내가 져서 여기 들어와 살게 돼도 우리 식구들 모두 같이 와도 되겠지?”

“그야 물론이지. 하지만 모든 건 네가 죽지 않는다는 전제하에서만 유효하다는 걸 명심해.”

“알고 있어.”

“아 참! 네 식구들 얘기가 나와서 말인데, 너 혹시 여기로 곧장 온 거냐?”

“응. 근데 왜?”

“아직 모르고 있나 본데, 모두가 널 죽은 걸로 알고 있어. 아마 형산파 사람들도 그럴걸?”

“헉! 정말이야?”

막강은 두 눈을 치뜨며 입을 쩍 벌렸다.

“이런! 난 이제 색시한테 죽었다! 안 되겠다! 빨리 시작하자! 빨리 끝내고 집에 가야지!”

“훗, 녀석……”

한차례 가볍게 웃은 효운비가 마정도를 뽑아 들었다. 그것을 본 막강도 묵룡을 검집에서 꺼냈다.

“너무 조급해하진 마라. 무슨 뜻인지 알겠지?”

“하하! 걱정 마라! 난 싸울 때는 아무 생각도 나지 않으니까.”

“다행이군.”

그것을 끝으로 둘 사이에 침묵이 찾아왔다.

아무도 입을 열지 않았고, 아무도 움직일 생각을 안 했다. 둘은 각각 검과 도를 겨눈 채 그렇게 한참을 서 있었다. 마치 누군가가 보았다면 사람이 아니라 석상 두 개가 서 있는 것으로 착각을 일으킬 정도였다.

그러나 두 사람의 얼굴을 자세히 살펴본다면 그러한 착각은 할 수 없을 터였다.

몸은 움직이지 않았지만, 서로를 응시하는 둘의 표정은 시시각각으로 변하고 있었다.

때론 찡그렸고, 때론 이를 악물었으며, 때론 크게 눈을 부릅떴다.

퍼퍼퍽!

'윽!'

막강은 짧게 신음했다.

막아내지 못한 빛줄기가 어깨에 꽂혔던 것이다. 하지만 꿋꿋하게 버틴 막강은 효운비의 전신으로 수십 개의 빛줄기를 되쏘아냈다.

피융!

효운비의 전신 요혈을 향해 사방에서 빛줄기가 날아들었다. 효운비는 그것을 보며 한차례 입술을 깨물더니 마정도를 가볍게 흔들었다.

파아!

그러자 마정도에서 거대한 섬광이 뿜어져 나오며 빛줄기를 모두 삼켜 버렸다. 뿐만 아니라 그것은 그대로 막강마저 삼켜 버리려는 듯 해일(海溢)처럼 밀려들었다.

이를 본 막강은 스륵 눈을 감았다.

천문에서 본 폭포가 눈앞에 보이는 듯했다.

'폭포수를 가를 수 있을까?'

순간.

번쩍!

또 다른 섬광이 허공에 작렬했다.

그것은 그대로 효운비가 뿜어낸 거대한 광막(光幕)을 반으로 갈라 버렸다.

"으윽!"

효운비가 고통스런 신음을 토하며 비틀거렸다. 드디어 숨 막혔던 적막이 깨진 것이다.

효운비는 입술 사이로 새어 나온 선혈을 닦으며 말했다. 그의 표정은 의문으로 가득 차 있었다.

"어, 어떻게 한 거냐? 어째서 내가 무사한 거지?"

막강은 묵룡을 거두며 고개를 저었다.

"나도 모르겠어. 그냥 운비 널 죽이기 싫다고 생각했을 뿐인데……."

"……?!"

효운비는 입을 벌린 채 뭐라 말을 잇지 못했다.

'허상으로 형(形)을 제압한다? 훗, 녀석은 이미 날 넘어섰구나! 이것이 시마의 경지인가?'

뜻 모를 미소를 머금은 그는 이내 정신을 잃고 쓰러졌다.

짹짹짹짹!

언년은 종알대는 새소리에 눈을 떴다.

옆에는 형산과 소소가 쌔근쌔근 세상 모른 채 자고 있었다.

"야, 이년아, 안 일어나냐! 해가 중천인데! 가서 어여 물 길러와야지!"

정겨운 목소리가 들린다. 그녀의 어머니 유씨의 목소리였다. 그녀는 지금 쌍둥이와 함께 남악촌에 내려와 있는 중이었다. 그 편이 마음을 추스르는데 좋을 거라는 진소천의 권유가 있어서였다.

대강 옷매무새를 만진 언년은 아이들이 깰까 염려되어 조심스럽게 방문을 열었다.

"조용히 좀 깨우면 안 되요? 애들이 자고 있다구요!"

퉁퉁 부은 얼굴로 유씨에게 투정을 부리는 그녀.

하지만 그녀에게 돌아온 말이 고울 리가 없었다.

"뭐야! 이년아! 아이구 저년이 애 하나 낳았다고 더 게을러 터져서는!"

"쳇! 하나예요? 둘이지!"

"저년이 터진 입이라고!"

유씨의 핀잔을 뒤로하고 후닥닥 물지게를 지고 내달리는 그녀다.

하지만 개울로 가는 내내 그녀의 발걸음은 느리기 그지없었다. 가는 길 곳곳에 서린 막강과의 추억이 그녀의 발걸음을 붙잡았기 때문이다.

한참이 걸려서야 개천에 당도한 그녀는 개천으로 터벅터벅 걸어 들어가 물통을 기울였다.

그러다가 문득 뒤를 돌아보는 언년.

무엇을 기대한 것일까?

'미쳤나 봐. 그만 하자, 제발 언년아…….'

언년은 마음을 다잡으려고 팔을 걷어붙이며 열심히 물을 퍼 담았다. 그렇게 물을 다 긷고 물지게를 어깨에 걸쳤을 때였다.

"으차!"

"어맛!"

갑자기 어깨가 가벼워지면서 들려온 음성에 그녀는 기겁을 하며 엉덩방아를 쪘다.

"앗! 색시야, 괜찮아?"

"……!"

언년은 눈을 부릅뜨며 숨이 턱 막혀옴을 느꼈다. 분명 막강의 목소리였다. 그토록 듣고 싶던…….

하지만 그녀는 차마 고개를 들지 못했다. 환청일까 두려워서였다. 또 환영을 볼까 봐 무서웠다.

'정신 차려! 정신! 그 사람은 이제 안 와! 못 온다구!'

세차게 고개를 젓는 언년.

그녀는 몸을 일으키며 물지게를 찾았다. 하지만 물지게는 보이지 않고 다시금 예의 그 음성이 들려왔다.

"색시야, 나 왔어."

"……!"

언년은 그대로 굳은 채 전신을 부르르 떨었다. 더 이상 참을 수 없었다. 천천히 고개를 드는 그녀. 거기엔 그토록 그리워했던 막강의 얼굴이 있었다.

"정말 보고 싶었어, 색시야."

언년은 아무 말도 하지 않았다. 그저 계속해서 소리없이 눈물만 흘릴 뿐이었다.

"색시야, 나……!"

퍽!

"윽!"

뭐라 말하려던 막강은 돌연 날아온 언년의 주먹에 얼굴을 강타당하고야 말았다.

"나쁜 놈!"

언년은 그렇게 한마디를 빽 외치더니만 그대로 막강을 지나쳐 돌아가기 시작했다.

"엇! 색시야, 같이 가!"

하지만 언년은 들은 척도 하지 않고 앞만 보며 걸었다.

황급히 그녀의 뒤를 쫓은 막강은 그녀 앞에 얼굴을 불쑥 내밀며 환하게 웃었다.

"헤헤, 미안해, 색시야. 나 죽은 줄 알았지?"

"……."

여전히 눈길도 주지 않는 언년.

그러나 그녀의 두 눈에서 계속해서 흐르는 눈물을 보지 못할 막강이 아니었다.

막강은 내심 쓰라린 가슴을 추스르며 언년과 보조를 맞췄다.

"죽을 뻔하긴 했었는데, 그때 갑자기 색시가 나타나서 살려준 거 있지? 나… 얼마나 무서웠다고. 색시하고 한 약속 지키지 못할까 봐."

우뚝!

언년은 더 이상 걷지 못하고 그 자리에 멈춰 섰다. 눈물과 콧물로 범벅이 된 그녀는 막강과 시선이 마주치지마자 그대로 막강의 품에 달려들었다.

"으허어어어어어엉! 나쁜 놈! 나쁜 놈! 으흑흑흑흑!"

"……."

막강은 조심스레 물지게를 내려놓고 그녀를 힘껏 안아주었다.

*　　　*　　　*

강호는 또 한 번 격변했다.

멸천교는 홀연히 아미산에서 사라졌고, 오십 년간 봉문에 들어갔던 문파들은 일제히 봉문을 풀고 강호 활동을 재개했다. 다시 원래의 강호로 되돌아간 것이다.

처음엔 아무도 그렇게 된 이유를 몰랐지만 곧 모두 그 까닭을 알 수 있었다. 죽었다던 막강이 살아 돌아왔던 것이다.

막강은 명실 공히 강호제일인이 되었고, 형산파는 단번에 강호제일문파의 칭호를 듣게 되었다.

하지만 정작 형산파는 달라진 것이 별로 없었다. 여전히 활기찼고, 여전히 평화로웠다. 단, 제자가 되겠다며 매일같이 정문 앞에 몰려드는 인파들만 빼고 말이다.

그런 형산파에 또다시 봄이 왔다.

갖가지 꽃이 흐드러지게 핀 가운데, 형산파 식구들이 모두 정문 앞에 모였다.

"잘 다녀오거라."

두문충이 봇짐을 맨 세 사람. 막강과 단고립, 구공산을 향해 말했다.

"하하! 금방 다녀올게요, 작은 할아버지!"

"다, 다녀올게요, 사부."

활짝 웃는 막강과 어눌한 목소리로 인사하는 단고립의 표정은 밝기 그지없었다.

하지만 구공산만 굳은 표정으로 대꾸도 하지 않았다. 뭔가에 잔뜩 삐친 듯 보였다. 그럴 수밖에 없는 것이 지금 떠나는 길에 그는 완전히 들러리 역할을 하게 생겼기 때문이다.

"색시 될 사람 만나면, 꼭 챙겨간 선물부터 줘야 해요."

언년이 당부하자 단고립은 쑥스러운 듯 머리를 긁적거렸다.

"아, 알았어요, 형수."

그때 잔뜩 벼르고 있던 구공산이 한마디를 툭 내뱉는다.

"나 안 갈래! 내가 거길 왜 같이 가야 하… 윽!"

"하하! 공산, 잊었어? 빨리 문파를 키운 다음에 우리 셋이
서 강호 유람 다니기로 한 거?"

막강의 팔에 목이 끼인 채 버둥거리는 구공산.

"큭! 그게 이거랑 무슨 상관이에요? 그리고 문파는 아직 다
키우지도 않았으면… 으윽!"

"하하! 작은할아버지! 색시야! 그리고 모두들! 저희 그만
가 볼게요!"

"잘 다녀와요!"

언년의 말에 싱긋 웃는 막강.

"응!"

그러면서 막강은 언년의 품에 안기고 등에 업혀 있는 형산
과 소소의 손을 번갈아 잡아주었다.

"너희들도 엄마 말 잘 듣고 있어야 한다! 특히 형산이 너는
울지 말고!"

"빠빠빠!"

"오잉? 지금 아빠라 그런 거야?"

"뿌아뿌아!"

"하하! 요 녀석!"

막강은 형산의 볼을 살짝 꼬집고는 곧 신형을 돌렸다.

그렇게 세 사람은 멀지만 즐거운 길인 용곡촌을 향해 발걸
음을 옮겼다. 단고립의 색시가 될, 감여령이 그들이 오기만을
기다리고 있을 터였다.

                    *   *   *

“소오소! 소오소! 어딨는 거야!”

뽀득뽀득. 뽀드득.

자그마한 발 한 쌍이 출랑거리며 눈 쌓인 산길에 이리저리 발자국을 찍어대고 있었다.

한 대여섯 살은 됐을까?

발자국의 주인공은 두터운 솜옷에, 목부터 머리까지 두꺼운 천으로 칭칭 감아 놓은 여자 아이였는데, 아이는 무엇을 찾는 듯 또랑또랑한 두 눈을 쉼 없이 굴리며 주변을 한참이나 살피더니 이내 그 자리에 우뚝 섰다.

“소오소, 너 빨리 안 나올 거야? 지금 안 나오면 오늘 밥 안 준다.”

양손을 허리에 얹은 아이는 야무진 표정을 지어 보이며 짐짓 엄포를 놓았다. 그럼에도 여전히 주위에서 아무런 기척이 없자 아이는 이젠 어쩔 수 없다는 듯한 표정을 지으며 말했다.

“정말 이러기지? 그래 좋아. 나두 이제 몰라. 괴의할아버지 걱정하니까 그만 가야겠다.”

아이는 양팔을 휘휘 흔들며 사박사박 왔던 길을 돌아가기 시작했다. 바로 그때 뒤쪽에서 작은 울음소리가 들려왔다.

“쓰쓰! 찌직!”

이에 득의에 가득 찬 미소를 지으며 다시 몸을 돌린 아이는 울음소리가 들려온 위치를 확인한 후 그리로 걸어가기 시작했다.

"히히, 거기 숨어 있었구나."

오 장 정도 떨어진 곳에 버티고 있는 어른 키만 한 바위로 걸어간 아이는 망설이지 않고 바위 뒤로 성큼 돌아 들어갔다.

"소소! 여기 있었……!"

그 순간.

바위 뒤에서 커다란 그림자 하나가 나타나 아이의 앞을 가로막았다.

아이는 그 자리에 멈춰 선 채 한껏 고개를 치켜들고 그림자를 올려다보았다. 그러자 이윽고 그림자에게서 탄성 섞인 음성이 흘러나왔다.

"음? 놀라지 않은 건가?"

아이는 그림자에게 시선을 고정시킨 채 그림자를 이리저리 살피기 시작했다.

흰 눈과 잘 어울리는 백포를 걸치고, 곱게 빗은 긴 머리를 하얀 천으로 감아 위로 틀어 올린, 삼십대 초반쯤 되어 보이는 사내였다. 호리호리한 체격에 뚜렷한 눈매를 가진 것이 빼어난 외모라 하지 않을 수 없다.

"아저씬 누구세요?"

사내는 뒷짐을 진 채 대뜸 물어오는 아이를 재밌다는 듯 내려다보고는 발그레한 아이의 볼을 쏘옥 눌렀다.

"아저씨 아닌데? 오빠라고 해야지."

아이는 눈을 끔뻑거리며 사내를 빤히 쳐다보더니 입을 열었다.

"우리 아빠랑 나이가 비슷하니까 아저씨죠."

"아빠라… 후후, 그런 건가?"

역시 아이의 눈을 빤히 쳐다보던 사내는 짐짓 궁금해하는 표정을 지으며 물었다.

"근데 아까 아저씨 보고도 안 놀랐어?"

아이는 고개를 저었다.

"놀랐어요."

"그런데?"

"산에서 곰을 만나도 정신만 바짝 차리면 살 수 있다고 누가 그랬거든요. 그래서 꾹 참은 거예요."

"호오! 누가 그런 말을 해줬지?"

"아빠가요."

"흐음, 그럼 호흡법을 가르쳐 준 사람도 아빠겠구나?"

사내의 말에 아이의 눈이 순간 커졌다가 작아졌다.

"그걸 어떻게 알았죠? 음… 아저씨도 무공을 익혔구나?"

"훗, 글쎄……?"

대답없이 미소만 짓고 있던 사내는 뒷짐을 지고 있던 손을 아이 앞으로 내밀었다.

"이놈을 찾고 있었지?"

사내의 손 위엔 엄지 손가락만 한 크기의 작은 원숭이가 몸을 잔뜩 웅크린 채 쌔근쌔근 잠을 자고 있었다.

이를 본 아이가 손을 뻗어 원숭이를 잡으려 하자 사내는 슬그머니 손을 뒤로 뺐다. 아이는 두 눈에 힘을 주며 사내를 쳐다봤다.

"어서 줘요, 소소."

사내는 장난스럽게 웃으며 말했다.

"네 이름이 뭐지?"

아이는 사내를 쏘아보며 말했다.

"모르는 사람이랑 오래 이야기하지 말랬어요."

"누가? 아빠가?"

"아뇨. 할머니가요."

"훗."

이젠 아주 신기한 듯 아이를 쳐다보던 사내는 능청을 떨며 말했다.

"그래? 이름만 가르쳐 주면 이놈 주려고 했는데, 그럼 이놈 그냥 아저씨가 가질까? 아저씨 엄청 빨라서 도망가도 못 쫓아올 걸?"

이번엔 아이의 눈이 가늘게 변했다.

"아저씨, 나쁜 아저씨군요."

사내가 별다른 반응 없이 그저 미소만 짓고 있자 아이는 한

숨을 내쉬며 말했다.

"휴우… 좋아요. 그럼 아저씨 이름부터 말해줘요."

"응? 아저씨가 먼저 물어봤는걸?"

아이는 양손을 허리에 대고 도끼눈을 떴다.

"아저씬 숙녀의 이름을 알고 싶으면 먼저 남자가 이름을 말해야 된다는 것도 몰라요?"

"허!"

아이의 말에 과장되게 입을 벌리며 놀란 표정을 짓던 사내가 말했다.

"그것도 할머니가 가르쳐 주셨니?"

"아뇨. 우리 이모가 그랬어요."

순간 사내의 미소가 짙어지더니, 곧 큰 웃음으로 변했다.

"훗, 후후, 하하하!"

"……?"

한참을 소리 내어 웃던 사내는 여전히 도끼눈을 한 채 자신을 쳐다보고 있는 아이의 얼굴을 보며 다시 입을 열었다.

"후후, 정말 재미있군. 좋아. 그럼 우리 예쁜 꼬마 숙녀분께 예의를 갖춰보실까? 이 아저씨의 이름은 운비란다."

"운비?"

"왜? 이상하니?"

아이는 입술을 내밀며 고개를 저었다.

"음… 아뇨. 이상하진 않아요. 그냥 우리 아빠가 말한 친구랑 이름이 똑같아서요.”

그러자 사내, 효운비는 짐짓 놀란 표정을 지었다.

“그래? 오호! 이거 신기한 걸! 자, 그럼 이제 우리 꼬마 숙녀분의 이름이 뭔지 한번 들어볼까나?”

고개를 끄덕인 아이는 확인하듯 물었다.

“이름 알려주면 우리 소소 정말 돌려주는 거죠? 거짓말하면 우리 아빠랑 이모한테 이를 거예요.”

효운비는 웃으며 원숭이를 들고 있는 손을 다시 아이 앞에 내밀며 말했다.

“이 아저씨는 숙녀분께 한 약속은 꼭 지킨단다.”

그제야 안심이 되는지 잔뜩 굳어 있던 아이의 얼굴이 풀어졌고, 산새가 지저귀는 듯한 음성이 아이의 입에서 흘러나왔다.

“제 이름은 소소예요, 막소소. 됐죠?”

『쾌로막강』 4권 完

作가 후기

긴(?) 여정이 끝났습니다.

고작 4권 완결 해놓고 긴 여정이라고 하기엔 좀 부끄럽지만, 첫 출판이었던 제게는 긴 여정이었습니다.

함께 그 여정에 동참해 주신 독자 여러분께 고개 숙여 감사드립니다.

쾌로막강은 본래 2권 내지 3권 분량으로 완결 지으려던 글이었습니다. 그야말로 습작이었지요. 그런데 운이 좋게도 출판이 되었고, 출판사와의 협의 하에 4권 완결로 간 것입니다. 고로 조기 완결은 아니라는 점, 독자 여러분께서 헤아려 주시면 감사하겠습니다. 이 점은 이미 연재 당시에도 밝힌 바가 있습니다.

저는 준비된 작가가 아니고, 좋은 글을 쓰기엔 아직 많은 부분이 부족한 사람입니다. 그런 제게 제 이름 석자가 새겨진 책을 내게 해주신 청어람 출판사의 모든 분께도 감사의 마음을 표합니다.

쾌로막강을 써 가면서 많은 것을 후회하고, 느끼며, 배웠습니다. 그것들이 쾌로막강을 완결지은 이 시점에서, 아쉬움 보다는 소중함으로 다가옵니다.

특별히 시험 기간에도 가방에 교과서 대신 무협소설을 싸 들고 다녔던 그 시절을 돌아볼 수 있는 소중한 경험이었습니다. 덕분에 제가 왜 무협에 열광했었는지, 그리고 앞으로 제가 써야 할 무협이 무엇인지 생각할 수 있는 계기도 되었습니다.

　　시종 별난 우리 주인공 막강을 쫓아다니면서 통제 하느라 조금 힘이 든 것도 사실입니다. 하지만 한편으론 그 별난 녀석이 그렇게 부러울 수가 없더군요. 막강 덕분에 끝까지 밝음을 잃지 않은 강호였던 것 같습니다.

　　다음 글에서도 여러분을 다시 뵙는 영광을 누리길 기도하며, 소싯적부터 꼭 해보고 싶었던 말을 마지막으로 적으면서 이만 글을 맺을까 합니다.

독자제현의 건승을 빌며…….

목용단 拜上.

초등학생이 반드시 읽어야 할 좋은 책 49권

각 학년별로 초등학생이 반드시 읽어야할 좋은 책을
선정하여 통합논술의 기본이 되는 '올바른 독서법'을
일깨워 줍니다.

교과서와 함께하는
초등학교 통합논술

초등1학년 | 값 12,000원 / 초등2학년 | 값 9,500원 / 초등3학년 | 값 11,000원 / 초등4학년 | 값 9,500원 / 초등5학년 | 값 9,500원 / 초등6학년 | 값 11,000원

♣ 혼자 할 수 있어요.

엄마가 책 읽는 방법을 가르쳐 주어도 좋아요.
독서지도하는 선생님이 가르쳐 주어도 좋답니다.
"초등 교과서와 함께하는 **통합논술 시리즈**"는
아이 스스로 독서할 수 있도록 꾸며진 책이에요.
엄마와 선생님은 요령만 가르쳐 주시면 된답니다.

♣ 교과서의 중요한 내용이 총정리되어 있어요.

각 학년별로 중요한 교과 내용이 함께 수록되어 있어요.
초등학생은 교과서 내용을 충실하게 공부해야합니다.
아울러 그와 병행한 독서가 대단히 중요하지요.
"초등 교과서와 함께하는 **통합논술 시리즈**"는
두 가지 방법 모두 알려준답니다.

♣ 이 책은 훌륭하신 선생님들이 함께 쓰신 책이랍니다.

동화작가 선생님들이 쓰셨어요. 소설가 선생님도 쓰셨답니다.
국어 논술독서지도 선생님들도 함께 쓰셨지요.
"초등 교과서와 함께하는 **통합논술 시리즈**"는
엄마의 마음으로 모든 선생님들이 함께 꾸민 책이랍니다.

입소문을 통해 아는 분은 다 알고 계십니다!
올 한해 공인중개사 최고의 화제작!

1~2권 합본 | 이용훈 지음
3~4권 합본 | 이용훈 지음
5~6권 합본 | 이용훈 지음
용어해설 | 이용훈 지음

수험생 기본 필독서
만화 공인중개사

제목 : 만화공인중개사 쓰신 분에게 감사드립니다.

학원을 두 달 다녔어요. 근데 과연 그 숫자 외우기 그런 게 몇 문제나 나올까 생각을 했어요
아니라는 생각이 드네요. 학원강의를 뒤로하고 서점을 갔어요. 내 머리에 가장 이해될수 있는
책이 없나 하구요. 거기서 만화를 발견했어요. 무조건 세 번 봤어요. 3개월 걸렸어요. 문제집을 보라고
했는데 그건 시행을 못했어요. 근데 합격을 했네요.
어떻게 감사의 말을 해야 될지……
도서관에서 만화책 들고 다니니까 사람들이 비웃더라구요. 만화책으로 공인중개사를 공부한다고
미친 사람처럼 보더라구요. 근데 그거 다 감수하고 했던 내가 자랑스럽습니다.
어떻게 감사의 말을 해야 할지… 정말 감사합니다.
부디 행복하세요. 제 나이 41살에 좋은 스승을 만난 것 같습니다.
엎드려 감사드립니다.

—본사 홈페이지에 독자분이 올린 메일 中에서 발췌—